海坂藩に吹く風

藤沢周平を読む

湯川 豊

文藝春秋

海坂藩に吹く風　藤沢周平を読む　目次

装丁　大久保明子
カバー写真　八尾坂弘喜

海坂藩に吹く風　藤沢周平を読む

第一章　海坂藩に吹く風

1　その風の色は

海坂藩《うなさかはん》は、藤沢周平が創りだした、東北にある架空の小藩である。

江戸から百二十里、その領地の西側は日本海に面しているようだ。領知高七万石だから、小藩というべきだろう。

《丘というには幅が膨大な台地が、町の西方にひろがっていて、その緩慢な傾斜の途中が足軽屋敷が密集している町に入り、そこから七万石海坂藩の城下町がひろがっている。城は、町の真中を貫いて流れる五間川《ごけんがわ》の西岸にあって、美しい五層の天守閣が町の四方から眺められる。》

こう書かれているのは、昭和四十八年「オール讀物」三月号に発表された短篇「暗殺の年輪」のなかである。「暗殺の年輪」は四度目の直木賞候補になり、同年七月の直木賞選考会で受賞した。つまり、海坂藩は作家の最も初期の作品から構想されていたのである。

その構想には、作家の出身地である山形県荘内地方の風土が反映されていたのは、自然のことだった。江戸時代、酒井家荘内藩がこの地を治めたが、幕末期には表高《おもてだか》十六万七千石（初期は十三万八千石）、実収は二十万石ともいわれる、内福の領地だった。藤沢周平は、それを七万石の小藩にした。そのほうが書きやすいと考えたからだろうが、いっぽうで気候風土は郷里である荘内そのものになったようである。なお、荘内は庄内とも書き、現在は圧倒的に庄内とする表記が多い。ただし藤沢周平はほとんどの場合「荘内」と書きつづけたから、本書でも基本的には荘内と表記する。

海坂城下をつらぬくように五間川が流れている。東、南に重なる山、北に海。ただし、西側には砂丘を越えて、日本海があると思われる。この小藩は、江戸から百二十里というから、その位置は荘内藩に重なっているのだろう。

しかし、海坂藩のすべてが、最初から厳密に考えられていたわけではないようだ。たとえば、「海坂もの」の第二作「相模守は無害」では、五間川は北から南に流れているという記述がある。これは後の海坂ものでは南から北と逆方向に訂正されていて、五間川のモデルらしい荘内の内川と同じになったわけだ。

また、「相模守は無害」では、支藩山鳥領のことが重大な意味をおびて語られるが、これはほぼ一回限りで、海坂もの最後の短篇「偉丈夫」では、支藩が「海上藩《うなかみ》」の名で登場している。だからといって、どれがおかしいというようなことではない。作家が郷里である荘内藩を少しだけだけれど必要十分なほど離れて、東北の架空の藩を構想した。その海坂藩は、書きやすいという自由のなかで、イメージが少しずつ育ち、ある部分ではかたまっていった。そういう構想のなかで、海坂藩は荘内地方の気候風土を色濃く映すものとなって、作家にとっては懐かしい土地になったし、文学の世界では日本人のすべてにとって懐かしいというべき場所になった。

「海坂」という名称は、静岡の俳句雑誌「海坂」から無断借用した、と作家自身がエッセイで語っている（「『海坂』、節のことなど」一九八二年発表）。

一九五三（昭和二十八）年、肺結核を患った藤沢は東京の北多摩郡（当時）の篠田病院・林間荘に入院し、右肺上葉切除の手術を受けた。入院中、誘われて俳句同好会に入り、二年間ほどではあったが「真剣に句作」に励み、同好会の主唱者の教示にしたがって静岡の俳誌「海坂」に投稿し続けた。当時の「海坂」は「馬酔木《あしび》」同人である百合山羽公《ゆりやまうこう》、相生垣瓜人《あいおいがきかじん》の二人が主宰していて、「結社の親密な空気とともに、忘れ得ない俳誌となった」と藤沢は記している。そして海坂という言葉について、いう。

《海辺に立って一望の海を眺めると、水平線はゆるやかな弧を描く。そのあるかなきかのゆるやかな傾斜弧を海坂と呼ぶと聞いた記憶がある。うつくしい言葉である。》

「聞いた記憶がある」とされているが、このうつくしいイメージは、あるいは作家がひとりでいだいたものであるかもしれない。

というのは、海坂は『古事記』や『万葉集』に出てくる古語で、語義が（あるいは使われかたが）違っているのである。たとえば折口信夫は『萬葉集辞典』のうなさか〔海阪〕の項でいう。

《舟が水平線に達すると、影を隠して見えなくなるのを不審に思うた古代の人が、其処に傾斜があつて、其を下るから見えぬ様になるものと考へてゐた空想の坂。又、海境の義で、海のくぎり目を、即、海の限の水平線を言ふのだとも説くが、前の方が自然である。》

また、折口はこんなふうにもいっている。

《我々の頭の上には、青い空が拡つてゐる。それを眺めている目を遠く放つと、海原の方へ傾いて、遂には青一色の水平線で連つてゐます。その境を、我々の祖先は、「海坂《ウナサカ》」といふ語をもつて表してゐたやうです。》(「神々と民俗」)

折口らしい、古代人に寄り添った解釈だけれど、藤沢の「水平線のあるかなきかのゆるやかな傾斜弧」というイメージは、折口説を聞いた後でも捨てがたい。

しかし、とにかくここに、七万石の「海坂藩」がある。

作家の井上ひさしは、藤沢の『蟬しぐれ』によほど興を動かされたらしく、「海坂藩・城下図」なるものを、『蟬しぐれ』をもとにして描いて楽しんだことがある。綿密きわまりないその手書き地図には、城下町の西のはずれに、普請組の組屋敷が描かれていて、家の裏手にある小流れまで、青い太線で記されている。私たちは地図を描くことはできないまでも、そこに十五歳の少年と、十二歳の少女の姿を立たせてみせることができるだろう。

ふくが悲鳴をあげ、文四郎が垣根をとび越えて、ふくのそばに行く。蛇に嚙まれたふくの右手の先がぽつりと赤くなっている。文四郎はためらわず、その指を口にふくんで傷口を強く吸った。口の中にかすかな血の匂いがひろがった。

『蟬しぐれ』の冒頭の場面である。文四郎は(そしてふくも)、その後の人生で何度もこの場面を思いだし、思いだすことで恋心のようなものが育ってゆく。――これは『蟬しぐれ』の一場面だが、読者はさらに海坂もの全体に範囲をひろげて、さまざまな場面を城下のそこここに思い描くことができる。

小料理屋の「涌井」で、三屋清左衛門と佐伯熊太が、赤蕪《あかかぶ》の漬け物の小鉢を前にして、山奥の焼畑でつくる赤蕪談義をかわしている。熊太は清左衛門の分まで好物の赤蕪をちゃっかり戴いてしまうのだ（『三屋《みつや》清左衛門《せいざえもん》残日録《ざんじつろく》』）。

また、十歳ほどの少年清左衛門が、家の戸口の前に立って、秋の入り口あたりの夜空にすさまじい稲妻が光るのを見る。いつのまにか少年の背後に母が立っていて、「稲はあの光で穂が出来るのですよ。だから稲光りが多い年は豊作だと言います。おぼえておきなさい」と少年に教える（同前）。

家の裏口を出たところにある、北にのびる真直な道は、隣藩との国境に向かっている。秋の夕暮れどき、小関新三郎は木戸を押して道に出る。かなたに、人影がほとんど駆けるような早い足どりで、こちらに向っている。西空に傾いた日射しのなかで、高く手を挙げているのは、敵討ちのため隣国に去った雪江にほかならない（「鱗雲」）。

村はずれの斜面に、大きな山桜の木がある。花はまだ三分咲きほどだが、その下に立つと薄紅いろの花が一面に頭上を覆っていて、別世界に入ったよう。野江は、そのひと枝が欲しくなる。ほんのひと枝なら折るのを許されるだろうと手を伸ばすが、どうしても届かない。そのとき、不意に男の声がする、「手折《たお》って進ぜよう」（「山桜」）。

こんなふうに、心に残っている海坂ものの場面をたどってゆくと、ほとんど切りがないほどにある。右の例だけからすると、海坂藩に吹く風はさわやかでおだやか、という感じになってしまった。しかし、実際は必ずしもそうではない。この東北の小藩はなかなかに物騒なところでもあるのだ。

『蟬しぐれ』で文四郎とお福さまが夜の舟で危機を脱する五間川も、生ぐさい血の匂いが川のほとりから立ちのぼってくる。元大目付小関十太夫と、一千石をいただく名門の伊部帯刀が川べりの馬場で決闘し、鬼走りという恐ろしい剣を遣う十太夫も、迎え討つ伊部もそこで命を絶つ(「宿命剣鬼走り」『隠し剣孤影抄』所収)。

海坂藩の馬廻り組百石取りの青江又八郎は、藩上層部の政事上のどさくさに巻き込まれ、三度脱藩を余儀なくされる。江戸で用心棒稼業をして暮らしを立てるのだが、「毒を飼うのはわが藩のお家芸」と呟くこともある。

そして又八郎は、実際に毒が使われる現場に立ち会い、刀をふるうことになるのだ。寿庵保《じゅあんやす》方《かた》は、若い現藩主の伯父。伯父は甥の鷹狩りの後、自邸に招いて小宴を催す。そこで椀物に毒を入れ、間宮中老がそれを見破って毒見の犬がはげしく吐いた。後は白刃がきらめく修羅場。又八郎は剛腕の寿庵保方を冷徹な剣で倒す(『刺客』「用心棒日月抄」シリーズ第三作)。「毒を飼う」という話は、三屋清左衛門が体験することでもある。

現藩主の弟石見守信弘は、器量は現藩主である兄よりも上といわれていたが、藩主にはなれず、徳川家に仕える旗本となって禄三千石をもらっている。齢はまだ三十半ば。それが国元から来た二人の武士の手で毒殺される。その裏には、家老の朝田弓之助がからむ奇怪な陰謀があった。現用人の船越喜四郎はその詳細を調べあげ、元用人である三屋清左衛門に同伴を依頼して朝田家老と対決する。

隠居後の日々を穏やかに送ろうとする清左衛門にも、「毒を飼う」藩のお家芸は容赦なく迫ってくるのだ(『三屋清左衛門残日録』)。

ところで、『海坂藩大全』上下二巻が文藝春秋から刊行されている。下巻に解題(阿部達二氏)が付されていて、「海坂もの」の基準が記されている。それによると、①海坂藩、海坂と明記してある、②五間川が流れている、③色町として染川町がある、という三点が基準になっている。しかし、とはいっても、基準外の作品を読者が海坂ものとして読むのはまったくの自由である、とも明記している。

たとえば、「臍曲がり新左」「一顆の瓜」「麦屋町昼下がり」「玄鳥」などは「海坂的ムードが横溢しているのだが、海坂的ムードというものを定義することは出来ないので、ここでは敢えて三つのキーワードに固執することとした」とある。

納得できる姿勢である。その記述に安易に乗ろうというのではないが、私自身はとくに短篇については勝手自由に海坂ものを考えている。何をもってそうするか、確かに定義することはできないのだが。

そして、『蟬しぐれ』と『三屋清左衛門残日録』の二作を海坂ものの代表的長篇として、私は考えている。この二作はほとんど同時期に書かれているのだが、共に大きな頂点に達している作品であるに違いない。

『蟬しぐれ』は一九八六（昭和六十一）年七月九日より八七（昭和六十二）年四月十三日まで「山形新聞」ほかの連載。いっぽうの『三屋清左衛門残日録』は一九八五（昭和六十）年の「別册文藝春秋」一七二号より、一九八九（平成元）年一八六号までの連載である。片方は新聞連載、もう一方は季刊文芸誌の連載で、発表されたメディアの違いを反映してか、小説の構想のしかたが対照的に異なっている。なお念のために記しておくと、単行本『蟬しぐれ』の刊行は一九八八（昭和六十三）年、単行本『三屋清左衛門残日録』の刊行は一九八九（平成元）年である。

この二長篇を以下に読んでいきたいのだが、まずは単行本の刊行がわずかに早い『蟬しぐれ』から始めることにする。

2 そして青春小説が残った
——『蟬しぐれ』を読む

『蟬しぐれ』は稀に見るとしかいいようのない、青春小説である。

青春小説といえばいつの世にもぞろぞろと生産されるもののように思われがちだが、じつはそうではない。文学としての青春小説はこれだ、と指し示すのが難しいというのが実情ではないか。とくに日本の近代小説の世界ではそれが実情である、といいたくなる。

たとえば夏目漱石の『三四郎』は、青春小説の代表的な作品として定評がある。しかし、これとても不満、あるいは不足の感じが残るのは否定しがたいといえる。

丸谷才一は『闊歩する漱石』中の一章「三四郎と東京と富士山」で、『三四郎』という小説を、東京をあつかってこれほど「粋な小説はわたしたちの文学に珍しい」と基本的には評価しながら、なおかなり屈折した分析をほどこしている。この小説を、始め、半ば、終りの三部に分けた上で、始めの部分を絶讃しながら、五章から十一章までは「どうも精彩を欠く」と指摘した（小説は十二章と短い十三章で終る）。つまり、三四郎と美禰子のつきあいの部分が朦朧《もうろう》としているという、「青春小説」の部分の批判なのである。それに耳を傾けてみよう。

登場人物はもっと積極的に行動するのでなければならないはずだが、三四郎は初心《うぶ》な青年で慎しみ深いから、自分から進んで美禰子に何かする、ということがない。さらなるは、美禰子の在り方。当時の日本では、中流階級の娘から男に迫ることなどは普通はあり得ない。丸谷は、だから「……風俗の現実を重んじ、わりに写実的な味でゆかうとする以上、美禰子に奔放な行状をさせるわけにはゆかない」とていねいに分析している。

さらにその上で、漱石はドラマを毛嫌いしていたふしがあり、『三四郎』が若い男女のドラマである恋愛小説にはいよいよなりにくかった、ともいっている。

この漱石のドラマ嫌いということについてはいま脇に置いて、明治末期の風俗として三四郎と美禰子の恋愛が成立しがたかったという事態はぜひ記憶にとどめておきたい。時代が、若い男女二人の関係を朦朧とさせているとすれば、江戸時代中期（と思われる）、東北の一隅にある海坂藩では（架空の藩であるとしても）、若い男女の恋が成立するのはさらにさらに厳しいと考えられる。しかも、『蟬しぐれ』の二人、文四郎とふくは、小禄の下士とはいえ武士階級に属しているのである。

江戸時代、とりわけ武家社会では、男女のことに関してはさまざまに大きな制約があった。藤沢周平はその制度的制約をきっちり守りながら、またときには制約を巧みに利用しながら、文四郎のふくへの思いを独自のしかたで書き切っている。そのことによって、『蟬しぐれ』が稀にみるほどの青春小説になっているのだが、それについてはもう少し話が進んだところで詳しく考えてみることにしたい。

『蟬しぐれ』を青春小説にしているもう一つの要素は、牧文四郎、小和田逸平、島崎与之助という三人の若者の友情物語であることだ。成長小説《ビルドゥングスロマン》といってもよい。物語の流れとなるのは、文四郎十五歳のときから、二十一歳までで、その間、三人の友人関係はいよいよ緊密につづいている。しかも、お福さまと呼ばれるようになったふくの命が危機にひんするクライマックスの事件では、この三人が力をあわせて対処する。逸平は正面から、与之助は知恵を出すというかたちで。ここにいたって、友情とひそかな恋が物語のなかではっきりと絡みあうのである。

ついでに記しておくと、文四郎は二十八石二人扶持の家禄、父助左衛門は普請組につとめる。文四郎は子供のいない牧家に服部家から入った養子である。小和田逸平は百石の家を継いだ男で、文四郎より一歳上。与之助は蠟漆《ろううるし》役という小役人の家の者だが、十五歳の秋にその秀才ぶりを見こまれて江戸に留学、葛西塾に入る。文四郎と同年齢である。


これまで、青春小説の二つの要素として、物語の中身から、文四郎とふくの間柄、そして文四郎を中心とする三人の若者の友情を挙げた。この二つの事柄が物語のなかで展開するとき、その語られ方が独自としかいいようがないのである。

文四郎とふくの、はっきりと意識されていない微妙な間柄は、文四郎の日々の生活の表面に現われることがない。それはいつか何らかの形をとるかもしれないけれど、文四郎の心の底のほうに居場所を定めていて、なかなか意識のなかに浮上してこない。だからストーリーの進展にはしばらく関与しない。いっぽう三人の若者の友情物語のほうは、文四郎の激しい剣の修行と共に、文四郎の日々をつくってゆく。この二つの事柄の日なたと陰のありようを、私は絶妙の展開と感じるのである。

そのあたりを、少し具体的に追ってみよう。まず、三人の友情物語のほうから。

文四郎の物語《ストーリー》をみると、十五歳の初夏から話が始まる。秋に与之助が苦心の末に江戸の葛西塾に去る。翌年、十六歳の夏に、父助左衛門が藩への反逆罪に問われて切腹。思いがけなくも生活が暗転した。牧家は家禄を四分の三減らされ、普請組を免じられ、家はかろうじて残ったものの、身分は宙ぶらりんで将来が見えなくなった。そこで文四郎は生きがいを見失いそうになるが、十七歳の秋、死んだ父の道場仲間だった藤井宗蔵が烏帽子親になって、元服だけはすますことができた。

この間、文四郎に空気のようにまつわりついていたのは、ひとにはいえないような「不遇感」だった。文四郎のもつ不遇感は、しだいに奥深い場所に隠されるようになったが、文四郎の日常生活は自分の裡にあるそれと戦うことであり、その戦いを応援する者として、気のいい小和田逸平がおり、江戸から時折手紙をよこす島崎与之助がいた。

与之助は学問で身を立てようとする、思慮深い若者。いっぽうの逸平は、才器としては平凡だが、気持のまっすぐな、裏表のない、良い男。文四郎の不遇感の受けとめ役としてはさしあたっては逸平が適役で、その向うに真の聞き役としての与之助がいる、という配置がある。

やがて里村家老から家を旧禄に戻し、文四郎を郡奉行《こおりぶぎょう》支配下に置く、と申し渡される。といっても将来が見通せるようになったわけではない。他人の冷たい眼は相変らず不遇感を呼び起こすが、それに屈しないためにも、文四郎は石栗道場でひたすら剣の稽古に励む。それが若い文四郎の歳月であった。そして文四郎十八歳の秋、熊野神社の奉納試合で、宿敵ともいうべき興津新之丞を破る。そこから、文四郎の日常の研鑽が、思わぬ場所に文四郎を連れてゆく。空《くう》鈍《どん》流の秘剣村雨の伝授である。

秘剣村雨の伝授は、文四郎を日常の世界から別の次元へといざなうものだった。秘剣を伝えるのが、加治織部正という秘密のヴェールをまとっているような人物であるのも、秘剣の非日常性にふさわしいといえる。加治織部正は、現在の藩主の叔父に当り、若い頃家老をつとめてその功績が注目を集めたが、わずかな期間で辞任して隠棲生活に入った。秘密のヴェールをまとっているといったのは、そうした履歴を指してもいる。

そして、この人物はまず文四郎の父の切腹事件が藩政執行の主導権争いから生じたものであることを説きあかし、そこで勝利した稲垣・里村派のやり方を言外に批判した。また対立する横山又助がいかに巧妙に生き残ったかを、手にとるように語り聞かせた。文四郎は、牧の家の旧禄がすっかりもどった経緯と、それがきわめて安定を欠いたものであることを知る。

加治織部正の長い説明の後で、いよいよ秘剣の伝授になるが、深夜の闇に包まれているようなその場面に、読者は立ち会うことができない。このへんの話の運びは、文四郎の剣の世界が非日常の領域にたどりついているのを示唆して、そこには十分に説得力がある。

ここまでくれば、文四郎の不遇感と修行の日々はひとまず終わって、次の何かを待つという流れになる。『蟬しぐれ』は、ここまでで全篇の半分以上が費やされている。小さい山場、中ぐらいの山場はいくつかあるけれど、その山場を結ぶものとして、文四郎の屈託の日々、それに敗けまいとする剣の修行の日々がある。そして、とくに目立つところがない仲間づきあいの場面が、的確有効に働いて中小の山場を結んでいる。私が物語の絶妙にすぐれている流れというのは、そういうことすべてを含んでいる。

一例を挙げよう。「梅雨ぐもり」の章で、文四郎は石栗師匠に特別に稽古をつけてもらった後で、秋の奉納試合で、強敵興津にはお前を当てる、といわれる。いわれた後、帰宅して「家の戸をあけると、いきなり小和田逸平の笑い声が耳にとびこんできた」。逸平は、与之助がこの秋、葛西先生のお供をして帰郷するという知らせをもってきたのだ。こんなふうに文四郎の日々の時間のなかに親友が姿を現わす。文四郎は、折にふれて顔を見せる逸平とそこで交わされる日常の会話にどれほど力づけられていることか。そういうかたちで、文四郎の不遇の思いを秘めた日々が、つなぎ合わされ、文四郎は日常から力をひそかに汲みあげるのだ。

私はこういう場面をじつにみごとな物語の展開であると感じとった。

もう一つ、つけ加えておきたいことがある。やはり藩への謀叛で切腹させられた矢田作之丞の妻、淑江の実弟である布施鶴之助の出現である。姉が野瀬某を家に引きこんでいるとき、剣のできる鶴之助が男をとがめるために姉の家にやってくる。

そのゴタゴタをとめるため、文四郎が出てゆき、鶴之助と知りあう場面。もう一人、剣に生きようとする友人ができて、その友人がのちの際の処理に活躍することになる。

この場面、淑江が藩上層部によって意味もなく身動きできない場所に追いこまれていることを語っていて、それがいっぽうで文四郎と鶴之助のあいだに友情が生れる基になる。まことにみごとという以外にない、奥行のある筋《ストーリー》のつくり方である。

このように奥行のある物語の展開にくらべれば、里村家老の計算高い罠《わな》の仕掛け方など、ほとんど子供じみている、という印象をもつことになる。しかし子供じみてはいても、それが文四郎やお福さまを窮地に立たせることは確かなのだ。政治上の権力というものは、馬鹿らしいほど単純でありながら奇妙に力を発揮するといういやらしい姿をもっていて、ゆだんできない。作家の政治のからくりを見据える目の鋭利さがここにはある。

次に、文四郎とふくの関係を追ってみよう。これはたしかに恋物語ではあるのだが、その恋の語られかたは、特別であり、不思議でさえある。だいいち、語られることがきわめて少ない。たった三つの場面《シーン》と、一つの挿話《エピソード》があるだけなのである。

場面の一つは、十五歳の少年と、十二歳の少女の小さな事件である。普請組の家々の裏手に小さな川が流れている。そのほとりで、文四郎が蛇にかまれたふくの指の血を吸ってやる。ふくは隣りの娘。二人の交わす言葉は少ない。夏の朝の、ごく短いひとときである。この一枚の絵のような場面は、文四郎の心のなかに刻みこまれたもののように残る。

もう一つは、文四郎がふくの母親に頼まれて、ふくを熊野神社の夜祭りに連れてゆく場面。文四郎は、与之助が対立する少年たちに殴られるのを、逸平と共に助けにゆく。ふくはその間、夜の片隅にじっと待ちつづける。文四郎が買ってやった水飴もとうになめてしまったらしい。

三つ目。文四郎が、切腹した父の遺体をのせた重い荷車を、友人の杉内と共に運んできたとき、ふくが組屋敷から駆け出してきて、文四郎の隣りで車の梶棒をつかんだ。

この三つの、文四郎にとって忘れられない場面がある。それに加えて、挿話《エピソード》が一つある。

葺屋町のおんぼろ長屋に文四郎と母は移されているが、そこに江戸へ発つ前のふくがたずねてくる。文四郎は石栗道場に稽古に行っていて、わずかの差で会えない。このときふくは十三歳。ふくは文四郎の母登世にいいたいことがあったけれど、それを口にすることはできなかった。そしてふくの挨拶を受けられなかった文四郎には、いつまでも後悔が残った。

三つの場面と、一つの挿話。たったそれだけが、文四郎とふくを結びつけているものである。文章としても、けっして長くはない。また、物語を展開させる力として、強く働いているわけでもない。

ただ文四郎の心のうちを見るならば、十五、六の少年が体験したそれらの場面は、くりかえしくりかえし思い出されて、時の流れとともに大きく育ってゆく。思いが育ちつづけ、恋といってもいいような強いものに変わってゆく。

もしかしたら文四郎に寄り添うようにしてこの長篇をたどってきた私たち読者のなかでも、あの絵のような場面が強く育ってきていたのかもしれない。そして、文四郎と赤子を抱いたお福さまが、夜の五間川を下って危機を脱するクライマックスで、遠くにいってしまったはずのふくが自らの心を遠慮がちに示すのを知って、ふくもまた文四郎との場面を大切に育てつづけていたのだと推測する。よかったな、と思う。そこで二人の青春を共有する、といえばよいか。男女七歳にして同席しない。そういう時代に二人が生きているという事実を逆手どって、同席できない男女のなかに育ちつづける恋心を描く。どこにも行けない恋であるにしても、それが相手にもあることを、危機の頂点で確認する。

まさに、思いもよらないような、斬新な物語の展開である。作者は、二人の恋心をくだくだしく説明することなく、まことにみごとな文章で絵のような場面を描き切った。その場面は、登場人物二人の心のなかで育ちつづけ、いつしか恋の物語になる。そのような仕掛けによって、『蟬しぐれ』は日本文学のなかでも傑出した青春小説になった。

小説のクライマックスになる「事件」は、「罠」「逆転」の二章で述べられている。文四郎にお福さまとその赤子を救出させると見せかけて、文四郎ともども全員を暗殺する。卑劣な方法という以外ないが、それ以上に一藩の家老や実力者である元中老の発想としてあまりに子供じみているということは、先にもいった。

しかし、里村家老たちの政治的、暴力的処理がいかに理に合わないものであっても、それはお福さま親子や文四郎を窮地に追いこむだけの力がある。それが権力というものが持ついやらしい構造を示しているのだ。そして、その力を里村や稲垣は十分に承知していて、承知しているからこそ、このような策謀が頭に浮かぶのだろう。村上某、犬飼某が自分の剣に酔いながら暴力をふるう惨憺たる場面の後に、お福さま親子を安全な場所に送りとどけるという、ほんとうの緊迫した場面がくる。

夜の五間川を舟で下る。それを発案したのは、父助左衛門の助命嘆願書をまとめた村役人の藤次郎である。この小説のもつ世界の濃さのようなものを感じさせずにはおかない、人と人との結びつきである。里村家老たちに真に対抗するのは、父が残してくれた人と人との結びつきであり、文四郎の剣の力はそれあっての上でようやく発揮されるのだ。藤沢周平は確かにそのように語っている。

夜の川を下るというのは、逃避行のロマンス性がどことなくつきまとい、文四郎とお福さまの青春の姿の一面を語る情感あふれる場面でもある。

舟から上り、織部正の杉ノ森御殿に向う、二人の短い会話。それ以上に思いのこもったしぐさ。これはじつに短いけれど、一つの道行である。この短い道行のあいだに、あの二人だけが知っている絵のような場面が、あるいはそれらが育てた心のありようが、二人のなかに生きているのを互いに知る。

しかし文四郎は、闇のなかに身をひそめる見届け役を斬らなければならない。斬ってその男の口をふさがなければならない。それが果されたところで短い道行は終わり、文四郎とお福さまは織部正の邸の門の内に入る。くりかえしていうと三つの場面と一つの挿話に、二人が滋養を与えつづけ、それによって二人の青春が切なく一つのイメージになる。その切なさが、この暗夜のあまりに短い道行をつくる。道行のなかで男と女の心がきわどくも通いあい、危機が逆転する。藤沢周平の語り口のすごさを、私たちはまざまざと見るのである。

さて、最後に置かれた「蟬しぐれ」の章を読んでみよう。この章にどんな意味があるのか。

夜の川の逃避行から二十年余を経た、夏の一日。四十を過ぎた牧助左衛門（文四郎）とお福さまが人目を避けた海辺の湯宿にいる。

あの事件以来の、短い対面である。そこで二人は、二人が共有している（と信じている）あの絵のような場面を指折り数えるように回想する。蛇に嚙まれた少女の指。夜祭りの見物。そして江戸に行く前の夜、ふくが文四郎の家をたずねて行って、会えなかったこと。

それらの場面と挿話が、青春の時間にほとんど会うことができなかったにもかかわらず、二人の心のなかに枯れることなく生きつづけ、意味をもちつづけていることを、二人はそこでもう一度確かめあわずにはいられない。それらの場面に二人の青春がひっそりと息づいている。それを取り囲み、守るように逸平や与之助との仲間づきあいの時間がある。だからお福さまは二人の友人を覚えていて、二人の現在を助左衛門に問うのである。

助左衛門とお福さまは、許されたわずかな時間のなかで互いの肌にふれあい、中年を迎えている年齢であっても、青春がなお生きつづけているのを知る。

小説の時間は、私たちが生きている日常の時間とは、似ているかにみえて、まるで違う。それは虚構の物語に固有の時間であり、言葉によってつくり出されたものだ。それが虚構の時間であるからこそ、私たちはそれをもう一つの自分の人生のように味わうことができるのである。

また、そういう虚構の時間のなかで助左衛門とお福さまが、二人の青春の場面を手をたずさえるようにして確かめあうのである。確かめあっても、その後の行き場はない。二人は別れるしかない。そして二人のなかで生きつづけた青春の時間が、宙空に浮かぶように残る。

完璧、といいたいような青春小説がそのようにして残る。

3　新しい文学の出現
――『三屋清左衛門残日録』を読む

『三屋清左衛門残日録』は、同時期に書かれた『蟬しぐれ』と並んで、藤沢周平の長篇時代小説を代表する作品である。

『藤沢周平全集』全巻の解説を担当した向井敏は、『三屋清左衛門残日録』（以下、『残日録』と略記することあり）を海坂ものの一つと考えた。その理由として、『残日録』と『蟬しぐれ』はほぼ同時期に書かれたからだ、といっている。もう少し説明すると、もし『残日録』を海坂藩が舞台であるとした場合、地名その他が『蟬しぐれ』と完全に整合していなければならず、作家の自由は大きく損われてしまう。そこで海坂藩とはしなかったのだが、地誌や政情などから見て、舞台は海坂藩と考えてさしつかえないだろう、と推測しているのである。

私はこの説に全面的に賛成したい。海坂藩は『残日録』では黙って避けられているのだが、三屋清左衛門や佐伯熊太が生きているのは海坂藩と考えるのが妥当であろう。なお、先に紹介した『海坂藩大全（上下）』の解題（阿部達二氏）も、向井説を採用している。そんなわけで、海坂ものであることを、『残日録』を読むときの前提としたい。

『三屋清左衛門残日録』と『蟬しぐれ』、この二つの長篇の、小説としての構想のしかたの違いについて、もう少し詳しく述べておきたい。

『蟬しぐれ』は、牧文四郎という十五歳の少年の成長物語《ビルドゥングスロマン》でもある。少年から青年へと成長していく経緯にしたがって、小さな山場、中ぐらいな山場がいくつか連続していって、それがやがて大きな山場、すなわちクライマックスをつくりだす。読者が日々待っている、新聞の連載小説であることを存分に生かした物語の展開だった。

いっぽう『三屋清左衛門残日録』のほうは、藤沢周平がたびたび用いた短篇連作の手法で書かれている。一人の主人公がいて、月刊誌か季刊誌かは問わず、基本的には一回掲載ごとに主人公が関与するエピソードが完結する。ところが、そこに大きな主筋がいつのまにかまぎれこんできて、完結する短篇エピソードと、主筋をなすストーリーが同居しながら進展し、やがてその主筋も完結するという構成である。

藤沢はこの書き方に格別に長じていた。ちょっと思いつくだけでも、「用心棒日月抄」シリーズ（『用心棒日月抄』以下、『孤剣』『刺客』『凶刃』とつづいた）、『よろずや平四郎活人剣』、『霧の果て――神谷玄次郎捕物控』などがある。

とりわけ『残日録』は藤沢の長篇のなかでも構成が驚くべき完成度をもっている。小さな波が主筋の大きな波とたわむれるように進みながら、人間の劇をすっきりと描き出している。また主筋の大きな物語の展開に新しい工夫がある。清左衛門も副主人公の佐伯熊太も自ら剣をふるってスリリングな場面をつくるわけではないのに、最後まで緊張感がゆるむということがない。

思えば、日本の近・現代文学では、本格的大長篇がなかなか出現しにくかったかわりに、短篇連作的長篇が少なくない成果を残している。川端康成の『山の音』や『千羽鶴』などをすぐに思いつくが、昭和になってからの長篇はこの「短篇連作的」が格別に多い。私はそれを本格的大長篇に対置するもののように書いたが、必ずしもそう考えているのではない。長篇小説がエピソードやゴシップの堆積の結果の上に成り立っているとすれば、短篇連作的な書き方は十分理にかなっている、といえるのである。うまくすれば、そこに長篇小説を長篇小説らしくしている重層的な物語が現われるだろうし、『残日録』はみごとにそうなってもいる。

ただし、そういったからといって、『残日録』の実質をつくりあげているみごとな文章を無視しているのではない。私は『残日録』の構成のたくみさを、各章を具体的に読むことで追跡するつもりでいるのだが、その前に、定評ある藤沢周平の文章について、述べておきたいことがある。

藤沢周平作品に対する褒め言葉として、いちばん多く使われるのは、「文章がいい」とか「みごとな文章」ということではないだろうか。とくに作家や評論家などが藤沢について語るとき、多くがその文章にふれている。

それは少しもおかしなことではない。ないけれども、ちょっと立ちどまって考えてみると、文章がいいというのは、実質的に何を指しているのか、つかみとることがなかなか難しいという感想をもってしまう。

そこで、具体的にいわれていることを、並べてみよう。いわく――端正である。メリハリがきいている。抑制されている。ムダがない。透明感がある。やさしい。しなやか。

みな当っている。だからなるほどというしかない。なるほどそうではあるけれど、もう一つはっきりつかめないという思いが、評語の一つ一つにまとわりつくように残ってゆく。文章論というのは、それだけ難しいのだ、といってしまいたくなる。しかし、私は自分自身のためにも、もう少し突っこむことができないか、と思ってしまう。

こんな文章に感動した、目からウロコが落ちた。そういう例を小説のなかから、たとえばこの『三屋清左衛門残日録』から取りだして、具体的に語ってみたい。読んでいるとき、あれほど何度も心打たれて唸ったのだから、それは可能であるはずだ。そこで、地味で、目立たない場面なのだけれど、とりあえず挙げてみることにする。『残日録』の「梅雨ぐもり」の章である。

清左衛門の末娘である奈津が病人のようにやつれてしまった。夫の杉村要助が外に女をつくったという噂があり、連日帰宅が遅い。それに悋気《りんき》して、悩みに悩んでいる。清左衛門は奈津の態度を苦々しく思いながらもほっておけず、自ら真相を調べあげ、奈津の嫉妬が誤解であるのを話してやる場面である。

《「わしが播磨屋に行ってたしかめて来たことだから、間違いない」

奈津は何も言わず、のろのろと身体を曲げると足もとの子供を胸に抱き上げた。そしてまっすぐに父親を見た。瘦せた顔に、かすかな生気が動くのを清左衛門は感じた。》

父の言葉を聞き、奈津が足もとの子供（二歳の女児）を胸に抱き上げる、というこの文章に私は驚嘆した。奈津はよかったと思いながら、無意識のうちに、夫と子供がいる自分の家族を確認し、同時に守ろうとしている。子供を抱き上げるという動作のなかに、奈津の心の揺れと喜びとがこもっている。

たった一行の文章で、奈津の思いと立場を語りつくしているかのようだ。これが文章の力というものではないか、と私には思われた。そして、これは何かを喚起する力がある文章なのだ、とも思った。人間の深くにまで届く想像力が藤沢周平にそなわっていて、その想像力が喚《よ》び起こす場面が描き出される。そしてその文章を読む読者にも、文章が喚起する力が伝わってきて、私たちは無意識のうちに物語や場面を作家と共有することができる。

奈津の胸中をこまごまと説明するのではなく、小さな動作を描くことで、ひとりの女性をそこに存在させる。その存在感を読者が共有するとすれば、小説を読む楽しみとはまさにそこにあるのではないか。

私はそんなことを、この小さな場面を描く、喚起力の強い文章を読んで思った。文章の力は、小説そのものの力でもあるのだ。

右は人間の姿を語っている例であるが、もう一つ、藤沢の自然描写を読んでみよう。「梅咲くころ」と題する章である。

読書会からの帰り、同行していた安西某と別れて、ひとり自宅に向かって歩く清左衛門は、生垣の内側から道に伸び出した梅の木の枝が白い花をつけはじめているのを見る。早春二月である。

《歩いているうちに日が暮れてしまったらしく、低い空にははやくも薄墨いろの暮色がただよいはじめ、見上げる梅の花も真白ではなかった。暮色に紛れて、白梅はややいろが濁って見える。だが匂いは強かった。

今年はじめて見る梅の花を、立ちどまって眺めていると、前髪をつけた少年が二人、清左衛門に挨拶をして通りすぎた。二人とも風呂敷包みを抱えているのは、多分塾か藩校の帰りなのだろう。や、と答えて、清左衛門は少年たちを見送り、ようやく歩き出した。》

今年はじめて見る梅の花を立ちどまって眺めている男のわきを通りすぎていくのは、どうあっても塾か藩校帰りの、前髪をつけた二人の少年でなくてはならない。これを読んだとき、私はそう思い、ここでも作家の喚起力の強い文章に出会った、と思った。

隠居の身の清左衛門を含めて、ほころびはじめた白い梅の花と、前髪の少年二人が、平凡のようでいて忘れられない一枚の絵になっている。まさに、文章の力である。

さらにこの章の先をたどっていくと、松江という江戸屋敷で事件を起こした若い娘と、その娘が清左衛門が持っていった白梅の枝によって自らを取り戻すという物語が展開する。とすれば、清左衛門が立ちどまって白梅を見る情景は、物語のこれ以上にない前兆、先ぶれになっている。これが「いい文章」といわれるものの姿であるに違いない。

いうまでもなく、藤沢周平の文章は、小説を離れてすぐれているのではない。すぐれた文学をつくり出しているからこそ、すぐれた文章なのである。そのことを、藤沢周平の文章は読み手に思い知らせてくれる。私は『残日録』でも、一行一節の文章の前に何度も立ちどまりつづけた。

これから『三屋清左衛門残日録』の構成の妙を見てゆきたい。一章ずつが短篇としての話をもちながら、やがて藩政を二分する争い、つまり主筋というべきものがじわじわと姿を現わしてくる。そういうストーリー展開を貫いて、三屋清左衛門という老年に入ろうとする男が生きている。

そうしたストーリー展開を把握するために、各章冒頭に便宜上の算用数字をふって、最初に掲示しておく。

1 醜女
2 高札場
3 零落
4 白い顔
5 梅雨ぐもり
6 川の音

7　平八の汗
8　梅咲くころ
9　ならず者
10　草いきれ
11　霧の夜
12　夢
13　立会い人
14　闇の談合
15　早春の光

さて、『三屋清左衛門残日録』は、静かすぎるぐらい静かな筆致で開始される。

先代藩主の用人を勤めた清左衛門は、かねて考えていたとおり、先代藩主の死去とともに用人を辞し、同時に家督を嫡男又四郎に継がせて自分は隠居の身になった。

十分考えた上での隠居であったが、実際に隠居の身になってみると、予想しなかったことがたくさん起った。それを藤沢はまことに巧みに説明している。

《清左衛門自身は世間と、これまでにくらべてややひかえめながらまだまだ対等につき合うつもりでいたのに、世間の方が突然に清左衛門を隔ててしまったようだった。多忙で気骨の折れる勤めの日日。ついこの間まで身をおいていたその場所が、いまはまるで別世界のように遠く

思われた。》

社会を領しているいうものの強力さである。清左衛門はその制度の外に身を置いてはじめて知る閉塞感と寂寥感をたっぷり味わっている。たまたま訪ねてきた親友の町奉行佐伯熊太にむかってそのことを語ってみる。

清左衛門は苦く笑いながら、いう。「隠居というのは考えていたようなものじゃない」。「さぞ、のんびり出来るだろうと思ったのだ。たしかにのんびり出来るが、やることが何もないというのも奇妙なものでな、しばらくはとまどう」。「過ぎたるはおよばざるが如しだ。やることがないと、不思議なほどに気持が萎縮して来る」。

こういう清左衛門に対して、佐伯熊太はいう。

《「人間が出来ているはずの貴公にしてそういうことがあるか。油断ならんものだな」

「油断ならん」

「おのれを、世の無用人と思うわけだ」

「ま、そういう気持に近い。だから、いそがしいとこぼしているうちが花だぞ。町の取締りに、しっかりと働け。ところで、今日は何か用か」》

読者は、主人公の立ち位置をそのように説明されて、さてこの小説、先はどう展開するのかな、と思ってしまう。今でこそ（二〇二一年現在）、定年後の人生を扱い、描く小説が一種の流行のようになっているが、この小説が書きはじめられたのは一九八五年、団塊の世代が定年を迎えるずっと前のことである。それだけ、この小説は先駆的なものであったといえる。どうなるのか、といったん危惧した私たちはすぐに武家社会のなかでも稀にしか起こらないような奇妙な事件に（清左衛門と共に）巻きこまれ、物語のゆったりした波に乗っている。それが①「醜女」、②「高札場」、③「零落」の三章である。

とりわけ冒頭に置かれた①「醜女」が奇妙な話である。城下の菓子屋鳴戸の娘おうめが行儀見習のため城の奥勤めにあがっていた。先代藩主が気まぐれを起してか、一夜の伽をいいつけた。おうめはいわば醜女だったから周囲がこの気まぐれを怪しんだが、結果としては一夜の出来事のあと、おうめは暇を出されて実家にもどり、慣例にしたがって藩から三人扶持をもらっていた。

そのことがあったのはおうめが十六のとき、いまはそれから十年経っている。そしておうめが身籠った。

先代藩主が一年前に死去したとき、三人扶持は取り上げる、かわりに身分は自由、嫁入りも勝手という達しを出したはずだが、おうめのもとにそれが届いていなかった。つまり措置が公になっていない。そういう事情があるにもかかわらず、藩の上層にいる権威主義者たちが、おうめの行為をとがめて口やかましい。実態を確かめて、これをまるく収めてくれないか。

それが町奉行佐伯熊太の、清左衛門への依頼だった。清左衛門は気乗りしないまま仕事を押しつけられて、やむなく解決にあたる。結局は一年前の「三人扶持」取り消しの書きつけが出てきて、事はおのずと決着を見る。その経緯は別として、解決に当った清左衛門の考え方や感じ方が、ひとつのサンプルのように話の表に現われるのが興味深かった。清左衛門という人間の紹介にもなっているのだ。

自分がつかえた前藩主の「お手つき」を、理不尽と見る。理不尽と見ながら、これは慣習と制度のうちにあることなのだから、仕方がないとも受けとめる。あとはできれば、おうめがこの理不尽に巻きこまれることが少ないのを願う。元用人という立場からすれば、最大限良心的といえるだろう。「お手つき」事件にある矛盾には気づきながら、用人である（あった）ことから、大きく外れることはない。藩政の秩序のなかにいて人間的、といえるだろう。

ただし、清左衛門は、おそろしくよく見える目をもっているのである。おうめを訪ねて初対面の挨拶をしたとき、「胸を起こして眼前にいる女性を見た。もう若くはない。小太りで目立たない容貌の女が、静かに清左衛門を見返して」いるのを、瞬時に見届けるのである。自分のせいではなく、不幸な立場に置かれ、さらにはその立場に反抗するようにいま身籠っている女性のなかにある、一種毅然とした姿勢を正確に読み取っている。

それによって、主人公の清左衛門は、六十歳に近い作家のわりとすぐ側にいるのではないか、と私には感じられもした。
②「高札場」は、若い頃の自分の裏切を思い悩んで切腹して果てた安富源太夫の話。これまたその真相をつきとめてくれと、佐伯町奉行に依頼される。清左衛門という隠居が探偵役を依頼されて、武家社会の歪みを内包するような人間のドラマにふれていくのか、とこの章を読んで思ったら、次の③にあたる「零落」はまた趣が違う。
二十代からの知りあいで、今は没落している金井奥之助の塩辛い話である。ただこれも、三

十年で百五十石の家禄が二十五石に減ったという家士の零落を語っていて、武家社会の歪みといえばいえる。

このように東北の小藩に生きる隠居の周辺に起こる、小波中波が、過不足なく語られて、小説は静かに進んでゆく。

そして④「白い顔」、⑧「梅咲くころ」のような艶《つや》っぽい話が入ってくるのを、このへんで取りあげておこう。艶っぽいといってもじつはその語られかたはみごとに洗練されている。

「白い顔」は、清左衛門が二十一歳の夏に自ら体験したことである。湊町の魚崎から家中の若い女性を同道して城下まで帰ることになった。若い女性は家中の若者ならたいていは名前を知っているほど美人の聞えが高い、杉浦兵太夫の娘、波津。

途中、夕暮れどきに猛烈な雷雨にあって、二人は道端の庚申堂に入って雷雨をしのぐ。波津は格別に雷が苦手らしい。身体が顫《ふる》え、両腕でわが身をしっかり押えている。顫えがとまらず、白い顔を清左衛門のほうにひたとむけている。清左衛門は立って行って波津のそばに腰をおろし、顫える手を握ってやった。

やがて雷雨は唐突におさまり、洗われたような月に照らされながら、二人は何事もなく城下に帰る。ただそれだけのこと。ただそれだけのことが、人に知られればただではすまない。

「たとえ雷のためとはいえ、男女相擁して済むと考える者はいまい」と書かれるのである。けっして、誰にも洩らさない。二人はそう約束する。

そして三十年後、波津の娘である加瀬家の多美が不幸な結婚で離縁しているのを清左衛門は知り、自分の周辺にいて最も信頼できる若者平松与五郎にめあわすことになる。

　三十年のはるかな時間を越えて、清左衛門の波津へのかすかな思いが生きのびているのだから、これは艶めいたというより、ロマンティックな話というほうが適切かもしれない。そして、藤沢周平が男女のことを描くとき、ロマンティックな気配を男女双方に漂わせながら、いっぽうで相手に惹かれる気持を現実的に捉えるという特徴がある。それは、藤沢の小説の大きな魅力の一つといっていいだろう。

　男は人一倍女の心と躰の魅力を感じながら、それゆえに女から少し離れて、現実的に女の姿を見ようとする。時として、そのリアリズムのなかで、女の魅力はさらに増してゆく。男は、というのを、あえて作者は、といい直してみてもいいかもしれない。そういう作家の視線が作品の大きな魅力の一つになっている。

　このロマンティックな靄《もや》は、ありかがすぐにはわからないほどで男女の実際の関係を邪魔しないのが特徴だ。たとえば⑧の「梅咲くころ」の松江の書き方にもそれが現われている。松江は十七歳とはいえ、女遊びで名を売っている村川某にだまされるような女性だった。ところが清左衛門がふと思いついて持ちこんだ藩屋敷の梅の枝に心を動かすのである。

　そして十五年後、帰郷した松江（今は若年寄ぐらいは勤めているか）が清左衛門に再会する。これが奥勤めの女性かと思われるほど魅力的。闊達でありながら、範《のり》を越えない。松江にもロマンティックな靄が漂っている。ということは、清左衛門はその靄の中にいるのだけれど、自分の心のうちを安直に表に出すことはない。ただ、「白い顔」や「梅咲くころ」のような章がくることで、小説がふくらみをもち、小・中の波の色が艶をおびて物語全体の流れをつくってゆくのである。

順序が少し後ろのほうになるが、⑨「ならず者」、⑩「草いきれ」の二篇にふれておきたい。この二篇は、話柄がまったく異なっているにもかかわらず、年をとる、ということが共通する主題である。

「ならず者」は、「涌井」の女将《おかみ》であるみさの情夫で料理人だった男を指しているのだが、一篇のほんとうの主人公は半田守右衛門という御納戸役人である。

半田は十年前、江戸屋敷で御納戸頭を勤めていた。仕事がよくできた手腕家であったが商人から収賄があったとして、国元に帰され平《ひら》の御納戸役になり、家禄五分の一を削られた。ところが、江戸での改めての調べで、半田の収賄事件は冤罪ではなかったかという疑いが出てきた。近習頭取が江戸からやってきて、清左衛門に改めての調べを依頼した。

清左衛門の的確な調べによれば、江戸の収賄は冤罪らしい。しかしいま現在、まじめな勤めと暮らしを実践している半田が、なぜか、城に出入りしている商人からなにがしかの金を受け取っていることが判明した。すなわち収賄事件の移行である。

半田の家を継ぐ孫が厄介な病気にかかり、その高価な薬を購《あがな》うために高利貸から金を借りた。返済のために、心ならずも出入りの商人からわずかな金を月々受け取っていた、という事情を清左衛門がつきとめるのである。

年をとる。一家一族のための責任は大きくなる。しかし家禄がそれにしたがって増えるわけではない。それが藩政のあり方である。半田の話は、武家社会の経済的矛盾を示すと共に、そこで年とってゆくことの切なさを、それとなく語っている。

もう一篇「草いきれ」は、中根道場の少年たちの喧嘩沙汰を見て、清左衛門が同じことをやっていた自分の少年時代を回想する話である。喧嘩を通じて新しく友達になった吉井彦四郎は、清左衛門と一緒に釣りに行った帰途、落雷に打たれて死ぬ。

清左衛門が替って喧嘩をしてやった弱虫の小沼金弥は「脂ぎった大男」になって、勘定奉行まで勤めた。懐しい思いに駆られて小沼を訪問した清左衛門を、小沼は得意げに新しくもった妾の家に連れてゆくのである。清左衛門はガックリきて、悪酔いするしかない。

小沼にも、彼をたずねる清左衛門にも、年をとることの切なさがついてまわっている。加齢の悲しみは、そもそも清左衛門が隠居になった、①「醜女」から、彼の心中の感慨として、あるいは彼のたたずまいの描写としてあった。それは、この小説の流れをつくっているものの一つで、最後まで消えることがない。


『残日録』の物語の主筋は、藩の執政たちの二派に分かれての政争である。現在筆頭家老の朝田弓之助を中心とした朝田派。元家老の遠藤治郎助が率いる遠藤派。両派の激しい攻防は最初はその一端が見えるにすぎないが、やがて事態が表面化し、それにしたがって両派の対立とそれがもたらす政治劇が、物語の中心に位置するようになる。

といっても、それ一本しか流れがない、というのではない。

他の大切な流れとして、清左衛門を中心にした、佐伯熊太、大塚平八三人の友情物語がある。三人は少年時代からの親友で、ふだんはあまりつきあいのない平八と清左衛門のあいだに事件が起こるが（⑦「平八の汗」）、迷惑をかけられても、清左衛門は平八との関係を切るわけにはいかない。

もう一つは、「涌井」という小料理屋のおかみのみさと清左衛門のつきあいである。といっても、男女の関係になりそうでならないのが、清左衛門という男の生き方を語っているようなものである。そう考えると、みさという「男好きのする」容貌の女との関係そのものより、みさが取りしきっている「涌井」という小料理屋の存在が大事、といえるかもしれない。

章が進むにしたがって、清左衛門と佐伯の密談の場所はほとんどが「涌井」になるし、他の用件でもここが頻繁に使われる。こういう場所をつくりだしたのは、藤沢周平の長篇では初めてのことで、まことにすぐれた「発明」といってもよい。

ここで出される献立をちょっと思いだしてみたい。佐伯熊太の大好物である赤蕪の漬け物、茗荷《みょうが》の酢漬。孟宗竹の筍。クチボソカレイ。ハタハタ。

これらはすべて荘内地方が産する美味で、土地の人にとっては現在でも日常的に食卓にのるものだ。すなわち、花房町にあるこの小料理屋は、清左衛門や佐伯にとって、母なる海と平野を感じさせる場所なのである。店を取りしきっているみさがここを去るとすれば、清左衛門の物語も終わりを迎えなければならないのかもしれない。（「涌井」の料理については、別項の「海坂の食をもとめて」で詳しく述べている）。

とにかく、政争と男の友情と「涌井」と、それに単発の物語がからんできて、物語の流れがしだいに太くなる。

話を少し前のほうに戻すと、藩上層部の政争の話が最初に出てくるのが⑤「梅雨ぐもり」、つづいて⑥「川の音」。その出かたがじつにしゃれているのに感嘆した。「梅雨ぐもり」では、清左衛門の末娘である奈津の悋気から、その夫の杉村要助がこの政争の裏側で活動している話になる。「川の音」では、小樽川へ釣りに行った清左衛門が、川のなかで動けなくなった百姓の母子を助けるところから話が深刻に広がる。

日常から政治へ。その話の運びがまことにあざやかで驚嘆するしかない。私は『義民が駆ける』で「三方国替え」にまつわる政治の動きを藤沢周平が鋭く描き切ったことを、このあたりで再三にわたって思いだした。

さらに話を進めると、⑪「霧の夜」で、とりわけ朝田派の怪しげな動向が決定的になる。「毒を飼う」というあってはならないような言葉が、朝田派の談合のなかで語られ、それがこの長篇の底流にもしのびこんでくる。「毒殺がお家芸」といわれる海坂藩の物騒さが現われてくるのだが、それでいて、それが二派の政争にどうかかわるのか、最後まで見えない。心にくいほどの構成のうまさである。

「霧の夜」にひきつづき、「毒を飼う」の真相が明らかになるのは⑭「闇の談合」である。すなわち⑫「夢」と⑬「立会い人」の二章の寄り道がある。なぜこのような寄り道を必要としたのか。それを考えてみよう。

みさの「涌井」が最初に出てくるのは、④「白い顔」である。花房町の小料理屋「涌井」の小部屋で、清左衛門が信頼している中根道場の高弟である平松与五郎に、多美との再婚を熱心に勧める、という場面だ。

その「涌井」がもう少し詳しく語られるのは、⑦「平八の汗」の章である。清左衛門は、「頼みがある」という幼なじみの平八を、「近年みつけた酒のうまい店」である「涌井」に連れ込む。きょうは生きている蟹がありますが、それを——

《「茹でますか、それとも味噌汁になさいますか」

膚がきれいで、眼に少し険のあるおかみが言った。おかみのみさは三十前後で、険がある眼と頬骨が出ている顔のために美人とは言えないが、いわゆる男好きのする女だった。》

と描かれる。そして小説の中ほど、⑨「ならず者」あたりから、清左衛門は「涌井」の奥の部屋に座ることが多くなった。みさは、武家をもてなすのに、親しみはあるけれど範を越えない。しかし、そういう抑制された態度のなかに、清左衛門への並ではない好意のようなものが滲みだしているようにも見える。同じく「涌井」が気に入っている佐伯熊太への応対と何かが微妙に違っている、というふうな。

いっぽうの清左衛門の気持については、作者が黙りこんでいるようだ。秘密を要する会談をこの料理屋でたびたびやるのだから、みさを信頼しているのは確かだとしても、肝心なところでは、沈黙がある。

その沈黙がわずかに破られるのが、⑫「夢」の章である。若い日に自分がしたことに自ら傷ついている清左衛門は、大雪の夜に店の前にたどりつき、みさに懇《ねんご》ろな世話を受ける。そして酔いつぶれ、「涌井」に泊った。

《ただ、夜中に一度清左衛門は眼がさめた。つめたい風が顔の上を吹き過ぎたと思うと、襖がしまるかすかな音がし、やがて床の中にあたたかくて重いものが入りこんで来た。あたたかくて重いものは、やわらかく清左衛門にからみつき、そのままひっそりと寄りそっている。

とてもいい匂いがした。

——夢にちがいない。

と清左衛門は思い、また眠りに落ちた。》

若い日、清左衛門は同僚の小木慶三郎について、藩主に問われるままに告げ口めいた話をした。それが今になって心の痛みになっているらしく、重苦しい夢を見るという話なのだが、雪の夜に「涌井」に泊まり込んだ、そして床の中にみさが入ってきた、ということに眼目がある。この雪の夜に、二人とも、わずかに範を越えるのである。こうでもしなければ、二人は同衾しないんじゃないか、と作者が苦笑しているようなところがある。

最後の章⑮「早春の光」で、みさは隣国の実家に去る。それは、清左衛門とみさにとって、男と女の別れにもなるのだが、そのためには、夢の中であっても、二人は一度は結びつかなければならない。そのことによって別れが、ほんとうの寂しさに色どられるかに見える。

次の⑬「立会い人」の章は、さらに謎めいている。

清左衛門が若い頃に通い、隠居の身になった今も顔を出して躰を剣にならしている、紙漉町の中根道場。その中根弥三郎のもとに、かつて宿敵だった納谷甚之丞が現われ、決闘になる試合を申し込む。中根はそれを受け、清左衛門に立会い人を依頼するのである。清左衛門は自分は適任ではないと辞退するが、中根にぜひにと押し切られる。

この試合、凄絶をきわめるものとなった。中根が、納谷の必殺の木刀をかわして、清左衛門がつい目をつぶってしまった秘剣を用いたから、そういうのではない。少年の頃、天才剣士とうたわれた納谷が、嫁と道場の後継をかけた試合で中根に敗れた。それから三十年を経た。全国での武者修行を果たした納谷が海坂の地に戻ってきて、試合を申し込んだのだ。中根は納谷が「果し合い」のつもりで来るのがわかっていた。しかし、それを避けるわけにいかない。

剣という、昇華されてはいるけれど、暴力の装置でもあることに三十年をかけ、勝つ自信を得たからといって挑んでくる納谷という存在が、凄惨なのである。齢は中根と同年の納谷は、すさまじく変貌していた。

《……髪は半ば白くなり、身体は痩せて、目は落ちくぼみ頰は抉ったように肉が削げていた。そして旅の日と風に晒しているせいか、皮膚は日焼けを通り越してどす黒くなっている。》

「これは、真剣勝負だ」、と清左衛門が感じた果し合いはすさまじいものであったが、それ以上に、またしても敗れて去る納谷甚之丞の姿が凄惨という以外にない。三十年の修行の、結着をつけようとすることの、何という虚しさ。手の骨を砕かれたらしい納谷の姿から、それが伝わってくる。

剣の虚しさが、そこに描かれているのは、まちがいない。しかし、小説も大詰に近いはずのここで、それを書く必要があるのか。

そう思って小説の流れ全体をもう一度見渡すと、クライマックスとなる⑭「闇の談合」の章に（次の⑮「早春の光」にも）、刃の光が走らないことに気づくのである。怪しげな見送り人などが登場したりはするが、政争の解決として太刀がふるわれることはない。たとえばこれは、もう一つの代表作『蟬しぐれ』とくらべても、正反対に位置するようなクライマックスの置き方なのだ。

「闇の談合」の中身である。藩主の弟の石見守の死に方が、新しい用人の船越喜四郎の話のなかで明らかにされ、その船越と清左衛門の二人が、朝田弓之助との話しあいで引導を渡す。朝田家からの帰途、送り狼めいた剣士がついてくるが、平松与五郎の出現でその緊張もとける。

朝田、遠藤二派の政争、というより朝田家老の下手な陰謀は、話しあいのなかで明らかになり、朝田は話しあいのなかで失脚してゆく。執政府内の政治家たちの争いを描いて、『残日録』はきわめて例外的に力（刀といってもよい）の行使にならないのである。

そのかわりに、一つ前の章に「立会い人」を置き、決闘というすさまじい剣のドラマと、そのドラマの空しさを存分に語った。私はそのように考え、この構成のみごとさにさらに溜め息をついた。

「闇の談合」の冒頭あたりには、藤沢周平が書いた最も美しい文章が置かれている。

晩夏の夜の嵐。自分の隠居部屋でそれを見ながら、清左衛門は子供のときに玄関先で見た、初秋の夜空の稲光りを思いだす。はげしく稲妻が光り、四方の木立も家もむらさき色に染まる。それは少年がはじめて見る美しい夜景だった。

《そのときうしろから母の声がした。帰りがおそいのを案じて外に出て来たらしい母は、すぐに稲妻に気づいたらしく、そのまま清左衛門の横に来てならぶときれいな稲光りとつぶやいた。そしてつけ加えた。

「稲はあの光で穂が出来るのですよ。だから稲光りが多い年は豊作だと言います。おぼえておきなさい」》

引用した部分の少し前から描かれる少年時代に見た稲光りの夜景である。藤沢周平らしいみごとな描写なのだが、この場面のもつ意味を考えてみたい。

母が門前に出てきて、少年の清左衛門に並んで、「稲はあの光で穂が出来るのですよ。……」と教える。

おれは十歳かそこら、そして母も若かったのだ、と清左衛門は思う。私は読みながら、賢こそうな若い母親を思い、清左衛門はそういう人に育てられたのだな、と納得する。

そしてこの描写に誘われるようにして、私は小説のなかにあった、他の二つの雷鳴の場面を思い浮かべる。一つは二十一歳の夏、道端の庚申堂で、美しい波津の手を握ってやる場面(「白い顔」)。もう一つは、十三、四の頃、釣りの帰りに友人の吉井彦四郎が雷に打たれて死んだときのこと(「草いきれ」)。

そのうえに、清左衛門が育った家の空気を伝えてくれるような母の姿と言葉を私たちは知る。

清左衛門という人物のうえに流れた時間を私たちは感じ、ひいては、その時間がひとりの男をつくりあげたことをも感じとる。

これはそういう場面なのだ。

その後、現在の用人である船越喜四郎が訪れてきて、藩に政変をもたらすような、重大な談合になる。ただし、船越は直ちに坐って秘事を打ち明けたわけではない。雨に濡れた袴をぬいだり、駄弁を弄したり、ゆっくり茶を飲んだりする。

その間、私は清左衛門という男の人となりを改めて思い、さらには、清左衛門と共に（ほとんど一体となって）、船越用人が語り出すのを待つのである。

『残日録』の物語展開の特色はおよそ説明し得たのではないかと思う。ふつうならば、「闇の談合」の章あたりで白刃が閃き、その力の行使が小説の頂点となり、同時に物語が終焉に向かう。『残日録』はそうならない。そうならずに、現役を退いた男の人生のありようが、政治的な言葉の攻防のなかに静かに現われるのである。

隠居した男が小説の主人公であり、男は隠居してもなお悔いなく生きつづけるのを覚悟している。その男清左衛門に大刀を振りまわさせるわけにはいかない。そこで、『残日録』後半の⑩「草いきれ」あたりから、精緻きわまりない構成上の工夫がほどこされている。いや、たんに構成上の工夫といってはならない。さまざまな筋《ストーリー》の流れが一つの大きな流れとなって内部で交響するのは、まさに近代の小説の本道だといえるだろう。それが時代小説で果たされていることに、本当の新しさがある。ヨーロッパの小説理念が、わが時代小説のなかで成就している。すごいことだと思う。

そのとき、藤沢周平の天成の、といいたい文章の力が大いにあずかっているのは、初めのほうですでに語った。

『三屋清左衛門残日録』を、新しい文学として高く評価しなければならないのは理由があることなのだ。

4　懐かしい光
――短篇を読む

海坂藩を舞台にしている短篇のなかから、私が特別に愛好している数篇を選んで、その魅力を論じてみたい。

どれを海坂藩ものの短篇とするかは、人によって議論の分かれるところだろう。本章の「1 その風の色は」で紹介したように、文藝春秋刊行の『海坂藩大全』（上下、二〇〇七年）の解題は、判定の基準を示した上で、二十一篇を「海坂もの」としている（『たそがれ清兵衛』など連作短篇はのぞく）。それも一つの考え方と思いながら、私は勝手にもう少し広げて考えることにしている（本節末の注を参照のこと）。

それにしても、海坂藩という東北の小藩（七万石）は、その美しい名にもかかわらず、なかなか物騒なことが起きる舞台ではある。とはいえ、穏やかで牧歌的なだけの場所だったら、小説の舞台にはなりにくい。物騒な人びとがいて、怪しげな事件が次々に起きるのが海坂藩なのである。

藤沢周平は一九七一（昭和四十六）年、「溟《くら》い海」で「オール讀物」新人賞を受賞した。その後四篇の市井もの、股旅ものを書き、六作目に最初の武家ものである「暗殺の年輪」を発表した。これが一九七三年（昭和四十八）夏、第六十九回直木賞を受賞した。そしてこの小説の舞台が海坂藩だったのである。

「暗殺の年輪」は、怪しげな事件というより、凄惨なドラマが描かれている。

主人公の葛西馨之介《かさいけいのすけ》は、周囲の者が自分に向ける憫笑《びんしょう》のようなものを気にしていたが、組頭、物頭などに囲まれて、時の権勢をほしいままにしている中老の嶺岡兵庫を暗殺せよといわれたとき、その憫笑の真の原因をつきとめようとする。父親源太夫がかつて嶺岡中老を討とうとして失敗し、切腹して果てた。家がとりつぶされて当然のところ、母が中老に懇願してかろうじて母子の家は残された。母と中老の関係を推測し、馨之介は中老の暗殺を引き受ける。暗殺に成功した直後、馨之介は誰とも知れぬ七、八人はいると思われる刺客に囲まれ、戦いながら闇のなかを逃げる。

《星もない闇に、身を揉み入れるように走り込むと、馨之介はこれまで躰にまとっていた侍の皮のようなものが、次第に剝げ落ちて行くような気がした。

馨之介は走り続け、足はいつの間にか家とは反対に、徳兵衛の店の方に向っているのだった。》

侍の皮が、剝げ落ちて行く。この一行にたどりつきたいために書かれた短篇、といえるかもしれない。藩の執政のなかにある、醜悪な嘘と欲望。それから逃れるためには、侍であるのを辞めるしかない。

徳兵衛という居酒屋には、馨之介を慕う町方の女、お葉がいる。闇に包まれながら、その方に馨之介は逃げようとしている、というところでプツリと話が終わる。力強く、しかも哀れが深い。

この小説では、お葉と、もう一人武家の娘である菊乃という女が、大事な役割を果たしている。藩上層部の政争、それにまつわる陰謀。若い藩士と、ひたむきな女たち。むろん短篇によって色調は暗かったり、もっと明るかったりするけれど、ストーリーと人物の配置という点では、「暗殺の年輪」はたしかに海坂ものの原型というべきものだった。

前にも引用したが、ここでもう一度その地形を語る部分を読んでおく。

《丘というには幅が膨大な台地が、町の西方にひろがっていて、その緩慢な傾斜の途中が足軽屋敷が密集している町に入り、そこから七万石海坂藩の城下町がひろがっている。城は、町の真中を貫いて流れる五間川の西岸にあって、美しい五層の天守閣が町の四方から眺められる。》

酒井家荘内藩と似ている地形のようでもあり、違うようでもある。荘内藩本丸には天守閣がない。さらにこの後で記されているのだが、五間川が北から南に流れているというのが決定的な違い。モデルとおぼしい荘内の内川は、南が上流で北で海に注ぐ。もっとも川の流れが逆になっているのは、「暗殺の年輪」と海坂ものの次の作品「相模守は無害」（一九七四年発表）だけで、その後は南から北へ、と修正されている。最初期には、作家が現実の荘内藩とは何かにつけて違わせようとした意図が強かった、といえるかもしれない。

ところで、「相模守は無害」については、詳しくふれないでおくが、これは荘内藩初期に起きた「長門守一件」と称される、驚くべき騒動を元にして書かれている。初代藩主酒井忠勝《ただかつ》の三弟長門守忠重《ながとのかみただしげ》の陰謀を登場人物名などすべて架空のものとし、海坂ものとして、幕府隠密の視点から語ったものである。なお、藤沢は一九七六（昭和五十一）年発表の歴史短篇「長門守の陰謀」で、正面からこの「長門守一件」を扱っている。この作品については、後に論ずる機会があろうかと思う。

「竹光始末」（一九七五年発表）は、藤沢周平が五十歳となる一九七七（昭和五十二）年までを仮にこの作家の初期とするならば、初期の武家もの短篇の代表作の一つといっていいだろう。浪人の主人公が海坂藩に志願するという単純なストーリーの展開のなかに、重層的な人間のドラマが描かれているのだ。

なお余談ながら、単なる便宜という以外にいかなる意味も持たないのだが、藤沢周平の作家歴を仮に初期、中期、後期と三つに分けて記述することが、今後もあると思う。初期は「オール讀物」新人賞を受賞した一九七一（昭和四十六）年、四十四歳の年から五十歳になる七七年まで。その前年から、作家は『用心棒日月抄』の連載を始めている。中期は、七八年から、六十歳になる八七年まで。それ以後、九七年一月に逝去（六十九歳）するまでのほぼ十年が後期。もっとも、これは時間の流れを示すだけの単純な便宜のための区分けで、中期と後期の作品に何か変化のようなものが生じているかといえば、それは思い当らない、といっていい。

さて、「竹光始末」に戻ろう。

徳川時代初期には、幕府の統治の仕方として、藩の改易《かいえき》ということが、しばしば行なわれた。一藩が無くなるわけだから、そのたびに相当数の浪人が発生する。彼らは傭ってもらえそうな藩をもとめて、全国を旅するのである。その懐中には、関ヶ原の戦とか大坂城攻めの高名《こうみよう》ノ覚《おぼえ》などが大切にしまわれている。求める就職先に出す、実績を示す履歴書のようなものだ。藤沢は短篇集『冤罪』（一九七六年刊）の「あとがき」で、「郷里の古い史料をみていて、高名ノ覚というものにぶつかって」題材を得た、と書いている。そして短篇「証拠人」が書かれた。これには酒井家荘内藩が出てくるが、海坂ものである「竹光始末」「遠方より来る」の二篇は、やはり高名ノ覚に興味をいだいた、その成果ともいうべき佳篇である。

小黒丹十郎と若い妻、二人の小さな娘が、わずかな伝手《つて》をたよって海坂藩にやってくる。会津藩に身を置く片柳某がその人に宛てて周旋状を書いてくれた、海坂藩の物頭、柘植《つげ》八郎左衛門に会って、藩士に採用してもらおうとしている。しかし、海坂藩の新規召抱えは先月すでに終わっている。柘植も苦慮するが、しばらく後、ある人物を上意討ちする沙汰があって、これを小黒がうまく果たせれば、七十石で召抱える、という話になる。

その沙汰を待つあいだ、すっかり宿代も無くなって（いや、初めから無かったか）、小黒は大刀を売ってしまっている、という挿話が、この上意討ちの決め手にからむのだが、「竹光始末」の魅力は、そのへんの展開にあるのではない。

一つは、二度浪人になった小黒の経歴が、事細かに述べられていることだ。戦国末期の大名とか執政たちの冷酷無残な人柄とかがリアルに描かれて、ふつうの武士であることの生きにくさが、切々と伝わってくる。

そうした浪々の身でありながら、小黒の一家のけなげな明るさが、静かに、けれどもきわめて強く書かれている。五間川補修の工事に傭われて、日銭をかせいで帰ってきた小黒を、妻の多美が迎える。多美は、宿の亭主が、泊り代を払えと無理無体をいったことを夫に報告した後、心ある女中がくれた胡桃の実を取り出し、小黒が刀の小柄でそれを割って二人で食べる。

物置のような二階の部屋。娘二人はすでに寝ている。開け放した窓から水色の月の光が流れこんでくる。多美は行燈の灯を消し、二人は静かに横になる。小黒は多美の体を抱いたようだ。《やがて動きが止んだが、丹十郎は蟬のように多美の白い胸の上にとまったままでいた。いつの間にか丹十郎は寝息を立てている。その頭を、多美はそっと抱いた。

「お前さまも、苦労なされますなあ」》

藤沢周平が描いた、男と女が抱き合う場面のなかでも、最も美しいものの一つ、と私は思っている。ふつうの人間が背負っているあわれさのようなものに、筆が深く届いているのだ。

小黒は、小太刀を使って無事に余吾某を討ち果たし、海坂藩に召抱えられるところで終わるのだが、小黒と多美の姿こそが、物語の隅々までを生かしている。

「臍曲がり新左」（一九七五年発表）は、初期の短篇のなかでも格別の秀作である。初期の自作には、「どの作品にも否定し切れない暗さがあって、一種の基調となって底を流れている」

（『又蔵の火』「あとがき」）と藤沢は書いている。自分が背を押されるようにして書いた、そういう暗い部分を書ききったら、別の明るい絵が書けるのかもしれないと、作家はそこで単純ではない感想をも洩らしている。しかし藤沢の初期作品は、暗く濁っているのではない。遠くまで見えるような一種の透明感さえあって、その暗さということについて軽々に論じることはできない、と私は思っている。

　ただ単行本でいえば『又蔵の火』の二年後に刊行された『冤罪』に収録されたこの「臍曲がり新左」は、じつに瑞々しいユーモアが基調になっている。それは、あえていえば、藤沢作品の新しい展開を予感させる。

　ユーモアは、主人公治部新左衛門（年は五十半ば）が、娘である葭江《よしえ》とか、葭江と親しくしている隣家の総領犬飼平四郎との話のゆきちがいが埋めがたいと信じていることから来ている。現代ふうにいえば、コミュニケーション・ギャップであろうか。なにしろ新左衛門は秀吉の小田原城攻めのときが十八歳で初陣、文禄元年の最初の朝鮮出兵、関ヶ原の戦、二度にわたる大坂の陣などことごとくに出陣した、戦国末期の生き残りともいうべき人物。平和時代の子供たちとギャップがあるのはいたしかたない。

　それが滑稽な味わいの元であるのは確かだけれど、この作品を支えているのは、物語の語り口のあっけにとられるしかないうまさである。

　今はしがない御旗奉行をつとめる新左衛門が、頼まれて城中の斬り合いの騒動に割って入る。正気を失なっている一方の若者を、「やッ、やーッ、やッ」という戦場往来の声でふるえあがらせて喧嘩をとめた。一方の冷静な若者が隣家の犬飼平四郎で、平四郎が「山牛蒡《やまごぼう》の味噌漬」をもって御礼に来てから、側用人をつとめて威勢並びがない篠井右京を斬り捨てるまで、一気呵成に物語がすすむ。

新左衛門の予想に反して平四郎が家に上がりこみ、滑稽味あふれる、ゆきちがいふうの話の連続になるのだが、この話の運びのなかで、じつは藩政の実情、平四郎の妹の佐久の立場、そして何よりも平四郎と葭江が互いにひかれあっていることがきれいに示唆される。

ユーモアのなかで、ストーリーの展開が知らぬ間に準備されているから、その展開に読者はやすやすと乗ることができるのだ。

すなわち、新左衛門と因縁浅からぬ加藤図書の登場、佐久の救出、新左衛門の朝鮮出兵時の少女との出会いの回想、そして篠井右京の斬殺まで、ほんとうはかなり複雑な話が、停滞することなく進んでゆく。物語の語り口のみごとさがここまで発揮される小説は、短篇といえどもめずらしいのではないか。

篠井斬殺を知った加藤図書が事態をまるく収めるところが、やや物足りないという感じもあるが、その短所も結末のうまさが十分に救っている。渋面を作っていた新左衛門が、「庭が闇に包まれると、不意に相好を崩してにやりと笑った」という末尾。ハッピーエンドではあるけれど、新左衛門に対するあたたかい皮肉が利いている。何度読んでも、溜め息とともに読了するのだ。

「鱗雲」（一九七五年発表）は、最も好きな短篇の一つである。作家の宮城谷昌光氏が、「美しいピアノ・ソナタのような名品」と評されるのを聞いて、大いに共感したのを記憶している。とはいっても、むろん美しいだけの作品ではない。

小関新三郎は近習組づとめで、禄高百石の平侍。夏の日、藩の預り支配地である青沼村に使いに行っての帰途、急坂の峠で病いに倒れている武家の娘に出会い、背負って家まで運んできた。数年前に父と妹を病いで失ない、家では母理久と二人暮らし。その淋しげな家で、雪江という娘を療養させる。

新三郎には、いちおうの許婚《いいなずけ》である利穂という十八歳の娘がいる。いちおうというのは、利穂は父の屋代重兵衛という物頭に依頼されて、家中でも評判の悪い保坂某という若者のグループに深く入りこんでしまって、新三郎との婚儀などは忘れられているようす。

武家の娘の宿命を背負ったような利穂と新三郎の会話の場面は、まことに塩辛く、苦い。その後しばらくして、利穂は身籠って自害する。

いっぽう雪江のほうは、病い癒えて、隣藩に父の敵を討ちに行くのだ、と新三郎に打ち明ける。新三郎は、上意討ちは仕方のないこと、敵討ちにはならないとそれを止めるが、雪江は北の隣藩を目ざして家を出る。

この雪江の出てくる場面は、短くしか語られないが、すばらしいとしかいいようがない。

雪江がようやく床の上に起き上がれるようになって、理久が死んだ妹のために作った浴衣を着て座り、瓜を食べている。そこに、新三郎が家に戻って来て、母が剝いてきた瓜を一緒に食べる。束の間ではあるが、日常の安らぎがそこに現われる。平凡な情景ではあるが、藤沢周平はいつくしむように、それを描く。めったに見せなくなった母理久の笑顔が、雪江が出発した後の哀しみを物語る。

晴れた空の半ばを埋めて鱗雲がひろがっている秋の夕暮れどき、母とともに庭に出ていた新三郎は、裏木戸から北にのびる道に出て見る。街道を、駆けるように近づいてくる人影がある。雪江だった。

《旅姿の女は雪江に違いなかった。高く手を挙げている。西空に傾いた日射しに、白い歯がちらりと光ったのが見えた。》

美しい旋律を聴くような思いで、私はこういう文章を読む。そして一時《いっとき》ではあっても、文学にこれ以上の何を望むのか、と思うのである。

短篇集『麦屋町昼下がり』（一九八九年刊）には、少し長めの短篇が四篇収められている。四篇とも、舞台がどこであるとも書かれていない。また海坂藩でなじみのある川の名や町の名が出てくるわけでもない。四篇はそれぞれが独立した話であるけれども、これが海坂藩を舞台にした連作であるとしか、私には受け取りようがない。

そのうちの一篇「三ノ丸広場下城どき」（一九八七年発表）は、いったんは生き方を見失った中年男が、自分を取り戻す話で、とりわけ趣が深い。

妻を亡くしたのをきっかけに、安い居酒屋で酒を飲むことを覚え、その安易さのなかにひたっている男。六十五石の御馬役を勤める粒来重兵衛は、かつては無外流を教える椎名又左衛門の門下で並ぶものなしと名声をほしいままにしていた。対抗する剣士に臼井内蔵助がいたが、椎名の娘を妻にする争いに重兵衛は勝って、筆頭の剣士の地位についたのである。しかし、その妻を失ない、御馬役に身を沈めて、安居酒屋で酒をくらう日々。

いっぽうの臼井は目を見張るような出世をとげて、いまは気鋭の家老として藩政を壟断《ろうだん》している。さらにいうと、臼井には弱い者をさらに痛めつけて、そこに快感を見い出すという性格があった。

重兵衛は臼井の悪意の発動ともいうべき奸計にあって恥をさらし、それに反発することで自分の生き方を再発見する。

重兵衛の家には、親戚の配慮で妻の死後、茂登という寡婦《やもめ》が入ってきていて、家事と、小さい娘の世話に従事しているが、この茂登が信じがたい力持という設定がおもしろい。その力持女と重兵衛の関係の移り行きが、物語の内々の充実になっている。

他人を苛《さいな》んで喜ぶという人間を、藤沢周平は嫌い抜いているらしい。長篇でも短篇でもそういう権力者を登場させて、その行く末までを何度も描いている。ただし、描き方としては、悪は滅びる、という単純な話ではない。ここでの臼井の描き方など、悪の力のようなものを追究して、衝撃的でさえある。

しかしまあ、重兵衛と茂登はあやういところで、笑いのうちに結ばれて、めでたしで終わるのだけれど。

「三ノ丸広場下城どき」もその一つだが、長めの短篇の特徴は、人間の悪のあり方を、かなり克明に描いていることである。単純な悪役が、それらしく登場するのではない。同じ本の中にある「山姥橋夜五ツ」の恩田中老など、あっと驚くような悪役であるし、上士の家柄の女性たちの物語である「榎屋敷宵の春月」では、女性の凄じさ（または嫌らしさ）が手心加えずに語られていて、充実した短篇になっていた。

藤沢の武家ものには、短篇・長篇を問わず謎の究明が物語の動力になっている作品がある。『霧の果て――神谷玄次郎捕物控』などのように、最初から捕物仕立ての作品だけでなく、謎の究明を物語の構造の根底に置いた佳篇がいくつもある。先ほどタイトルだけ挙げた「山姥橋夜五ツ」などもその好例だと私は思っている。

藤沢が晩年というべき時期に、長篇『秘太刀馬の骨』とか「用心棒日月抄」シリーズの『凶刃』にみるように、謎の究明を物語の動力にしている作品を書いたことに、私は強い興味をいだいている。しかし、それをいま論じようというのではない。ここでは、後期の短篇「闇討ち」（一九八九年発表）を取りあげたい。この短篇には謎の究明というだけでなく、味わうべき点がいくつもあると思う。

まず、人物の設定。清成権兵衛（四十五石、元普請組）、植田与十郎（百石、元郷目付）、興津三左衛門（二百三十石、元近習頭取）。この三人の武士は、ともに五十半ばを過ぎて隠居の身分である。きわめて仲が良い。清成のような下士と、上士ともいうべき興津が隠居後も親密につきあっているのは、若い頃、大迫という雲弘流《うんこう》の剣術道場で、三羽烏と呼ばれ、当時敵する者がいなかったことによる。三人は身分を越えた、お前おれのつきあいで、隠居後もそれが続いている。

隠居後で、五十半ば過ぎ。いわば定年後小説ともいうべきものだが、むじな屋という安居酒屋で三人が額を集め、清成権兵衛が闇討ちを依頼されて引き受けた、と打ち明けたところから波乱のスタートになる。

このむじな屋の場面《シーン》がなかなかに良い。老年に差しかかろうとする中年三人男は、いずれもがとてつもない鋭い目つきをしていて、人を寄せつけない雰囲気がある。とりわけ清成などは、恐ろしげな人相も働いて、笑えば野盗の頭が獲物を見つけてほくそ笑んでいるかに見える。

しかし笑ったのは、注文した焼いた鰊《にしん》が来たからで、その鰊は一尾が三つに切り分けられている。諸事倹約の藩風を三人は身につけているわけだ。興津が尻尾部分を取り、清成と植田が数の子が入った腹の部分をとる。そして談合は後まわしにして、まずは旬の鰊を味わうのである。

これまでも見てきたように、藤沢の短篇は一つの場面、その場面が見えるように語られる細部の魅力に支えられているという特徴があった。この最初の場面、むじな屋の談合がそれである。

目つきの鋭すぎる(ふつうにいえば、悪い)三人の初老武士が、一尾の鰊を三つに分けて食べながら、物騒な話をする。滑稽で可愛らしくもあるけれど、やってる話は人の命がかかっているのである。焼いた鰊を三つに分ける。三人の男たちが、藩の倹約令をまじめに守っている人格であるのを示しているとともに、三人が仲の良い少年のようにも見える。いちばんやんちゃな清成が数の子の入ったいい切り身を取り、大人の風格がただよう興津が尻尾のほうを取る。鰊の切り身を三人が食べるという情景に、そのように重層的な意味がこめられている。細部のおもしろさが、そこにある。

物騒な話は、清成権兵衛がする。藩の上層部の執政に、ある人の暗殺を頼まれて、自分はそれを引き受けた。頼み主の名も、暗殺の対象者の名もいえない。引き受けたのは、自分が現役のとき、勤めにしくじって家禄を三分の一に減らされた、それを元に戻すというのが、闇討ちの条件になったからだ。以前、清成は御供頭をつとめる百三十石取りだったのだ。

興津と植田は、そんなうまい話は罠が仕掛けてある、成功すればお前が殺される、と口をきわめて止めるが、清成は自分の苦い思いはお前たち二人には伝わらない、といって引きさがらない。そして、万一、自分が罠にはまったときは、「骨を拾ってくれ」と二人の親友に頼んだ。

いま藩は、窮迫している財政の打開をめぐって開墾派と産業派の二つの派閥が対立している。開墾派は米の増産と輸出をめざし、産業派は織物、紙、油などの諸産業を振興させるべきだとする。清成は、執政たちがからむ二派の対立の、誰かの利益のために使われるのだ。

結果は、興津と植田が「骨を拾う」ことになる。闇討ちに失敗した清成は右脚を斬られて逃走する。斬った者とは別の何者かが、河岸にある魚市場の建物の横で、傷ついた清成を斬り、とどめまで刺す。誰がそこまで入念にやったのか。

興津と植田は、大目付などの探索とは別途に、謎の究明に乗り出し、答を得る。そして最後は、清成を罠にはめた執政とその家士を、闇討ちにかける。この容赦のない場面は、まさに細部の凄みを感じさせる。しかし、私がこの短篇で最も心打たれたのは、次に紹介する場面である。

植田が興津を訪ねてきて、二人の入念な検討の結果、ほぼ謎の究明を果たし、植田が帰る。客に出した茶器などを片づけにきた嫁の加弥と、興津が話しあう場面がある。秋らしい西日の光が小さな庭に差しこみ、光と影がきわだった対照をつくっている。

加弥の顔が白い花のように見えた。その顔が、微笑みながらいう、「おとうさまのお気の済むようになさってはいかがですか」。

加弥が部屋を出て行った後、興津は突然に今日の明け方に見た夢を思い出した。興津は誰か知らぬ、五つか六つの少女の身体を抱きしめている。それは艶夢だった。

《年寄ると、あんな夢も見るものかなと思ったとき、興津の胸は突然に波立った。少女の顔が嫁の加弥の顔だったのを、いまになってありありと思い出したのである。》

ある意味では、危うい場面であるともいえるだろう。しかし作家は、興津が加弥への愛情を、静かに自覚し、客観的にとらえているように書いている。藤沢周平がめったに書かなかった、危うくて美しい情景であると受け取った。作家の老いのようなことに、ひきつけて考える必要はないし、そう考えるとしたら、まちがっている。人間を見つめる、強い想像力の存在を思うべきなのである。私には忘れることのできない細部だった。

藤沢周平が、海坂藩とはっきり名ざしで書いている最後の短篇は、「偉丈夫」（一九九六年発表）である。掌篇といっていいほどのごく短いものだ。そして、剣が閃くという物騒さは消えて、穏やかで大らかなユーモアが全篇に流れている。

海坂藩の支藩である海上《うなかみ》藩に、偉丈夫の片桐権兵衛がいる。六尺に近い巨軀、顔もいかつい。この男はしかし、馬のような体軀に蚤の心臓をそなえる小心者だった。

片桐が本藩と長年にわたる漆山の境界争いについて、ゆくりなくも交渉役に選ばれて、どんな論議をしたか。それが語られる話なのだが、海坂・海上両藩の境界争いはその年で解消したのだから、蚤の心臓をもつ偉丈夫は成功したに違いない。

海坂藩という、長年にわたって抗争と紛糾の場であった東北の小藩は、静かな笑いのなかで、牧歌的に幕を閉じる。私はそれを言祝《ことほ》ぎながら、はるかな思い出を懐かしむように、海坂藩を回想する。

（注・何を基準にして、海坂藩を海坂藩と考えるかについては、なかなかに難しい問題だと思う。『海坂藩大全』の「解題」が語る基準は一理あるとは思うが、それに適合しなかった短篇を海坂藩ものでないとしたら、その舞台をどこに置いたら良いのだろう。地名、町名が基準外であろうとも、海坂ものと考える以外にないものは、海坂ものとする。そういう自然さを私は大切にしたい、と思っている。短篇を扱ったこの項目では、「臍曲がり新左」「鱗雲」「三ノ丸広場下城どき」「闇討ち」の諸篇を、私は海坂ものと考えた。）

5　海坂の食をもとめて

藤沢周平には、食べ物について語っているエッセイが数篇ある。といっても、全部あわせても十篇に満たないと思われるのだが。

そこに共通しているのは、郷里である荘内地方の、海と平野でとれた旬のものが、いかにうまいか、あるいはうまかったかという話である。グルメ・ブームとか、グルメ料理とかいうものには、ほとんど背を向けている。「私も少食で、口腹の欲は少ない。しかし私には、それと裏腹に、つねに飢えに対する恐怖感があって、葉っぱ二、三枚というわけにはいかない。少食なりに、腹が満たされていないと安心出来ない」と書いている（「日本海の魚」一九七九年発表）。

それが大前提。「そういう人間なら飢えない程度に何かあてがっておけばいいだろうと思うに違いないが、それがそういうものでもなく、味のよし悪しはちゃんとわかるのである」とつづく。そして、「ごてごてと飾った料理は嫌いで、物本来の味がはっきりわかるような料理が好き」というのだから、穏やかな口調のなかに、すっきりと一本、筋が通っている。

その後で、六月に山形市、十月に鶴岡市に行ったとき、焼いたり煮たりと単純に料理した山菜や魚を満喫した話になる。作家は「郷里のたべものについて何か書くとき、私はお国自慢になるのを極度に警戒する」と、同じエッセイの結びでいっている。しかし、庄内の魚、野菜、山菜が、それじたいきわめて美味であるのは、私自身も含めてそこで生れ育ったのではない多くの人が体験している事実である。

小説のなかに現われる「海坂の食」には、作家にとっては懐かしさ限りない荘内地方の美味が、そっくり移されたように語られている。しかも、荘内の食べ物は、驚くべきことに江戸時代からそのままつづいて、現代の生活のなかに生きている。すなわち、私たちが鶴岡市に入れば、江戸時代の「海坂の食」をそのままに味わうことができるといってもよい。

そういう貴重な体験に驚きながら、私は藤沢作品に描かれている「海坂の食」を以下に紹介したいと思う。だからこれは論評ではなく、ひとつの報告という意味でルポルタージュである。

藤沢周平の全作品のなかで、食べ物の場面が比較的多く出てくるのは『三屋清左衛門残日録』である。この連作長篇では、後半から「涌井」という小料理屋がかなり重要な舞台になるし、そこのおかみであるみさも小さくはない脇役をつとめるから、ごく自然に食べ物の話が出てくる。しかし、三屋清左衛門の食膳についてはのちに改めてふれることにして、「用心棒日月抄」シリーズでの、いっぷう変わった食べ物のシーンから話をはじめよう。

ない場面がある。

「用心棒日月抄」シリーズ第二作の『孤剣』で、食べ物が出てきて、しかも一読して忘れられ

主人公の青江又八郎と江戸藩邸にいる女嗅足《かぎあし》の佐知が、連絡のために人目を忍んで会う、その場所がみすぼらしい煮売屋なのだ。店に入ると醤油の匂いが鼻をつく。そこで二人は宿敵の動静について語りあうのだが、話に入るまえにこんにゃくを注文する。そして国元の名物である玉こんにゃくのことを思いだす。玉にまるめたこんにゃくを串に刺し、ダシをきかせた醤油で煮ふくめたものだ。

佐知がつつましく、しかし気取りのない顔でこんにゃくを噛んでいるのを眺めて、又八郎は濃密な親しみを佐知に感じる。真昼間にこんにゃくを食べながら殺伐たる話をしているのに、男女の密会めいた雰囲気がただよう。つつましやかで、ユーモラスで、どことなくもの哀しい。

もうひとつ、別の場面。青江又八郎が風邪をひいて長屋で寝込んでいるところへ、探索の結果を報告するために佐知が訪ねてくる。まだ夜食をとっていない又八郎のために、佐知がありあわせの材料で雑炊をつくってやる。残りものの大根の味噌汁に冷や飯を炊きこんだ、故郷ではおなじみの雑炊である。

又八郎がその雑炊をふうふう吹きながら食べるあいだに、二人はそこにはない故郷の食べ物の話をする。小茄子の塩漬け。しなび大根の糠漬け。話をするうちに、又八郎は夢みるような眼つきになって、いう。

《「ひさしく喰っておらん」

「そのうち、持って来てさし上げます」

佐知は笑いをふくんだ眼で、又八郎を見た。

「里心がおつきになりましたか?」

「いや、そうは言っておられんが、江戸は喰い物がまずい。喰い物の話になると、国を思い出すの」》

荘内地方のどこかにあるらしい「海坂藩」の食べ物は、そのままの姿で現在の荘内の人びとの暮らしのなかにある。だから、藤沢周平のくぐもるような声が、又八郎のそれと重なってひびいているようにも思われてくるのである。なお、「用心棒日月抄」シリーズは、物語の大半が江戸を舞台に進むのだが、青江又八郎はもともと海坂藩の家中なのである。

又八郎と佐知はしばし国元の食べ物の話に夢中になる。寒の鱈、四月の筍等々。ここでも、故郷の食べ物を通して二人の気持がひそやかに通いあう。食事のあと、台所でもの馴れた動作で洗いものをする佐知の姿に、又八郎が思わず「嫁がれたことがあるのか」と訊くと、佐知は「一度嫁ぎましたが、不縁になりました。出戻りでございますよ」と答える。又八郎は初めて佐知の肉声を聞いたような気持になる。

青江又八郎は江戸でしがない用心棒稼業をしてはいるが、じつは藩の重大な密命をおびている一流の剣客である。いつも敵に命を狙われているし、ときには敵の命を狙わなければならない。そういう殺伐たる日々のなかで、ものを食べる場面は、又八郎と佐知を束の間ではあっても日常の生活にひき戻す。こんにゃくの醬油煮を食べたり、残り汁でつくった雑炊をかきこむとき、又八郎と佐知はふつうの男と女になる。その効果はじつに鮮やかだ。

さらにいうと、又八郎はいつも自室の米櫃《こめびつ》のなかにあと何食分の米があるかを気にしている。飢えることへの恐怖があり、彼にとって食べるということは即いのちを維持していくことなのだ。思えば、食べ物とはもともとそういうものだった。だから食事の場面には、もの食う人の、けなげさとものの哀しさがつねにつきまとっている。そのもの哀しさのなかで、二人は結びつくことになるのかどうか、どうしても気になってしまう。

それはともかく、おかしいのは、実際に食べているものはそのようにギリギリの粗食なのに、又八郎は佐知とともに国元の懐かしい味を思いだして飽かず語りあうことだ。小茄子や寒鱈や筍のことを語りあいながら、二人は不思議な結びつきをさらに深めていくかのようだ。心が通いあい、それが切迫した慕情に高まっていく。ただし故郷の食べ物は二人の話のなかに幻のように去来するだけで、現実のご馳走としてはなかなか現われない。又八郎と佐知の恋が、たがいに強くひかれながら束の間の幻のようなものであるのに見合っているということだろうか。

「用心棒日月抄」シリーズ第四作『凶刃』でも、同じように故郷の食べ物が出てくる。第三作『刺客』から十六年後、中年になった又八郎と佐知が登場するこの物語では、『孤剣』の場合とちがって、実際に故郷の食べ物が又八郎の目の前に供される。その故郷の味が、「醤油の実」と「カラゲ」である。二つとも不思議な食べ物であり、きわめつきの荘内の味といってもいいかもしれない。

まず、醤油の実。醤油は、大豆と小麦でつくった醤油麹に食塩水を加えて発酵・熟成させ、それをしぼったもの。そのしぼりカスにさらに麴と塩を加え直して発酵させたものが醬油の実である。『凶刃』では、「近ごろははじめから醬油の実そのものを作る糀屋《こうじ》も城下に現われ、この貧しくて美味な副食は、上下を問わず城下の家家で愛用されていた」と書かれている。「海坂藩」の時代だけそうだったのではなく、現在でもこの通りで、鶴岡では名物としておみやげ屋にも売っているし、どんなスーパーにもビニール袋に入れて置いてある。

カラゲは、魚のエイの干物である。カラカラに干しあげて、石のように固い。「水でもどして甘辛く煮つけると、なかなかに美味な一品料理になる」と書かれている。これまた、鶴岡の乾物屋の店先でたやすく見つけることができるものだ。

醬油の実にしろカラゲにしろ、あるいは先にあげた玉こんにゃくや寒鱈もふくめて、藤沢周平が書く食べ物はすべてその故郷である荘内地方の食べ物であり、しかも現在も日常の食卓にのぼるものである。それが藤沢文学に現われる「食」の大きな特徴といえるだろう。そしておそらくは作家の故郷への深い思いがその描写にこめられて、どんなにつましい食べ物も、じつにうまそうに輝いているのである。

やや意外な感じさえするのだけれど、一途に暗く鋭いと評される初期の短篇でも、藤沢周平は食べ物を描いてきわめて魅力的な場面をつくりあげている。

「ただ一撃」（一九七三年発表）は、老剣士範兵衛の物語である。またこれは海坂藩ではなく庄内藩中のこととして書かれている。藤沢はめずらしく荘内ではなく庄内と表記している。その庄内藩にふらりと現われた浪人が、御前試合で家中の名だたる剣士たちを打ち伏せる。藩主酒井忠勝の不興をなだめるため、老剣士である範兵衛に白羽の矢が立ち、範兵衛は浪人と立ち合うことになる。そこに範兵衛と息子の嫁との関係が絡むというストーリーだ。

嫁が出してくれた小茄子の漬け物を、範兵衛が歯の欠けた口に入れてもぐもぐと転がしながら食べる。のどかで印象深い場面のあとに、現在は民田《みんでん》茄子とよばれているその小茄子のことが説明される。

「鶴ヶ岡の城下から三十丁ほど離れたところに、民田という村がある。ここで栽培する茄子は小ぶりで、味がいい」にはじまり、皮の薄い七月の茄子、皮は硬くなるが捨て難い風味を宿す八月の茄子というふうに克明に語られている。

民田村は藤沢周平の生まれた黄金《こがね》村の隣り村で、そこで産出される民田茄子は全国的に名声を得ているものだった。と過去形でいうのは、今は農家の個人的用途に使うもの以外にはほとんど消えそうになっていたからである。篤志家がそれを惜しんで民田茄子の復活に力を入れ、わずかに生きのびているというのが、今から十年ほど前の状況だった。ピンポン玉ほどの小さいこの茄子の美しさと、形容できないような美味を絶やしたくないと思ったものだが、大々的に復活しているという話はきかない。それはともかく、作家が幼少時から親しんできたに違いない美味が、鋭い一撃のようなこの短篇に絶妙なふくらみを与えているように見える。

民田茄子で思い起こすことがある。

藤沢周平の郷里である黄金村高坂《たかさか》の近くに白山《しらやま》という地域がある。白山は、今や全国的に有名になった「だだちゃ豆」の本拠地である。

藤沢周平は「ふるさと讃歌」（一九九一年発表）という短いエッセイで、東田川郡の酒と、旧西田川郡産の「だだちゃ豆」をあげ、ほかに馳走はいらない、と書いている。そのエッセイには、ほかに日本海の魚と土地の名産タケノコ汁（孟宗汁）もあげられているが。

しかし、海坂ものには、そのだだちゃ豆は出てこない。調べてみると、だだちゃ豆が白山でつくられるようになったのは、明治以後のことなのである。作家はその経緯をよく知っていて、海坂ものの美味としてこの枝豆を挙げることはなかった。私はそのような正確さにひそかに感銘を受けているのである。

また短篇でいうと、前の項「4　懐かしい光」でとりあげた「鱗雲」の、瓜の場面をもう一度くわしく読んでおきたい。

主人公の小関新三郎が、たまたま峠の上で倒れていた旅の娘を助ける。雪江というその娘が病いから回復して、瓜を食べる場面である。

《「ご親切は忘れません」

と雪江は言い、つつましく瓜を噛んだ。

「がぶりとやりなさい。そうしないと瓜はおいしくない」

「なにを言ってますか。そばでそんなに世話を焼かれては、味も何も解らないじゃありませんか」

別の盆に、切り割った瓜を運んできた理久が言い、新三郎は苦笑し、雪江は声を出して笑っ

た。ころころと響く明るい声だった。》

淋しい家が、一瞬昔の時間を取り戻したかのように、花やかになる。すばらしい描写というしかない。

ここで食べられるのは、古くから果実として親しまれてきた真桑瓜に違いない。昔は瓜といえば真桑瓜だった。それが一九六二年から交配種に生れ変り、プリンスメロンになった。以後真桑瓜は八百屋でも見かけなくなったが、荘内では今や新品種のメロンの特産地になっている。めでたいことといっていいだろう。

藤沢周平の代表作のひとつである『三屋清左衛門残日録』では、冒頭で述べたように、小説の途中から小料理屋「涌井」が重要な舞台になる。「海坂藩」と思われる城下の、花房町にある小ぎれいな店だ。とくに物語の後半になると、三屋清左衛門は一章に一回ぐらいの頻度で「涌井」の一室に坐り、料理を食べ酒を呑む。禄高は五十石の役料を加えれば三百二十石、元用人でいまは隠居の身である清左衛門にとって、「涌井」はなくてはならぬくつろぎの場所になっている。清左衛門はおかみのみさにも心を許しているようで、のちに思いもかけず二人が男と女の関係になる。

そして清左衛門の古くからの友人で町奉行の佐伯熊太も、清左衛門に連れてこられて以来、この店が大いに気に入っている。二人はよく連れ立ってやってくるが、食べるほうで活躍するのは、太り気味で元気のいい佐伯熊太である。

食べ納めの赤蕪の漬け物が出ると、佐伯は、「わしはこれが好物でな。しかし、よくいまごろまであったな」などといって手を出し、たちまち自分のぶんを食べ尽すと、清左衛門の小鉢にあるものまでも平らげてしまう。

小皿に無造作に盛った茗荷の梅酢漬けを口にすると、「赤蕪もうまいが、この茗荷もうまいな」と町奉行はいう。

漬け物をバリバリと噛む音が聞こえてきそうな、佐伯熊太のみごとな食欲である。その食欲につられて、錆びた紅色に染まった赤蕪や茗荷をちょっとつまんでみたくなるほどだ。すでに述べたように「海坂藩」領はいろいろな点で荘内地方に重なり合うのだが、赤蕪も茗荷も荘内の名産であり、土地の人びとが日頃口にしている漬け物である。

しかし、「涌井」の膳には漬け物だけがのっているわけではない。季節ごとの旬のご馳走が食膳を賑やかにすることもある。それがどんなものか、献立を三つあげてみよう。

①晩春の頃。小鯛の塩焼き、豆腐のあんかけ、こごみの味噌和え、賽の目に切った生揚げを一緒に煮た筍の味噌汁（酒粕入り）、山ごぼうの味噌漬け。

②中秋の頃。蟹の味噌汁、カレイ（土地でクチボソとよばれて珍重されるマガレイ）の塩焼き、風呂吹き大根。

③初冬の頃。鱒の塩焼き、ハタハタの湯上げ、しめじ、風呂吹き大根、茗荷の梅酢漬け。

献立といっても、目をむくような山海の珍味があるわけではなく、料理の仕方は手のこんだものではない。ただ荘内だけに固有のものではないにしろ、いかにも荘内らしい食べ物や料理法がここにはある。

料理法として目立つのは、東北らしく味噌がよく用いられていることだ。筍も酒粕入りの味噌汁にし、蟹も味噌汁にする。味噌が味つけの基本になっている。
①に出てくる筍は、孟宗竹の筍で、藤沢周平の生れ育った金峯山の山麓あたりが産地である。賽の目に切った生揚げといっしょに味噌汁にし、そこに酒粕を必ず加える。四、五月、晩春と初夏のさかいめころの美味で、佐伯熊太は「今年はもう喰えぬかと思ったら、またお目にかかったか」といって目を輝やかせる。
②の蟹について。庄内の海では、ズワイガニ（土地ではこの雄をタラバガニとよび、雌をメガニとよぶ）、ワタリガニ、ヒラツメガニなどがとれる。このうち、メガニ、ワタリガニ、ヒラツメガニなどがよく味噌汁にされる。「涌井」のおかみに「蟹は茹でますか、味噌汁にしますか」と訊かれて、清左衛門が「味噌汁の方が野趣があっていい」と答えるのだが、このときの蟹は、秋という季節柄、ズワイガニかメガニだろうか。
『残日録』のなかには、ほかにカナガシラというホウボウによく似た魚の味噌汁も出てくる。夏風邪をひいた清左衛門に滋養をつけてもらおうと、嫁の里江がつくる一椀だ。カナガシラの味噌汁はいまでも妊婦のために供されることが多い、この地方の滋養強壮食である。

小説の終わり近く、清左衛門と佐伯熊太が「つぎは寒い日に来て、熱い鱈汁で一杯やるか」とうなずきあう、その鱈のどんがら汁も味噌仕立てだ。鍋に頭、内臓、身と鱈のすべてを入れて味噌汁にした、荘内の冬には欠かせない鍋物だ。「用心棒日月抄」シリーズの又八郎と佐知も、この鱈汁をしきりに懐かしんでいた。

②に出てくるクチボソカレイは、秋に限ったことではないようだが、荘内の海がもたらす極上の美味。今でもよく料理屋で出される。

ハタハタは、いうまでもなく山形や秋田など冬の日本海沿岸の名物。湯上げは、頭と尻尾をとったはたはたを茹で、するりと中骨を抜いて皿に盛られる。おろし醤油で食べる。荘内らしい食べ方といえるだろう。ほかに、生のはたはたを焼いて味噌をぬって食べる田楽焼きという食べ方もあるのは、小説のなかでも紹介されている。

献立のなかにあるちょっと変わった一品は、①に出てくる豆腐のあんかけ。土地で南禅寺豆腐とよばれる半球形の絹豆腐に、甘くしたクズのあんをかける。これは京都文化の影響を受けた酒田にはじまった料理といわれている。

以上述べてきた荘内（すなわち海坂）の食べ物と料理法については、鶴岡市の石塚亮さんほか多くの方々にご教示いただいた。

石塚さんは、「涌井」の献立のほとんどは作家が少年時代に親しんだ味ではないか、と推測した。特別に仕立て上げられた料理はひとつもなく、旬の材料をできるだけそのまま味わうための、ふつうの家庭料理だというのである。そうした食事は現在でも荘内の暮らしのなかに生きつづけている。「涌井」の献立は、いま鶴岡の家庭でそのまま食べられている。

少しだけ食べ物の場面から離れるような気もするが、ふれておきたいことがある。

「霧の夜」の章で、佐伯熊太が赤蕪の漬け物をかじりながらいう、「ハタハタがそろそろじゃないか」。清左衛門がそれに答えて、「いや、あれはもっと寒くなってからだ」という。おかみのみさが相槌を打って、「ハタハタは、大黒さまのお年夜のころからとれる魚ですから」。

私はここを読んだとき「大黒さまのお年夜」というのがわからなかったのだが、怠慢からきちんと調べようともせず、調べることを忘れてもいた。みさに対する引け目から脱するために、少しだけわかったことをここにメモしておきたい。

大黒さまのお年夜は十二月九日。九日の晩に、マメづくしの料理を供えて祀る。『田川の歴史』(田川地区自治振興会刊)によると、大黒さまは働くことの好きな神様という信仰から、マメに働くことができるようにという語呂合わせから、マメ料理をお供えし、家族揃って拝んで食べる。マメ御飯、焼き豆腐の田楽、黒マメを使った豆ナマス、納豆汁、ハタハタ(ブリコの豆粒が大事)。それにもう一つの必要な供え物は、マッカ大根(二股、三股の大根)。これは他の資料によれば、朴の葉や和紙を大根に巻きつけて水引をかけ、それを着物と帯に見立てて、「奥方《おがた》」といっている。白いマッカ大根には、どことなくエロティックなイメージがあるようだ。

大黒さまは荘内の一般家庭では厨房の神で、昔は台所に祀ることが多かったらしい。マメ料理もそんなところに結びついているのかもしれない。

荘内地方だけではなく、山形ではさまざまな神様のお年夜を祀るようなのだ。十二月の八日「薬師」、九日「大黒」、十二日「山の神」、十五日または午《うま》の日「稲荷《いなり》」、十七日「観音」、二十一日「弘法大師」——というぐあいにこの後も延々と続く(『やまがた民俗文化伝承誌』菊地和博著)。

大黒はインド発祥の神様で、中国を経て日本に渡ってくると、大国主命と習合した。もとは戦闘の神だったが、日本では豊饒と繁栄を象徴する神になったというから、東北地方の台所にふさわしいのかもしれない。なお大黒さまのお年夜を祀るのは、岩手でも広く行なわれていたというから、東北全体の信仰といっていいのかもしれないが、その点はいまだ確認できないでいる。

というようなことを、清左衛門や佐伯熊太やみさと、話しあえれば楽しいのだが。

「涌井」の食膳に、小鯛やクチボソの塩焼きがのる。筍汁がのり、蟹の味噌汁がのり、ハタハタの湯上げがのる。旬の食べ物が出て、季節が確実にめぐっていく。清左衛門や佐伯熊太にとって「涌井」でのひとときはやすらかで暖かいものではあるけれど、同時にそれは、季節が移り、時間が容赦なく流れることを示してもいる。茗荷の漬け物をかじる佐伯の鬢の毛はいつの間にかかなり白くなっているし、清左衛門を店から送りに出たみさは、近々故郷に帰ることにきめたと告げる。そのようにして物語が時間を孕み、登場人物たちの人生が深い陰翳をおびる。そして小説を読むというのは、そういう他人の人生の時間を文章を通じて体験することだったはずだ。

藤沢周平が描いた食べ物の場面は、新しい季節がもたらす旬のものを口にする喜びと懐かしさがあるいっぽうで、淡いもの哀しさがただよっている。日々の食べ物を尊びながら、ものを食べなければ生きていけない人間のけなげさのようなところにまで、作家の目が遠く届いているからだろう。

しかし残念ながら、われわれはこのようにあざやかな季節感と、その季節感と分かちがたく一体となった食べ物への敬虔な思いをほとんど失ってしまっている。藤沢周平の食べ物が描かれる場面《シーン》では、忘れてきたことに、もう一度出会える喜びがあるのだと思う。

最後につけ加えておきたい。何度もいったように、鶴岡市は江戸時代の食べ物と食べ方が多くそのままに残っている、日本でもめずらしい美味の町なのである。そのせいでもあろうか、二〇一四年にユネスコ創造都市ネットワークの食文化分野への加盟が認められた。

第二章　剣が閃めくとき

1　剣とは何か

「たそがれ清兵衛」（一九八三年発表）は、映画化されたことも手伝って、藤沢周平の短篇のなかでも最もよく知られた作品になっているようだ。ところがこの短篇、じつはきわめて特異な構成になっていて、これは剣客小説なのだろうか、疑わしいといわざるを得ないほどなのである。

海坂藩の家老である杉山頼母の屋敷で、組頭の寺内権兵衛と郡奉行の大塚七十郎が杉山家老と額を集めて相談している場面から小説が始まる。そこで語られるのは、藩が七年前に未曾有の凶作に見舞われたこと、さらには一昨年の不作、昨年の大凶作の二年続きの打撃で、村々が疲弊しつくしてしまったことの詳細である。

東北の小藩の、立ちゆきがたい運命のようなものが事細かに説明される。剣客小説とはほど遠い、深刻な藩政の話である。そのうえで、組頭から家老職にのぼり、いまは筆頭家老の地位についた堀将監の怪しげな施政、すなわち能登屋万蔵という大商人との結託を非難する話になる。経済的に、能登屋に藩を売り渡しかねない状況をどうしたらよいかという、反堀将監派の対抗策が相談されるのである。

そこで出てきたのが、藩主の了解を得て、堀家老を上意討ちにするという解決策だった。堀の勢力を除くには、上意討ちという緊急手段しかない。重職会議が紛糾したところで行なわれると予想される上意討ちの討ち手を誰にするかとなって、郡奉行の大塚七十郎が出した名前が、「たそがれ清兵衛」と渾名《あだな》されている井口清兵衛だった。

ここまでは、いちおう公的な話といってよい。杉山家老が自派をかため、筆頭家老の堀を排除して政権を握るという、私的動機も多分にあるとしても、ゆがんだ藩政を正そうとする意図は否定できないし、とにかく政事《まつりごと》の話とすれば、それは「公」に属する。

そして、井口清兵衛が杉山家老に呼ばれ、上意討ちの討ち手を命じられるところで、「公」に対する「私」というものが壁のように立ちふさがる。

杉山家老の懇願にも似た命令にもかかわらず、清兵衛は役目を「余人に回して」いただきたいとそっけなくいう。家老の方針に批判があったわけでもなく、役目に臆したわけでもない。重職会議は夜に行なわれるというが、自分には夜分にやるべき「のっぴきならぬ用」がある。だからできない、というのだ。それは病妻の世話であり、私事の典型というべきことだが、清兵衛の今の暮らしのなかでも最も重要なことなのである。

病妻を厠《かわや》に連れていったり、飯を炊いたり、掃除をしたりしなければならない。そこで家老がいう。「そなたに命じておることは藩の大事じゃ。女房の尿《しし》の始末と一緒には出来ん。当日は誰か、ひとを頼め」。

それに対し、清兵衛は「余人には頼みがたいことでござります」と応ずるのだ。つまり、聞くだけで滑稽なこのやりとりは、藩の大事という「公」の押しつけに対し、女房の世話という、余人に替えがたい「私」の事情で対抗している。それも、意図的に対抗しようとしているのではなく、「私」の日々を変更することはできない、と清兵衛は当然のこととして思っているのである。

そういう清兵衛の態度が少し変化するのは、杉山家老が親しくしている名医に、労咳《ろうがい》の女房を見てもらったらどうか、といったときである。それでようやく清兵衛は聞く耳をひらき、さらには重職会議の当日、一度帰宅して日々の用を果たした上で、六ツ半（午後七時）の会議に間に合うように城に戻る、という条件で「公」の仕事を引き受けるのである。

重職会議の当夜、清兵衛が時間になっても現われず、杉山家老が苛々するというおまけまでつくのだが、ギリギリのところで姿を現わした清兵衛は難なく堀将監を上意討ちで討ちとり、あわせて後日、堀の護衛人である北爪某を一刀で斬り捨てる。

清兵衛が無形《むけい》流の名手であることに変わりはない。しかしその剣は「公」のためにあるわけではなく、剣士の「私」の内に秘蔵されている。その「私」に益することがあるから、しかたなく「公」の場所で剣技が発揮される、という姿をとる。

剣の力が発揮される、公私の場所の違いを明解に描くために、著者は冒頭に藩の窮状を延々と書いたにちがいない。徳川期後半では諸藩みな同じように経済的に逼迫していた、という含みをもたせて。さらにいえば、剣という力（暴力）の装置が、藩政にどうかかわるかを冷静に見さだめたうえで、剣の物語がつくられているのである。

いま仮に「公」と「私」と剣のかかわりという図式を想定してみれば、清兵衛の剣は圧倒的に「私」のなかにあり、「公」とかかわるのを拒んでいる。あるいは、できるかぎり避けようとしている、というべきだろう。

そして、これは短篇集の冒頭におかれた「たそがれ清兵衛」だけに見られることではない。全八篇の短篇集である『たそがれ清兵衛』（一九八八年刊）のうち、剣が積極的に藩の政治にかかわろうとしているのは、「うらなり与右衛門」ただ一篇のみなのである。

細長く、青白い顔をもつゆえに末《うら》なりと渾名されている三栗与右衛門は、藩政改革を目指す次席家老長谷川志摩の一派に加わっていて、与右衛門の剣は改革を後ろから支える剣なのである。うらなりの風貌ゆえに、なかなかそうは見られないのではあるが。

もう一篇、「公」と「私」と剣とのかかわりという点から見ておもしろいのは「だんまり弥助」（一九八七年発表）である。

杉内弥助の無口は極端で、無駄口を利かないどころか、挨拶もろくにしたがらない。弥助は馬廻組で家禄は百石。今枝《いまえだ》流の剣士である。口を利きたがらないわりには親しい友もいて、同じ馬廻組の曾根金八がそれ。また、夫婦仲もきわめて良く、五人の子持ちである。

親友の曾根金八は、二派が対立している執政の争いに加わっているらしく、敵対する派によって斬殺される。その敵対する派の有力者として、服部邦之助という剣士がいて、この男は御使番で三百石の上士。

服部は弥助にとって、唾棄すべき男だった。十五年も前のこと、弥助が子供の頃から格別に親しんでいた従妹の美根が、ただ一度だか服部とあやまって関係をもった。その夜、弥助はたまたま料理茶屋から出てきた美根に出会い、わけも知らずに大声をかけてしまう。美根は「服部に欺《あざむ》かれた」という遺書を弥助宛に残し、自害した。この一件を契機に、弥助はどんどん無口になり、同時に服部は許すべからざる存在になった。

弥助は、服部の属する大橋家老一派の内実をたったひとりで調べあげ、家中が総登城した会議で大橋の出した改革案に反対するというかたちで、大橋派の非を追及する。だんまりが突如変化し、まさかと思う大橋派を追い落とし、藩の執政部の総入れ替えを実現してしまう。

しかし、これは弥助が剣をふるうことで莫大な賄賂《わいろ》が働いている政事を変えた、というわけではない。曾根金八の横死を見捨てずに、権力の中心にある大橋家老一派の不正を明らかにした結果である。

弥助の剣は、事が終った後、服部が弥助に挑んできたときに発揮される。決闘の前に、弥助は「美根という女子《おなご》をおぼえているか」とききき、服部は、知らない、と答える。弥助は服部を倒す。

これは、初めから終りまで、弥助の剣が彼の私事のなかにあったのを語っている。大橋家老一派が処分され、政権が交替したのは、たまたまのことといってもいいかもしれない。弥助の剣は最後まで「私」のなかにある。

この短篇集の他のすべてに言及しておこう。「ごますり甚内」「ど忘れ万六」「日和見与次郎」の三篇は、剣士の「私」のために剣の力が揮われる。「かが泣き半平」は、執政である家老から、あの要人を暗殺せよと命じられ、泣く泣く、それを実行する。「祝い人助八」は、伊部助八が上意によって剣客である組頭を討て、と命令されるのである。

助八はその前に、親友の妹のために棒術で無法の元の夫を懲らしめるのだが、そのため人前に剣の技を披露したのを後悔している。彼に剣を教えた亡父は、「伝えた技は、わが身を守るときのほかは、秘匿して使うな。人に自慢したりすると、のちのち災厄をまねくことになるぞ」と戒めていたのだった。

剣は、「わが身を守るときのほかは、使うな」というのは、ある意味で厳しい教えである。他の目的で使えば、災厄をまねく、というのは、剣の本質を深く身につけている者の考えといってもいいのかもしれない。剣という暴力の装置は、そのような秘密をもっている、と考えられているのだ。

以上のような姿勢で、短篇集『たそがれ清兵衛』は書かれていた。たそがれとか、ごますりとか、祝い人とか、ろくでもない渾名を剣客たちにつけているのは、卓抜な剣術がそういう個性のなかにこそあるから面白いのだ、といっているようなものだ。

『たそがれ清兵衛』は一九八三（昭和五十八）年から八八年まで書き継がれ、同年に一冊にまとめられた。藤沢周平の中期から後期にさしかかった頃の短篇集である。そうではあるけれど、ここにある明確な姿勢は、作家が円熟期に見せた特別なものというのでは必ずしもない。

剣客もしくは剣術をテーマにした短篇は、藤沢の作家としてのキャリアからするとずっと初期の頃から書かれていて、その代表的なものは、一九七六（昭和五十一）年から始まる「隠し剣」シリーズである。剣客短篇が年に四作ぐらいのペースで書き継がれ、一九八一（昭和五十六）年に『隠し剣孤影抄』『隠し剣秋風抄』の二冊にまとめられた。そして、この二冊十七篇の短篇でも、「公」と「私」の区分けから見るならば、剣術が「私」のために働くケースが圧倒的に多いのである。

改めて「隠し剣」シリーズ二冊と『たそがれ清兵衛』を並べてみると、剣が「私」のためにあるという共通点が見えてきて、驚かされる。

そして、「隠し剣」シリーズと『たそがれ清兵衛』の違いはどこにあるのかといえば、「隠し剣」シリーズにある剣技が奇想天外であることだ。『たそがれ清兵衛』に流れているユーモアと、それは好対照をなしている、といっていいだろう。

そこで、以下に「隠し剣」シリーズに見る奇想天外な剣技にふれておきたい。なお、二冊のシリーズは、海坂藩と明記されたり、五間川が何度か登場することからして、海坂藩が舞台である。

『隠し剣孤影抄』の冒頭は「邪剣竜尾返し」で、最初から奇怪なる剣法が書かれるのである。この剣を使うのは檜山絃之助で、馬廻組に勤める二十四、五歳の男。絃之助は、父親である弥一右エ門から雲弘流の剣を学んだ。弥一右エ門は道場をひらいて求める者に教えていたが、いまは病いに倒れて話す言葉が通じないという状態にある。

息子である紘之助は道場をひらいているわけでもない、ふつうの馬廻組の一員として静かに生きている。

七年ほど前に海坂城下にやってきた赤沢弥伝次なる一刀流の剣客がいて、これがもともと「偏倚《へんい》な人柄」。紘之助と試合をして名を挙げようと考え、女房を巻きこんだ謀略を用いて、紘之助との勝負を実現する。

紘之助はきわめて冷静な判断を保ちつづけている。剣鬼というべき赤沢を退けるために、父親が創案した不敗の剣、竜尾返しを病床の父に教えを乞う。弥一右エ門の通じない言葉を理解する姉がそれを聞きとり、紘之助に教える。姉の宇禰はよく剣をする女子《おなご》で、苦労して父から聞きとった秘剣を、ただちに弟を道場に連れてゆき、伝える。

竜尾返しは、まことに奇怪な剣であった。

宇禰と向い合い、紘之助は青眼にかまえる。宇禰の構えに打ち込む隙があると見て、紘之助は動こうとした。

《そのとき宇禰が不意に竹刀を引いて背を向けた。

――お。

一瞬気勢を殺《そ》がれた感じがしたのと、左の耳ががんと鳴ったのが同時だった。紘之助はしたたかに左の首を打たれて、思わず床に膝を落としていた。宇禰の竹刀が、どこから襲ってきたのか、わからなかった。》

赤沢弥伝次との真剣勝負で、絃之助はこの剣を使い、勝つ。赤沢は打たれて、呻くようにいう。

「卑怯な、騙し技に過ぎん。汚い……」

絃之助は立合い人に訊かれて、あれは竜尾返しではないと答え、姉の宇禰と父の高弟である里村に向かって、あの剣は二度と使わない、忘れてくれ、といった。

騙し技か、正統な刀法か。秘剣というのは、その境目のぎりぎりのところにある。たとえ二度と使えぬものであっても、勝つ剣というのは確かにある。藤沢は、剣の物語集の冒頭に、そのような話をもってきた。あるいはこの後につづく剣の物語は、言葉の上での一種の遊びであるのを告げているのかも知れない。人間の本性がその遊びのなかに閃くように現われて、私たちは心中「面白い！」と叫ぶ。叫んだのちに、剣の不思議に打たれるのである。

目次の二番目にある「臆病剣松風」が語る秘剣にも心惹かれた。

使い手である瓜生新兵衛は、普請組につとめて百石をもらう。鑑極流《かんきょく》の名手で松風なる秘剣を伝えられているというが、新兵衛の風貌、物腰、どの点から見ても、あるいは誰が見ても、剣士とは思えない。臆病でもあり、地震がくると、老母をおいてもまっさきに逃げだすしまつ。

しかし、新兵衛の人柄と剣技を知っている男がいて、身に危険が迫っている世継の和泉守の警護を命じられる。その若殿が、中老の柳田と柳田が選んだ二人の刺客に、城内の渡り廊下で襲われる事態になった。

新兵衛は顔をひきつらせ、唇を真っ白にして、刺客に立ち向う。初めから、受けに回って、頼りなげに動く。右に左によろめくように動いていたが、よくみると、斬り合いがはじまった場所から、一歩も退いていない。

《……新兵衛は躱《かわ》し、受け流し、弾ねかえし、ことごとく受けていた。

そしてその間に、新兵衛の腰は次第に粘りつくように坐り、背は強靭な構えを見せはじめていた。新兵衛は、一枚の柔軟な壁と化し、刺客はそこから一歩も踏み出すことが出来ないでいた。》

そして頃合いをはかって攻勢の剣を一振り二振り、刺客を倒し、ついでのように柳田中老をも斬る。これを遠くから見ていた新兵衛の剣技を知る男がいう、「あれが松風です。松の枝が風を受けて鳴るように、相手の剣気を受けて冴えを増す」と。

新兵衛は、いわば根っからの臆病者。そういう男こそが、よく秘剣松風を身につけることができる、と作家はいっているようである。それで私は作家が書いたもう一つの受けの剣を思いだす。

少し長目の短篇を四つあつめた『麦屋町昼下がり』のうち、同題（一九八七年発表）の一篇である。

片桐敬助は三十五石取りの御蔵役人。下士ではあるが、不伝《ふでん》流の剣士である。その敬助が奇妙な場面に立ち会って、やむを得ず弓削伝八郎という隠居を斬ってしまう。弓削家は三百石の上士。伝八郎の息子新次郎は直心《じきしん》流の天才的な剣士であり、また偏執的な性向の持ち主であった。さまざまな曲折のあげく、敬助は新次郎と立ち合うことになる。

それを予測した敬助の道場主野口源蔵は、敬助に大塚七十郎という、かつて野口道場にいた天才的剣士について弓削新次郎に立ち向う剣を習ってみるか、と勧める。

四十半ば、酒好きで酒毒に犯されているかに見える大塚七十郎が敬助に教えたのが徹底的に受けの剣。受けて受けて受けまくり、相手にわずかでも隙が出たときに、初めて必殺の一撃をふるう。

夏の一日、密通した女房とその相手を斬り伏せて、料理屋にこもった弓削を、敬助が藩命を受けて倒しにゆく。敬助は受けの剣に徹し、天才弓削をかろうじて斬ることができた。

藤沢周平の剣客物語は、登場人物も果たし合いのようすも、まさにさまざまなのではあるが、心をこめて人物の運命を包むように描くのは、禄高も少ない下士である場合が圧倒的に多い。そして彼らは、剣が好きでよく鍛錬を積んでいるが、自ら剣をふるおうとすることはほとんどない。自分のためにではあっても、事情によってやむなく、であり、藩命が下された場合も、しぶしぶ、いやいやながらそれに従うのである。そのような物語の構造は徹底しているのだ。

さて、もう少し藤沢周平の遊び心を感じる、奇妙な秘剣について語っておきたい。

芦刈りは、すごいといえばこのうえなくすごい剣である。『隠し剣孤影抄』の「悲運剣芦刈り」で描かれる。曾根炫次郎と石丸兵馬は、四天《してん》流の市子《いちこ》道場の同門。炫次郎は兄の病死によって百十石の家を継いだ。市子道場の高弟で、藩中で五指に数えられる剣客でもあった。

いっぽうの石丸兵馬は八十石の家の部屋住みで、熱心に道場に通っているが、炫次郎の天才はない。炫次郎は師の市子典左エ門がその才を認め、自ら創案した芦刈りと名づけられた秘剣を伝えた。そのことを兵馬は承知している。

人を殺して脱藩、江戸へ逃れた炫次郎の討ち手の一人として兵馬が選ばれる。兵馬は、師の市子に願い、秘剣芦刈りがどんなものかということを教えてもらう。そのときの会話――

《「芦刈りは、立ち合う剣を、ことごとく折る」

「折る？」

「鍔もとから折る。不敗と申したのは、そういうことだ」》

市子は、木刀を用いて、対する兵馬に芦刈りをふるってみせる。それを真剣でやられれば、兵馬ならずとも、誰にだって勝ち目はない。

しかし市子は、兵馬が道場を出ようとするとき、声をかける。「芦刈りは、不敗ではない。それを破る剣も四天流の中にある」と。兵馬は考えに考えたすえ、芦刈りの破り方と覚しき剣技を発見し、鍛錬によって身につける。それがどんな剣であったか、ということになると、まさに剣法を楽しんでいるかのような作家の姿がある、といいたくなる。ここでは、明かさないでおこう。

さて、これまで見てきたように、剣を主題とした短篇では、家中のなかでもあまりパッとしない中士、下士が主人公だった。いうまでもなく藤沢周平はそれを十分に意識してやっているのであり、『美徳』の敬遠」（一九八一年）というエッセイで、「私は武家社会の主流を書かない」と明言している。

その通りなのだが、しかし例外もある。たとえば『隠し剣孤影抄』では「宿命剣鬼走り」がそれであり、短篇集中でも力作といえるこの作品はじつに興味深いものであった。

主人公の小関十太夫は、元大目付でいまは隠居の身だが、二百石の家柄である。十太夫と対立する準主人公の伊部帯刀は、禄高一千石の藩の名家で、陰謀家として聞こえている。この二人は、長年の政敵であり、「死力をつくしてという形容が似つかわしい」抗争を演じてきた。しかも二人は、去水流の岸本道場の同門であり、剣技でもしのぎを削ってきた。二人の師である岸本某が編み出した秘剣鬼走りを伝授された十太夫が剣法ではやや優位に立つか。

話は十太夫の総領鶴之丞《つるのじょう》と、伊部帯刀の伜《せがれ》伝七郎が果し合いをしたところから、始まる。両家が一族がらみで血なまぐさい抗争を改めて演じる。最後は、齢五十を過ぎた小関十太夫と伊部帯刀が直接果し合い、共に死ぬ。

そこでは、剣は解決にならない。ならないどころか、一族ことごとくが剣をふるい、そのために死んで、両家は壊滅する。剣にまつわる物語にしても、まことに凄いが、あとには何も残らない。

剣がまぎれもなく暴力装置であり、その使い方によっては一族がらみの滅亡があるのみという経緯《ゆくたて》が描かれるのである。ここでの剣技は、少しも遊びの要素を含んでいない。藤沢周平の剣を見るもう一つの視点を感じるのである。私はすごい文学をそこに見る思いがする。

もう一篇、家老が剣をふるう物語がある。これは『隠し剣秋風抄』にある「暗黒剣千鳥」。部屋住みの若者（すなわち次、三男で家を継げない）五人が、牧治部左エ門という家老にひそかに呼ばれ、海坂藩の出世頭で藩主が寵愛する明石某を討て、と命じられる。五人の若者は、明石を奸物とする牧家老を信じ、他言しないという神文誓詞を牧家老に差し出したうえで、明石を暗殺した。部屋住みの若者たちがやったことは、誰もが想像しない盲点となって、暗殺の下手人はあがらなかった。

そして三年後、五人の若者が、夜の城下で一人ずつ斬られるのである。牧家老が、重症の病いをおかして、暗黒剣千鳥をふるう結果であった。闇のなか、音をたてずに相手に近づき、必殺の一撃で首筋の急所を打つ。

これまた、どうしようもなく暗い、救いのない剣である。遠い昔、剣客だった家老が身につけた暗殺剣を、病気で死ぬとわかったときにふるう。支配者がその立場からふるう剣は、単なる暴力装置にすぎないことを、そしてその装置がもつ虚無を伝えて、「暗黒剣千鳥」はあますところがない。

この一篇、主人公は千鳥を使う牧家老ではない。五人の若者のうち、最後に残って暗殺剣を破る三崎修助が主人公である。

秘剣の物語では、主人公の剣士だけが重要なのではない。その敵であり、しかも実力が迫仲する相手剣士が何者なのかが、物語のおもしろさにかかわってくる。

先にあげた「悲運剣芦刈り」の曾根炫次郎と石丸兵馬の物語で、生き残るのは兵馬だが主人公はむしろ芦刈りを使う炫次郎であり、炫次郎がたどるのが敗北の道であったとしても、それこそが主筋であった。

藤沢周平は、負け役の描き方にもつねにさまざまな工夫をこらしたが、負け役の人柄を言葉にしていえば「偏倚」であることが多かった。平たくいえば、かたよっている性格ということだろう。一流剣士には、偏倚なる者が多いということでもあろう。ここでも、作家の剣を見る目の透徹が感じられる。

剣客長篇小説である『よろずや平四郎活人剣』（一九八三年刊）で、主人公平四郎の仲間である北見十蔵が、因縁ある仙台藩士と決闘するエピソードがある。

平四郎が、そんな相手、ひと討ちだろうがというと、北見が返して、いや彼は三徳流の遣い手なのだという。平四郎が溜め息まじりに、「そうか。品性陋劣《ろうれつ》な男に、案外そういうのがいるものだ」と嘆く。

剣ができること、ひいては剣とは何かということを、藤沢周平は考えぬいたうえで、数々の剣客小説を書いた、それを明らかにしているような一節というべきであろう。

「静かな木」は、藤沢の最晩年、一九九四年の短篇だが、そこではこれまでに見られなかったような決闘がある。

一つは、主人公の布施孫左衛門が、どうにも仕方のない中老鳥飼郡兵衛が差し向けた男（おそらくは息子の勝弥）を夜の闇のなかで倒す場面。孫左衛門は片膝を地面につき、刀の鐺《こじり》を高く背後に突き出し、疾走してきた相手の動きをとめる。そして身をひるがえして相手の足に峰打ちの一撃を加える。

敵は横転、しかし孫左衛門も、片膝をついた姿勢から身をひねって一撃をふるったとき、腰を痛めた。腰の痛みは堪えがたいほどになって、這うようにして自邸にたどりつき、息子の嫁に古びた膏薬を貼ってもらう。対決はけっして花々しくならない。

もう一つは、孫左衛門の同僚である寺井権吉が、鳥飼中老本人を橋の上で倒す場面。寺井は手詰めという不思議な術で、白刃をふりかざした鳥飼に対する。「斬りかかった大柄な男の身体がふわりと宙に浮き、そのまま横倒しに橋板に落ちたのが見えた」という描写である。手詰めなる武芸がいかなるものであるか、よくわからない。わからないように書かれているのである。

孫左衛門が峰打ちの一撃で相手を追い払ったのはいいが腰を痛めてしまうところから、ユーモアがただよう。寺井は理不尽に襲ってきた中老を手詰めという方法で宙に浮かせる。藤沢周平が死去する三年前に書いた短篇として、うなずいてしまいたくなるような決闘の姿である。私はとりたてて理屈をつけるまでもなく、ごく自然にそのように感じた。

2　青江又八郎が見たもの

藤沢周平には剣客を主人公にした長篇小説があり、面白さという点では格別のものであるから、これを論じないわけにはいかない。その代表作として「用心棒日月抄」シリーズがある。全四作の長篇があり、最初の『用心棒日月抄』は一九七六（昭和五十一）年から連載が始まっている。この単行本が刊行されたのが七八（昭和五十三）年。

以後、間をおきながら、シリーズは『孤剣』（八〇年刊）、『刺客』（八三年刊）とつづき、四作目の『凶刃』は八年の空白の後、九一年に刊行された。最後の『凶刃』だけは短篇連作のかたちは取らず、長篇小説として書かれている。そしてこの一篇だけ主人公の青江又八郎は、脱藩浪人ではなく、近習頭取として江戸の藩邸にやってくる。このシリーズ、最初から又八郎の藩名は明かされていないが、海坂藩の城下を流れる五間川は何度か出てくる。海坂藩と考えられる。

青江又八郎の剣についてあれこれいう前に、藤沢周平の二つの発言に耳を傾けておきたい。

その一。

《私が小説を書きはじめた動機は、暗いものだった。書くものは、したがって暗い色どりのものになった。ハッピーエンドの小説などは書きたくなかった。はじめのころの私の小説には、そういう毒があったと思う。（中略）

しかし最近私は、あまり意識しないで、結末の明るい小説を書くことがあるようになった。書きはじめてから七、八年たち、さすがの毒も幾分薄められた気配である。（中略）

『用心棒日月抄』という小説には、以上にのべたような私の変化が、多少出ているかも知れない。ただそれが面白いかどうかは、読者に決めてもらうしかない。》（「一枚の写真から」一九七八年）

さらに別のエッセイで、『用心棒日月抄』が「転機の作物」になった、そこにはユーモアの要素を入れるようになった、と述べている。

もう一つ、引用する。

《小説の面白さというものを確保するのは非常にむずかしいですよ。わたしの書くものはわりとシリアスな『市塵』のような小説もありますけど、基本的には娯楽小説だと思うんです。『快傑黒頭巾』以来の、チャンチャンバラバラを書きたい気持はずっとある（笑）。そういう小説のもつ娯楽性というものを大事にしたいですね。そういうのがなくなると、小説はつまらなくなると思うんです。》（インタビュー「なぜ時代小説を書くのか」一九九二年）

「わたしの書くものは、基本的には娯楽小説」という言葉は、藤沢の感懐がこもっているのかもしれないが、そのまま受け容れるわけにはいかない。では、娯楽小説とは何なのか、と反論するわけではないが、考えてみる先には曲折のある迷路があるだろう。

しかしいっぽう、「チャンチャンバラバラを書きたい気持はずっとある」という言葉は、自伝『半生の記』などから推測しても、読者としては素直に納得できもする。といっても、藤沢の小説のもつ面白さの内実を、さらに問うことに、その納得はつながってゆくのだけれど。

いずれにしろ、「用心棒日月抄」シリーズは、藤沢が「面白い小説」を書こうとした成果であることは確かで、私はそのよってきたるところの一つとして青江又八郎の剣技を考えているのである。

そして、青江の剣技という点からいうと、シリーズ中もっとも見やすく、また面白いのは第三作の『刺客』である。

赤谷村に隠棲する寿庵保方《やすかた》と呼ばれる人物は、前藩主壱岐守の異母兄で、いまの藩主の伯父にあたる。この寿庵保方は、弟よりもずっと大きな能力を身につけているといわれながら、藩主になることができなかった。

しかし、いまに及んでも、なんとかして藩主になる手立てはないか、とその野心は消えていない。それを見破っているのは、元の家老で、藩の秘密組織である嗅足組の陰の頭領でもある谷口権七郎である。谷口は、シリーズ二作目の『孤剣』で、又八郎が親しくなった江戸嗅足の女頭領佐知の実の父親でもあった。

谷口は又八郎を呼びつけ、寿庵保方の恐るべき野望の詳細を語る。保方は、まず陰の力である嗅足組を壊滅させようとしている。そのうえで、自分の秘密組織をつくりあげ、やがては甥の現藩主を殺して自らが藩主となることを企図している。

これは藩主の地位をめぐる兄弟の争いであるという点で、荘内藩初期の「長門守一件」の権力闘争が反映されているといっていいだろう。現実の「長門守一件」は、兄弟はあくまで仲が良く、それが危機を招くという構図ではあるけれど。

保方は、とりあえず江戸の嗅足を壊滅させるべく、五人の刺客を江戸に送りこもうとしている。谷口元家老は、青江又八郎に五人の刺客と対決して、娘の佐知を助けてやってくれないか、と話をもちかけるのである。『孤剣』で大富静馬と闘争した又八郎を、佐知は献身的に援護したではないか。そういわれれば、又八郎は谷口元家老の願いを受け容れざるを得ない。

五人の刺客は藩を代表する剣の名人たちだ。その五人を並べてみる。

筒井杏平（貫心流、寺井道場師範代）、土橋甚助（直心流、野地道場高弟）、杉野清五郎（林崎夢想流）、中田伝十郎（丹石流、星川道場）、成瀬助作（鐘捲《かねまき》流、多田道場高弟）。聞きなれない流派もあるが、すべて実在した。対する青江又八郎は、梶派一刀流で、城下の淵上道場で師範代をつとめたが、故あって脱藩、江戸で浪人の日々を過す。何度か帰藩も叶ったが、今はまた、谷口の娘である佐知を助けるため、脱藩して江戸に来ている。

決闘の場面《シーン》は、いずれのばあいも、目に見えるように分かりやすく、ていねいに描かれているが、そのうえに迫力十分。作家自身もチャンチャンバラバラを楽しんでいるか、と思われもする。一例として、少し長い引用をしてみよう。相手は直心流の土橋甚助である。

《爪先に、又八郎は力をためた。そして地を蹴った。走りながら、又八郎の剣は右八双に上がっている。男にではなく、不気味に地を指している男の剣にむかって、八双の剣を叩きつけた。とたんに、下段の剣が鞭《むち》のようにしなって、下から弾《は》ね上がって来た。二本の剣は、宙で嚙み合い、はげしい火花を散らした。

相手の摺り上げる剣には、又八郎の刀を巻きこむ力があった。八双から思い切って叩きつけた剣が間に合ったのだが、それでも又八郎は思わず刀を捥《も》ぎとられそうになった。しかし体を入れ替えて斬り合ったつぎの一撃では、又八郎の剣がわずかに速さで勝った。腰を入れ、存分に踏みこんで斬り合った二人は、そのままの姿勢で、瞬時相手を見つめ合ったが、男がまず膝を地に落とし、ついでゆっくりと体を傾けると暗い地面に横転した。

又八郎は膝をのばした。そのときになって、かぶっていた黒い布が、はらりと地面に落ちた。男の剣は、又八郎の頰かむりの結び目を断ち切っていたのである。一髪の差にすぎなかった。》

この果たし合いの場面は、目に見えるように書かれていることの他に、二つの特徴がある。一つは、勝負が紙一重のうちにあること。又八郎が負けてもおかしくない。そういう描写である。そしてもう一つは、紙一重の差は、剣の速度にある、という点だ。特に剣の速さということについては、藤沢の描く決闘場面のほとんどすべてに、はっきりと現われるのである。

たとえば、この『刺客』の大詰め。寿庵保方が甥の藩主を毒殺しようとはかり、それが露顕して会する者全員の大剣撃になる場面がある。又八郎は寿庵保方を倒し、そこで味方の牧与之助が敵方の保科某を破るのを見ている。牧と保科は庭で剣を交わすのだが、その一節。

《……庭を染める残光をはじいて交錯した二本の剣には、あきらかな遅速が見えた。牧の神速の剣は、又八郎の眼にさえ一閃の白光と映っただけである。》

剣の決め手の最も重要なものとして、速さがあると、藤沢はたびたび書いている。ご遺族にお聞きしても、藤沢は、格別に剣道に身を入れた体験はないらしい。とすると、これまた藤沢の卓抜な想像力が発見したことなのか。むろん断定することはできないにしても。

用心棒として、また一人の剣客として生きのびる又八郎は、時代小説のヒーローの多くがそうであるように、たとえば「円月殺法」のような絶対の秘剣を身に帯びているわけではない。いつも紙一重。自ら袖が斬られたり、足に傷を負ったりと、運もさいわいして生き延びるのである。それが、青江又八郎の最も大切な描かれ方、といってもよい。

決闘場面の迫力を味わうために、最大の敵、筒井杏平との対決を、場面の途中から引用しておく。

《数間の距離をおいて、筒井は窺うようにこちらを見ている。構えは依然として一分《ぶ》の隙もない青眼だったが、筒井の袖が垂れている。又八郎の一撃が、腋《わき》の下にとどいたのだ。しかし襷を斬り払っただけかも知れなかった。

夕闇が濃さを増した。その中で、筒井がかすかに身じろぎした。動きはすぐにとまった。またわずかに身じろぎする。足場をたしかめているのだ。筒井が一気の勝負を仕かけるつもりなのを、又八郎は感じた。

乾いた唇をなめて、又八郎は構えを固めた。不意に筒井が動いた。鳥のように軽軽と走って来る。だが又八郎も走っていた。瞬時に間隔がちぢまり、二人は吸い寄せられるように斬り合った。すれ違う一瞬、又八郎の剣は深深と筒井の肩をとらえたが、筒井の剣も、又八郎の胴から胸を鋭く斬り上げて行った。ひやりとした衝撃が胸に残った。

——斬られた。

と思った。その衝撃に足がもつれて、又八郎ははげしく地面に転倒した。はっと顔を上げて筒井を振りむく。》

又八郎がはね起きたとき、筒井の手から刀が落ちる。たまたま勝って、生き延びる。自分の小説の主人公をも、作家はそのような目で見ていたと考えたくなるような描写なのである。

さて、「用心棒日月抄」シリーズの最終巻は『凶刃』である。これは『刺客』から八年後に刊行されたのだが、主人公青江又八郎の身には十六年の歳月が流れた、という設定で、又八郎は四十半ばの近習頭取。藩の所用で半年ばかり江戸屋敷に滞在する。十六年も音沙汰なしにしていた佐知は四十歳に近くなっている。

そのような設定から察しられるように、これは剣の物語ではない。藩が取りつぶしになりかねない途方もない秘密を、ほとんど行きがかりで又八郎と佐知が探索する。不思議な長篇小説なのだ。私がこのシリーズ完結篇をもちだしたのは、又八郎の剣とは別のことを語りたいからである。

第一作から第三作まで、得がたい用心棒仲間だった細谷源太夫のたどった人生が、『凶刃』で描かれている。十六年の歳月がこの豪快な人物にもたらしたものは、容赦なく、苛酷だった。

大身旗本にやとわれていた細谷は、上役を打擲《ちょうちゃく》して勤めを解かれた。中年になった細谷は、ふたたび素裸の用心棒として裏店暮らしに戻る。そういうなりゆきに衝撃を受けた細谷の妻は発狂し、二年前に死んだ。

そのような経緯を、又八郎は細谷の娘である美佐から聞く。裏店の細谷の住居を訪ね、細谷不在の荒れすさんだざまに茫然とした又八郎は、たまたま父親を訪ねてきた美佐に出会い、娘が語る細谷の荒廃を聞くのである。又八郎が江戸を去ったとき、美佐は六歳。旗本の家士に嫁いで、いまは二十二歳の若妻。細谷の裏店を前にした美佐と又八郎の出会いは、この小説の傍筋の一つにすぎないのだけれど、忘れがたい場面なのである。

一剣を頼りに生きてきた用心棒仲間は、半ば酒毒に犯された荒廃のなかにいる。もはやその一剣も、ほとんど振れないようすである。そして矜持だけはまだ胸中にあるから、北陸の某藩に儒者として勤めている息子のもとには行こうとしない。

細谷の姿を、藤沢周平はそのように描いた。痛烈な扱いといってもいい十六年後のこの姿に、率直にいって私は驚いた。豪快な浪人者の、救いようのない人生がここにあるかに見える。

しかし、小説の後半で、作家はもう一つの別の見方を用意してもいる。

自ら「これが最後の仕事」という細谷の用心棒稼業を、又八郎は仕方なく助けに行く。「仕方なく」というのは、自分が主持ちの立場にあるからだ、と又八郎は気づく。気づくと同時に、かつて細谷源太夫と過した野放図な浪人暮らしの月日が甦ってくる。

《そんな日日にも、ずいぶんおもしろいことはあった。なによりも身も心も自由だった。あのころにくらべれば、いまのおれは心身ともに小さくかがんで生きているとは言えぬか。細谷がこの齢になって、なおも用心棒というしがない仕事にしがみついているのを憐れみ笑うべきではない。》

又八郎はそんなふうに考え、「細谷は細谷で、彼らしく筋を通して生きて来たことを認めねばなるまい」と思う。この又八郎の思いは、作家が用意した細谷の救済でもあるだろう。最後に細谷は、越前の藩に儒者として仕えている息子のもとに旅立つ、という決着になっている。作者のバランス感覚の働きを見る思いもするが、私には又八郎に父のことを訴える美佐の哀切が、最後まで心に残った。

3　生きている流派

藤沢周平の剣客小説は、主人公あるいは主だった剣客たちの流派が必ず書きこまれている。そして、その流派は実在したものである。これは予測を超えているような特徴といってもいいのではないか。また、流派と共に人物たちがそこで修行した道場名も書かれているが、道場名のほうは架空の名であるのは、個人名であるから当然のことだ。

「用心棒日月抄」シリーズの青江又八郎が梶派一刀流であること、そして三作目の『刺客』の五人の刺客の流派については前節で記したとおりである。

もう一つの剣客長篇、「用心棒日月抄」シリーズと好一対をなす『よろずや平四郎活人剣』では、神名平四郎と道場を開こうとしている北見十蔵（元仙台藩）、明石半太夫（元熊本藩）の三人とも、雲弘流である。雲弘流は短篇剣客小説でもけっこう多く使われているので、これがいかなるものであるかは、後に言及しよう。

さらにいうと、晩年の剣客長篇小説『秘太刀馬の骨』（一九九二年刊）は、矢野惣蔵が暴れ馬の首を斬ったことから「馬の骨」と名づけられた秘剣が誰に受け継がれているかを探索する物語である。この矢野惣蔵は不伝流である。

不伝流は有名な流派ではない。戦国時代末期に伊東不伝が創始したとされる。家康の警固役だった戸田孫市がこれを受け継ぎ、家康の死後、松江藩に伝えた。松江では今でも不伝流が生きている。格別に居合を重視し、「相手を必ず仕留める」ための剣法という。

剣客小説ではないが『蟬しぐれ』の牧文四郎は、自分の「不遇感」と戦うために剣に熱中する青年だった。文四郎が通ったのは空鈍流の石栗道場である。

この空鈍流というのも小さな流派で、雲弘流の始祖である井鳥巨雲が、小田切空鈍一雲から無住心剣流《むじゅうしんけん》を学んだのだが、その小田切空鈍から発した一派が空鈍流を称えたようである。文四郎は剣技をみがき、やがて秘剣村雨を伝授されるのである。

藤沢周平には短篇の剣客小説がきわめて多い。「用心棒日月抄」シリーズとほぼ同じ時期から（一九七六年十月から）、短篇連作の「隠し剣」シリーズが書き継がれ、一九八〇年まで続いた。

それに加えて、『たそがれ清兵衛』、『麦屋町昼下がり』がある。円熟期の二冊の短篇集には、それぞれに小説作法の工夫がこらされていて、短篇のすべてが佳品といってもよい。そしてここでも、剣客たちの流派が洩れなく記され、クライマックスとなる果たし合いは、目に見えるように描かれる。また、ここでも、といいたいのだが、主人公たちの剣は超絶的な強さをもって相手をなぎ倒すのではなく、紙一重の勝負が描かれるのである。

厳密に数えあげたわけではないが、これらの短篇で複数見られるのが、雲弘流と無外流《むがい》である。私は剣のことについてはまったくの無知で、何かをいえるような立場にはない。ただ藤沢周平が剣を描くとき、ほとんど執念のような姿勢をもってするのに驚き、また惹かれ、参考書で調べてみたにすぎない。そのさい、笹間良彦『日本武道辞典』、綿谷雪『武芸流派一〇〇選』、今村嘉雄『日本剣豪史』などから大いに学ぶところがあった。

雲弘流と無外流、二つの流派について、最小限の報告をここで記しておくことにする。

まず、雲弘流。流祖は井鳥巨雲為信（一六五〇年〜一七二一年）。巨雲は仙台藩士氏家五郎右衛門の庶子で、まず同藩の樋口七郎右衛門元雲に弘流を学ぶ。江戸に出て、無住心剣流の針ヶ谷夕雲の高弟小田切空鈍一雲に師事して印可を得、弘流と無住心剣流を合わせて一流派を始め、雲弘流と名づけた。

巨雲の子八十郎景雲は熊本藩の江戸藩邸に仕え、後に同藩の剣術師範となった。これによって、雲弘流の流れは江戸と肥後に分かれることになった。『よろずや平四郎活人剣』の平四郎の友人明石半太夫は肥後雲弘流の遣い手であり、話のつじつまは合っているのである。思いだすままに記すと、私が好んでいる晩年の短篇「闇討ち」の三人、清成権兵衛、興津三左衛門、植田与十郎は雲弘流の大迫道場の仲間だった。

この流派、流祖は仙台藩出身で、荘内藩とそれなりに近い。藤沢周平がなんとなく近い感じを覚えたとしても、あり得ることではないか、と私は思っている。

ついで、無外流。流祖の辻月旦は、近江国甲賀郡の出身。京に出て山口流剣術を学ぶ。そのあと出府して、石潭良全について禅宗の修行をおこなう。一六九三年、剣の一流を創始して無外流と名づけた。享保十二（一七二七）年、八十歳で没した。

無外流は小流派ではない。最盛期には門下に大名三十二家、直参百五十六人、陪臣九百三十人を数えたといわれる。土佐藩では上士の剣法とされて山内容堂もこれについた。また姫路藩などでも、藩が保護した。剣禅一如を標榜し、居合術を重視する。ついでにいうと、無外流は池波正太郎の『剣客商売』で秋山小兵衛・大治郎父子が無外流であることで、すっかり有名になった。

また、無外流で驚くべきは、一般財団法人無外流として現在も多くの人を集めていることである。一九八六年以降、そのような姿になったのだが、剣がまだ生きていることの一つの証といっていいだろう。

現在でも生きている流派は無外流だけではない。意外に多く、ゆかりの土地で流派が生きのびている。

そして短篇の剣客小説では、藤沢周平はあまり知られていない、地味な流派を好んで選んでいるのは確かだと思われる。

しかし藤沢が流派と剣法にひとかたならぬ興味をいだいていたとしても、剣法を精密に身につけていたわけではないことはいうまでもない。ただ藤沢は、さまざまな文献で実際の流派の消長を知る過程で、剣とは何かを考えつづけた。そこから、剣の勝負は紙一重であること、絶対的超絶を誇るような剣は、剣豪小説にはあるとしても現実には存在しないと考えたのだろう。

そして剣のあり方をあくまで人間に帰そうとした。それが『たそがれ清兵衛』であり、また二冊の「隠し剣」シリーズでもあった。

果たし合いの描写は作家の卓抜な想像力を示すものだろうが、そこにはリアリティがあり、同時に十分な迫力がある。一種の遊びであるとしても、チャンバラはリアリティを要求しているし、想像力の駆使なくしては書けないはずだ。それを実現しているところに、藤沢剣客小説の新しさがある。その新しさは、人間を見る視線の深さにつながっている。

第三章　つつましく、つややかに——武家の女たち

1　自制心がもたらすもの

藤沢周平の描く女性の魅力について、ことさらに何かを語ろうとすれば、作家の苦笑に出会いそうである。また描かれた女性たちが静かに目を伏せて、「やめたほうがいいのでは」と心中で呟くのを聞く思いがする。そうではあるけれど、語ってみたいという衝動をおさえるのは、なかなか難しいのである。

とりわけ、武家の女たち。女たちは、たとえば前章で扱った剣客小説にも大きな役割をになって登場する。また、そんなに多くはないけれど、自らひとかどの剣技を身につけ、剣をふるう物語もある。それが、女性像としても、物語としても、格別な魅力を放っている。

女剣士の小説は、指を折って数えてみても、多くはない。武家小説に登場する女性たちは、たいていの場合、男を力づける存在という位置にある。しかし、そう位置づけるのがためらわれるほど、じつは人間として独立していて、彼女たちの魅力はそこから発散しているのではないか、と思われるのだ。

自ら多くを語ろうとはしない。しかし物語の奥に、女たちは独立した人間としても生きていて、身のまわりに無視できない存在感を漂わせている。

藤沢周平は、そういう女性の雰囲気をすくいあげる名手である。小説の技法からいえば女性を描く名手、という表現になるのだろうが、日本文学の世界で評価の基準みたいにいわれる「女がよく書けている」という意味のはっきりしないこととは大きく異なっている。あえていうと、この作家は女性の魅力にきわめて敏感な人だったのではないか、と勝手に思いこみたくなるのだが、むろん藤沢周平の人柄がそうであったといおうとしているのではなく、女性のわずかな言葉、表情、動きから男を動かす力を捉える、その敏感な想像力に感服しているということである。

というような御託を並べるのは切りあげて、いくつかの作品を読みこんでいってみよう。長篇短篇の別なく、武家の女たちの魅力を以下に味わってみたい。

もちろん、市井小説では市井の女たちが数多く語られている。その魅力の核心は、武家の女性に通じるところがあるのは当然だが、市井の女たちについては、別に用意している「第四章　市井に生きる」で語ることにしたい。

つつましい、という言葉は、いくつかの意味があるけれど、ここで私が考えているのは、控えめである、地味で質素である、ということが重なっているような状態である。人の態度や性格、あるいはさらに広く生き方を指すときに使われる言葉だろう。

藤沢周平が武家の女性たちを描くとき、既婚未婚を問わず、あるいは上士下士の家柄を問わず、いちばん共通する姿勢をあげるとすれば、つつましい、ということではないかと私には思われる。

そして大切なことは、この言葉は、人が他人を見て感じたり思ったりするときに使われる、ということだ。人が自らを表現しようとしてつくりあげようとする状態ではない。もしある人がつつましくあろうと意図するならば、その瞬間につつましくはなくなるのに違いない。

では、周囲からつつましいと思われている、その当人の心がけ、気持の持ち方のほうから見たばあい、そこで働いているものは何であろうか。どんな言葉で表現するのが適切なのだろうか。私はそれを自制心である、と考えている。辞書を見れば、自分の欲望や気持を抑えること、とかんたんな説明がほどこされているようだが、自制心には、自分を抑えることで、他者に、ひいては社会全体に拡がっていく働きがある。

藤沢周平が描く女性たちは、他人からはつつましく見える、そして自らの心のありようとしてはモラルに近いような自制心が働いている。それが、ごく自然に描かれているのである。いくつかの例を見ていこう。

前章の「2　青江又八郎が見たもの」で、「用心棒日月抄」シリーズの青江又八郎の剣について詳しく語った。その話の延長になってしまうが、ここでは同シリーズの大きな魅力である佐知という女性について読んでいきたい。

「用心棒日月抄」シリーズの第一作『用心棒日月抄』の最後に近いところで、佐知が姿を見せる。帰国の道を急ぐ青江又八郎に短剣で襲いかかるのだが、足を木の根につまずかせて転倒し、自分の短剣を腿のつけ根に刺してしまう。又八郎は女を助け、背負って近くの村まで行き、百姓の家に女をあずけた。それによって女は命拾いをするのだが、名をなのっただけで、又八郎を襲った理由などはいっさい語らなかった。

第二作の『孤剣』では、大富静馬を追って再び浪人として江戸にやってきた青江又八郎が、たまたま姿を見かけた佐知に声をかけ、それを機縁として佐知は又八郎の協力者になる。佐知は、江戸の嗅足組の頭領であった。

藩（じつは海坂藩なのだが藩名は書かれていない）は、秘密の組織として、表に出ることはないが藩主を助ける嗅足を持っていて、佐知は二十一、二歳でありながら江戸での頭領だという。そして国元にいる父親が、この陰の組織の頭である、と又八郎に打ち明けた。とはいっても、又八郎が嗅足組について知ることができるのはそのへんまでで、組織の頭が誰なのかを含めて、佐知はなお多くの謎に包まれている。

佐知は、又八郎に依頼された大富静馬の動静を探るうえで、じつにきっちりと仕事をするが、自らについて語ることはきわめて少ない。忍びの技を十分に身につけてはいるが、それを発揮するのはどうしても必要なときだけ。すなわち自制心が強い。青江又八郎が江戸で唯一人頼りにすることができる存在ながら、身につけている雰囲気はあくまでもつつましい。ただし最後の最後に、大富静馬や公儀隠密との生死を賭けた戦いのあと、又八郎と佐知は結ばれる。

第三作『刺客』で、佐知はようやく準主人公として活躍する。そうなるに際しての、作者の物語づくりは精緻をきわめている。

佐知の父親に命じられて、青江又八郎は五人の刺客を倒すべく江戸に向かう。寿庵志摩守保方が、佐知とその配下の江戸嗅足を抹殺しようと五人の刺客を江戸に送りこんだのだ。佐知の父で元家老の谷口権七郎は、又八郎に刺客たちを倒して娘を助けてくれ、と依頼する。

又八郎は五人の刺客を倒し、佐知と陰の組織を守り通さなければならない。佐知は江戸嗅足の一人ひとりの身を守ると同時に、寿庵保方の真の目的を探りつづける。谷口父娘、又八郎の共通の敵は、陰謀をめぐらしつつある寿庵保方で、その攻防は予断を許さない。

そのような状況で物語が展開するのだが、又八郎は佐知と再会するとき、当然のことながら、複雑な思いにとらえられる。前作『孤剣』での、佐知との別れを想起するからである。別れを目前にした一夜、「二人がただ一度の愛をかわしあったのは、男と女の避けがたい自然の成行きだった」と思っても、その関係はやはり世の掟にそむくものであり、そこにある喜びは、苦渋のいろを帯びている。女である佐知は、喜びより多く苦痛をもってそれを思い返しているに違いない。そして、又八郎は佐知に会う。「佐知はきりっと髪を結い上げ、ややきつい感じがする美貌が、むしろ以前より若若しく」又八郎の目に映る。

《佐知はつつましく平静な態度で又八郎を迎え、もたれかかって来る気配など、ちらとも見せなかった。佐知には、江戸の嗅足を指揮する人間の落ちつきと鋭い気持の張りが以前と変りなく同居している。》

そして、「今度は、何事でございますか?」と佐知はたずねる。

ここで「つつましく」という言葉が出てくる。そして「つつましく平静な態度」とつづくことで、つつましい外見が、平静な態度すなわち強い自制心につながっているのを、作家はなにげなく表現している。作家が、佐知という女をどのように考えているか、そしてどのように表現しようとしているか、ここに自然に現われている。

佐知は、江戸の嗅足を統率する任務にきびしく縛られている。その立場と仕事が、佐知に並はずれた自制心を持たせているとひとまずは考えられるが、自制するのはあたりまえ、というように、佐知の性格の核心になっているといったほうが妥当のように思われもする。強いられているというより、自発性をもっているのだ。

その自制心が、ふと解かれてしまう場面が『刺客』のなかでいくつかある。杉野という刺客の一人に佐知が襲われ、傷を受けながらも商家に助けられる。又八郎を商家に呼んでもらい、そこでしばらく怪我の治療に専念する。又八郎も三日ほど商家に泊り、どちらから誘ったわけでもなく、二人は一つの床に寝る。

数日後、商家を去った又八郎がまた佐知を見舞いに来る。そして、去ろうとする場面で――。

《佐知は無言でいたが、不意に又八郎の手をとると、すばやく自分の頬にあてた。熱い頬だったが、熱のせいではない。佐知はすぐに手をはなして、自分がしたことにうろたえたようにうつむいた。》

佐知の、又八郎への気持の表現は、自制心のなかにある。それが微かに揺れて、わずかに解かれて、外側にこぼれるように出るとき、まことにつややかな色を帯びる。自制心のなかにあるからこそ、佐知の女としての思いは、逆に鮮やかに伝わってくる。それが藤沢周平の女の描き方の一つであることは否定しようがない。

このシリーズの第四作『凶刃』は、第三作から六年の時を置いて書かれた。作中では、さらに多くの時間が経っていて、青江又八郎と谷口佐知が最後に別れてから十六年の歳月が流れている。又八郎は四十半ば、近習頭取という役職についていて、かつてかっこいい浪人の見本だった姿も、中年太りでやや腹が出ている。こんどは浪人としてでなく、六カ月という期限づきで、江戸藩邸に詰めることになった。そこには、江戸嗅足の頭領である佐知がいるが、父親の谷口権七郎は既に亡くなっている。佐知ももう少しで四十に手が届こうとする年齢になっている。

又八郎はよくもまあ手紙一つ書くでもなく、十六年間も佐知をほっておいた、といいたくなるが、又八郎（と作者）を責めてもしかたがない。二人がどのように会い、どのようにその関係が展開するのかを見てゆくほかはない。

江戸藩邸にある一軒の長屋に身を落ち着けた又八郎を、深夜、佐知がひそかに訪ねてきて再会が果たされる。その折に、又八郎はつきあううちに、佐知が少しずつ心をひらいていった経緯を思ったりする。その一節。

《二人の間にあったつつましい情事のことだけを言うのではない。佐知の人柄が、生まじめなところは仕方ないとしても、全体として明るく変り、人に打ちとけるようになったことを又八郎は言いたいのだった。その変化は喜ばしいものだったのである。》

「人に打ちとけるようになった」とは、又八郎に打ちとけるようになった、と換言してもいいだろう。そして十六年ぶりの佐知は、あたかも昨日別れたかのように、自然に、又八郎に対し打ちとけている。

このシリーズでは初めてのことだけれど、小説が始まって早々に、二人は夜の小料理屋で抱きあう。又八郎と佐知の結びつきは、これまでになく入念に描かれている。少し長い引用になる。

《男も女も、人知れず心の中に抱えるその空虚を、相手から奪うもので満たそうと、身悶えていた。それはどこかしら苦行を思わせる姿でもあった。女は幾度も闇に裸の手を這わせ、おのれを深く満たしつつあるものの存在を確かめた。そして、長い抱擁のあとについに満たされたことを告げる叫びを洩らしたときも、その声は苦行の成就を告げる苦痛をふくんでいなかったとは言えない。

佐知は、又八郎が身体をはなして横になると、一度目を闇にひらいたようだった。それからひっそりと又八郎の胸に顔を寄せて来て、静かな呼吸を繰り返した。やがてしばらくして、又八郎の胸がつめたくなり、呼吸が平静さを取りもどすのを見さだめたように、無言のまま床をすべり出ると、隣にある自分の夜具にもどった。一連の無言の動きの中に、四十を迎えようとしている佐知のつつしみが現われているようだった。そのすべてを、又八郎は見ていた。》

佐知は相変らず「つつしみ」のなかにいる。いるけれども、又八郎への親しみと思いは、『刺客』にくらべても、自然に濃い色あいで現われてくる。二人は、物語の展開で、藩の命運を左右しかねない危険を内側に孕んでいる事件にまきこまれてゆくのだが、時折佐知はいいようのないさびしさを、又八郎に語りかけたりする。

しかし、心を開いての佐知の訴えも、つねに自制心の枠のなかにある。枠のなかにあって、又八郎への口説きというより、思いあまっての呟きのようにも聞こえる。

石森左門という名目組頭の、狂気にとりつかれたような「皆殺し」衝動が明らかになるまで、又八郎と佐知は知恵を出しあって藩と関係のあった商家をまわるなどして、藩主の側室の秘密を探索する。

佐知は、又八郎と手をとりあうようにしてその探索に当ることができたことに満足し、もう思い残すことはない、と呟いたりもする。そこでも、自制心が佐知のつつましさをつくり出しているのを、注意深い読者は知るであろう。佐知の大胆さと共に、つつましさが何度か描かれているのを読むことができる。

そういえば、最後の最後、『凶刃』の大詰めであると同時にシリーズ四作の大詰めとなるところで、佐知は数年後、国元の尼寺の庵主になることに決まった、と又八郎に告げる。又八郎は別離の暗雲が急速に薄れていくのを感じる。

《不意に又八郎は哄笑した。晴ればれと笑った。年老いて、尼寺に茶を飲みに通う自分の姿なども、ちらと胸をかすめたようである。背後で佐知もついにつつましい笑い声を立てるのが聞こえた。》

佐知の「つつましい笑い声」で、長篇連作四巻の幕が閉じるのである。しかし佐知は自然にそのように笑うことができたのだろうか。先にもいったように、又八郎との関係について佐知の思いは深く、共に過す時間のなかでそれがふと現われるほどなのである。又八郎もそのことは承知している。そこに現われざるを得ない男と女の悲哀こそこの小説の底流としてある。結びで描かれる二人の笑い声のなかで、読者としては二人の悲しみを深く感じるしかない。

佐知という女が見せてくれる生き方のなかで、じつはさらに二つの重要な特徴について、これまで触れてこなかった。

その一つは、勇気ということであり、もう一つは剣の技についてである。勇気の裏打ちとしてすぐれた剣技がある、というのではない。それぞれが別個のものであると考えたほうがいいだろう。『凶刃』のなかから、剣技抜きの勇気が発揮される場面をあげるとすれば、先に引用した又八郎との情交の直後である。

夜の小料理屋の一室で、佐知が静かに自分の夜具に戻ったとき、外から小鳥の鳴き声のような音が聞こえてくる。佐知はその音に口笛で応じた後、部屋から外へ忍び出る。

間もなく戻ってきた佐知は、部屋の隅に背をまるめてうずくまる。そしてほんの一瞬、又八郎にとりみだした姿を見せるが、すぐに立ち直って、これから嗅足たちのもとに戻らなければならないといい、又八郎を残していま二人が交わったばかりの部屋を出てゆくのである。

嗅足の頭領としてのこの行動は、並はずれた勇気を必要とするだろう。佐知の自制心は、そのような勇気と結びついている。

いっぽうで、勇気ある決断にみちびかれて剣の技が存分に発揮される場面もある。佐知と又八郎は、最後に石森左門という事件の元凶と対決する。「二人とも死んでもらわねばならん」とうそぶく石森に、又八郎ではなく、佐知がいい返す。「疑いだけで鏖《みなごろ》しになさるつもりでしたか。何という傲慢、吐き気がいたしまする」と。仲間の嗅足の女たちが無意味に殺されたのをけっして許さない姿勢がここにはある。

そして又八郎の打ちこみを受けて、石森の膝ががくりと折れたのを見て、音もなく石森の背後にすべりこみ、片手をすばやく胴に巻いて、短剣を背に刺す。佐知の並はずれた剣技が、相手に致命傷を負わせる。

そのように、佐知の自制心は、その内側に勇気と呼ぶべきものを育てている。そういう武家の女性の姿は、佐知に限ったことではない。藤沢周平の女性が主人公、あるいは準主人公である小説では、たびたび描かれたものであった。

また、そう多くはないが、剣をふるう女を描くいくつかの短篇があって、これがすべて心に残るものである。次に、その剣をふるう女がどのように書かれているかを読んでみよう。

2　剣をつかう女たち

藤沢周平は、剣をつかう女たちを扱った数篇の短篇小説を書いた。女たちが一流の剣をつかうようになるのは、たいていは父親の思いによるものだが、剣技を身につけた姿はそれぞれの個性を映しだしている。そういう女剣士のなかで最も派手な存在は、短篇「花のあと—以登女《いとじょ》お物語—」（一九八三年発表）の以登であろう。

藩の筆頭家老の内室である以登が、連れ合いである家老亡き後、大勢の孫たちに若い日のただならぬ恋を語って聞かせるのである。以登が「祖母《ばば》が——」と自ら語る部分と、それを受け継いで自由に展開する三人称の部分が交互に置かれる、という構成である。

以登の父寺井甚左衛門は、組頭という藩政の重鎮であるいっぽうで、夕雲《せきうん》流の名人といわれた。しかし剣の道に凝りすぎたためか、家老にはなれなかった。子供は娘の以登ひとりのみ。その以登が五歳になったとき、竹刀《しない》を持たせて徹底的に剣を仕込んだ。以登はまた剣を好み、荒稽古に堪えてついには一流の女剣士になった。

城の二ノ丸の堀端の桜を観に行ったとき、羽賀道場筆頭の剣士であり、おそらくは藩随一と評判される江口孫四郎に声をかけられる。江口は平藩士の三男、以登とは身分違いである。普通なら話す機会さえなかったであろうが、少し前に以登が羽賀道場を訪れ、二番目三番目の剣士たちを打ち破ったということがあり、その折に江口は不在だった。江口は伝え聞いた以登の剣を誉め、仕合いがしたかったと、言葉をかけてきたのである。満開の花の風情が、江口孫四郎にそうさせたのかもしれない。

そして、以登は江口に恋をした。いや、恋であるかどうかは、はっきりしない。何がなんでも、江口と立ち合いたい。その思いが募って、父に桜の下での江口との出会いを打ちあけ、試合をさせてくれと頼む。父はなぜかそれを許した。

試合の場所は、父甚左衛門が家の庭につくった稽古場。この試合の描き方が、藤沢周平の小説でも唯一無二で興味深い。

《打ち合っているうちに、以登はなぜか恍惚とした気分に身を包まれるのを感じた。身体はしとどに濡れ、眼がくらむような一瞬があったが、その一瞬の眼くらみも、不快感はなくてむしろ甘美なものに思われた。照りつける日射しのせいだけではなかった。どうしたことか、身体は内側から濡れるようであり、恍惚とした気分も、身体の中から湧き出るようでもある。》

性的な快感を思わせるような描写でありながら、実に品格がある、不思議な文章である。

以登は右腕を打たれ、あっけなく負けた。そして父に、江口は好漢だが二度と会ってはいけない、お前は婿になる男が決まっている身だ、といわれる。

物語の展開を追うのは、ここまでにしよう。

江口孫四郎は奏者番の家に婿入りしたが、妻の情事相手の男にはめられて自害。それを知った以登は、江口の自裁を画策した男、藤井勘解由に決闘を挑む。そのとき、以登の婿になる才助という若者が情報を集めたり、決闘の後始末をしたりして大いに働く。

決闘は夏の終り、五間川の岸辺で、以登と藤井勘解由の二人だけで。以登（祖母《ばば》）の語りで描写される。

《そのときじゃ、勘解由はするすると三間ほど後にさがった。刀の柄に手をやるのが見えた。祖母を亡き者にしようという了見じゃ。それこそ、孫四郎どのを罠にはめた証拠じゃった。才助が用心せいと言ったとおり、勘解由の身動きはなめらかに速かったが、祖母は難なくその引き足について行って、苦もなく間合いをつめた。勘解由の刀が鞘走る寸前に、祖母はぴたりと利腕に身を寄せると、ひと息に懐剣で胸を刺してやった。そう、ひと刺しじゃった》

ここで、以登は大小の刀を使わない。武家の女たちが外出のときに身につける懐剣（短刀）で敵を突くのである。たいへんな自信と勇気というべきであろう。

以登は身分も高い家の生れで、しかも父親の存念で、女剣士として育てられるという、特殊な存在である。しかし、だからといって日々の暮らしぶりに格別の自己主張があるわけではない。祖母として孫に語りかける話しぶりは物事にこだわらぬ自在さがあるが、いっぽうで武家の女たちが持っている自制心が適確に働いていることが、言葉の端々にうかがえる。

その自制心のかげには、剣の上手ということも十分に働いているとしても、ただならぬ勇気がある。その勇気が以登を美しくしている。かつて心をときめかした江口孫四郎の敵を、誰に頼まれたわけでもなく、討つ。恋心の発現であるとしても、これは正義の行動でもある。その正義感と勇気は、後に筆頭家老の奥方になった女にふさわしいと、作者がひそかにいっているようにも受けとれる。

女剣士の物語である「花のあと」には、そのような思想がふくまれているのである。

『隠し剣孤影抄』と『隠し剣秋風抄』の二冊は、海坂藩の剣客たちを描いた、連作短篇集であるが、そのなかに一篇だけ女の剣客を扱った「女人剣さざ波」(一九七七年発表、『隠し剣孤影抄』所収)がある。

この短篇は女剣士の邦江が実質的な主人公であるのもめずらしいが、その女剣士が醜女《しこめ》で、醜貌ゆえに夫に嫌われているという物語の設定じたいも、藤沢周平にはあまり類を見ないことである。

しかも、夫の浅見俊之助が妻の邦江を娶る気になったのは、邦江の姉である千鶴が藩中でも評判の高い美人だったからで、その妹だから一も二もなく妻に迎えることにしたという、ほとんど滑稽譚のような経緯《いきさつ》があった。

滑稽譚が避けられない事情から、シリアスな話に転じるのは、藤沢周平ならでは、というべきか。

邦江は容貌ゆえに夫に嫌われているのを知っている。知って耐えている。「邦江は千鶴

（注・姉）とは違い、つつましく生きることを好み、いくらでも物事に耐えることが出来る」女であるのを、夫の俊之助は知っている。それぐらいの頭の働きは身にそなえているのだが、妻を受け入れることができない。そこで母親に、「女子は心ばえですよ。邦江は私が見込んだとおり、申し分ない嫁です。少し眼をひらいてごらんになるとよい」ときびしく叱られる始末である。

事情は省略するが、俊之助は剣の名手とされている近習組の遠山左門に果し合いを申し込まれる。逃げるわけにはいかない立場があって、仕方なくそれを受ける。

帰宅した俊之助が真青な顔をしているのを見とがめた邦江が、あたたかくそのわけを聞く。俊之助はめずらしく邦江に対し素直な気持になって、遠山との果し合いの一件を打ち明ける。剣のできない俊之助は、死ぬつもりでいるのだ。

邦江は、猪谷《いがい》流の西野鉄心の道場で随一というべき高足で、鉄心が編んださざ波という秘剣を伝授された。俊之助に替わって、遠山との決闘にのぞむのである。夫宛に書き置きをし、早朝、その場所におもむく。そして果し合いは、双方が傷つく死闘になった。秘剣さざ波がいかなるものかを知るために、その場面を引用する。

《邦江が右籠手を狙ってきていることは、斬り合っているうちに遠山にもわかった。だが、避け得ずに斬られた。打ちこめばその瞬間に斬られ、ひくと女はすばやく踏みこんできて、やはり籠手を打った。その攻撃は執拗をきわめた。小さな波が岩を洗い、長い年月の間に、そこに穴を穿《うが》つのに似ていた。》

焦燥した遠山が剣を一気に上段に上げたところに、女が影のように横をすり抜けてゆく。すり抜けつつ、深く胸を刺した。

邦江は、勝ったけれども深く傷ついたわが身の上体を松の幹にもたせかけ、足を前にのばして、深く首を垂れる。書き置きを見て駆けつけた俊之助には、死んだようにも見えた。邦江の頬を叩くと、邦江はようやく眼をあけ、微かに笑う。「俊之助が見たこともない、美しい笑顔だった」。

俊之助はそのあと、「これまでのことは許せ。おれの間違いだった」といって、邦江に詫びる。結びは、「背中の邦江の身体が重かった。快い重みだった」という、みごとな一行である。

邦江を描くのに、「つつましい」という言葉が三度出てくる。秘剣さざ波を身につけた女剣士は、夫にも姑にも、つつましい女と見られている。夫が「いくらでも物事に耐えることが出来る」と感じていることからすると、そのつつましさは、並はずれた自制心から来ているのだろう。静かに耐えている顔は、魯鈍のようにも見えた、と書かれている。自制心の強さを示す表情に違いない。

その自制心が、夫に替って果し合いにおもむく勇気を生みだしている。邦江の勇気は、秘剣を持っていることからくるのではない。物語の最後の場面がそう語っている。

俊之助の背に担われた邦江は、「家へ、帰りましたら……去り状を頂きます」と呟く。その呟きには、はてしないほどの自制心がこもっていると、私には思われた。

「榎屋敷宵の春月」（一九八九年発表、『麦屋町昼下がり』所収）という短篇は、藩の上士の人びとの話である。そのことだけでも、めずらしい作品といえるだろう。

田鶴は番頭牧野仁八郎の娘で、長じて組子を持たぬ組頭寺井織之助に嫁いだ。田鶴は寺井がごく平凡な男であるのに安心してこの婚儀を承諾したようなところがある。物語の現在では、三十に手がとどく年で、娘が一人いる。

やや屈折した思いを抱く女友だちがいて、三弥《みや》という。十歳のときに共に城に上って、城奥をたばねる喜世に仕えた。喜世は前藩主の側室で、現藩主の母にあたる。三弥は、御奏者の娘で、いまは番頭宗方惣兵衛の内室。宗方は器量人で出世の経路を辿っている人物。田鶴がこの三弥に屈折した思いを抱いているというのは、長兄が三弥と親しくなったにもかかわらず、三弥がさっと宗方に嫁ぎ、長兄がそのひと月後に自裁したことによる。兄は三弥に裏切られて死んだ、と田鶴は思っている。そして田鶴はこの兄を愛していた。

もう一人、現在喜世に代って国元の城奥をたばねる小谷理江の三人が、十五の歳の終りに城から下がるまでの五年間、きびしく行儀作法を仕込まれた。理江は現藩主の国元の側室であり、小谷家は藩主に準ずるほどの名家である。

そのような関係から三人は現在でも見かけだけは仲良さそうにつき合っているが、田鶴が三弥に抱いている思いは複雑で、いま執政の一人が死去して、二人の夫である寺井と宗方が新しい家老候補といわれる事態になると、いよいよその複雑さが増すばかり。ただし、物語の展開のその部分は省略し、女主人公の田鶴が小太刀をふるう経緯にふれることにする。

田鶴が供を連れて外出先から戻った夜、自邸の門の前で斬り合いがあった。田鶴は供が差し出す木刀をふるい、旅姿の若い武士を助ける。藩の江戸屋敷から来た、関根某という藩士だった。関根が携えてきた手紙が物騒なもので、国元に波風を立てて、関根と寺井家の奉公人が何者かに殺される。

田鶴は小太刀を遣う。城に上がったとき、薙刀と小太刀の手ほどきを受けたが、小太刀に特別の才を示したので、城下の小城孫三郎の道場に通わせられた。田鶴は小太刀を得意とする小城の下で修行を積んで免許まで受けた。若年ながら小太刀の名手として名が知られる武芸者になっていたのだった。

田鶴は人を使ってその下手人を探り当てた。筆頭家老である平岐《へき》権左衛門の家来、岡田十内という武士である。田鶴は夫が頭から反対するのを押し切り、自分が岡田を討ち果たす、と許しを得る。そのとき、田鶴は、「要するに、この人は俗物なのだ、家名などともっともらしいことを言っているが、内実はただの臆病者にすぎない」と思う。

真の権力者である平岐家老は、必要あって関根を斬らせて、携えている手紙を奪った。その下手人を放置しておくとすれば、平岐家老は寺井を侮り、侮りつつも寺井をわが味方とするかもしれない。田鶴はそのようなふるまいを拒否し、岡田なる下手人を討ち果たすことが武家のありようだと考えているのである。そこで、夫が家名などという徳目を口にするのは、ただの臆病ではないかと思う。この臆病さと対立するのが、岡田と勝負しようとする勇気である。

田鶴がそう考えたと説明されてはいないが、どちらが武士の姿勢なのか、と作者は自分にも読者にも問いかけているように思える。

田鶴と岡田の果し合いは、長い時間をかけた、二人とも手傷を負ったきわどい勝負になった。結局、田鶴が勝つ。


《とどめを刺し終ると、田鶴は襷をはずして袂に押しこみ、道に落としてある風呂敷と頭巾を拾った。

刀を風呂敷につつみ、頭巾で顔を隠した。道の前後を窺ったが人の気配はなく、塀の内側にも何の物音もしなかった。目を上げると、危うく直立しているように見える半月が空にかかっていた。弱い光が、道のかたわらに横たわる岡田十内を照らしていた。》

田鶴はその亡骸《なきがら》に軽く手を合わせてから、死闘の場所を去る。この場面、どことなく物哀しさがただよっていて、忘れられない。忘れられないと同時に、武家の美徳とは何であるかを、もう一度考えさせられるのである。

夫の寺井織之助は、平岐家老に嫌われたせいか、新執政の人選に洩れた。田鶴がよけいなことをしたためにこうなった、と怒りくるったが、それが止むと一段と陰気になって、書見部屋に籠る男になった。

しかし最後に田鶴は、小谷理江の兄である小谷三樹之丞に会いに行き、江戸からの使者である関根を自邸門前で助けたというそもそもの一件からすべてを打ち明ける。そこで小谷が藩でひそかに行なわれている不正の取調べを示唆し、田鶴の明るい気分のなかで物語が終る。

ここで取りあげた三人の女剣士は、いうまでもなくそれぞれに個性があり、その個性にしたがって剣技のふるいかたも違っている。

以登は組頭の家に生れ、父親から夕雲流を仕込まれる。生涯に一度の恋とおぼしき思いのために、卑劣な男に決闘を挑み、短刀でその胸を刺す。

邦江は剣のできない夫に代って果し合いを申し入れてきた剣客に立ち向い、秘剣さざ波をつかってかろうじて相手を倒す。

田鶴は天稟の才といわれる小太刀をふるって、家の敵ともなった筆頭家老の家来を倒す。

女性であるから、小禄をいただく家の次・三男というような立場ではなく、三人ともゆとりのある家で剣技を身につけた、といえるだろう。しかしすぐれた女剣士である以上、果し合いの怖しさを十分に知っているはずである。負けることは、死を意味する。にもかかわらず決闘に挑むのは、何をおいても勇気があるからだ。蛮勇をふるってのことではない。自制心のうちにある日々の暮らしのなかで、思いあまって勇気をふるう。

先に、自制心こそがその勇気を孕んでいる、という意味のことを述べたのは、この三人に共通している。剣技が必ずしも勇気を持つものでないのは、第二章で考察した男たちの武芸のあり方から見ても明らかなのである。

3　勇気ということ

さらにいえば、武家の女たちが勇気をふるうのは、剣技を身につけているかどうかとは関係がない。ただし、ふつうの武家の女たちは、とりわけ外出のときは帯に懐剣を挟んでいることが多く、その使い方もひと通りは身につけているとされるので、剣技と勇気を一つのものと見なされやすいのは確かである。そのあたり、二つは微妙な関係にあるともいえる。

そういう事情については、これ以上踏み込まない。以下にとりあげる三人の武家の女たちは、懐剣をふるったりするのではないけれど、これ以上はないと思われるような女の勇気ある行動を見せてくれる。

「第二章　剣が閃めくとき」で取りあげた「暗黒剣千鳥」(『隠し剣秋風抄』所収)に、朝岡家の秦江という若い娘が登場する。準主人公ともいえないような存在なのだが、その武家の女に目を向けてみたい。

小説の主人公は三崎修助という若者で、三男である。いま二十三歳になって、どこかへ婿入りしなければならない身なのだが、ひたすら剣の道に熱中している。学問のほうはまったくの不出来だが、剣は三徳流の曾我道場の免許取り、次席の位置を占めている。

そこへ、磯部の叔母なる登与という人が縁談をもちこんできた。登与はめずらしくも大の武芸好きで、「曾我道場の次席なら、言うことなしでございます」と大いに張りきる。登与が見つけてきた相手は、二年前まで郡奉行を勤めた朝岡市兵衛の娘で名は秦江。近所では評判の娘で年齢は十八。朝岡家の家禄は百三十石で、三崎の家ともつりあいが取れていて、いうことなしの縁談である。

問題は修助の身の上にあった。三年前、家老の牧治部左エ門に秘かにいわれて、家老が藩の奸物という側用人明石嘉門を、四人の仲間と共に暗殺した。この暗殺は秘匿されたままに過ぎたのだが、三年経ったいま、五人の仲間が一人ずつ、何者かの手で殺されていく。三年前の暗殺の復讐かに見えるが、その何者かを知り、対処しなければならない。

三崎修助としては、この事態が片づかないかぎり、縁談話をすすめてもらうわけにはいかない。身にふりかかっている事態はいわず、婿入りの一件をしばらく待ってくれるよう兄夫婦に頼むと、兄が激怒した。しかし、修助としては、わが身に及んでくるに違いない暗殺の報いに黙って対応するしかない。

そのとき、目の前に秦江が現われるのである。修助が道場から帰る午後、三十前後の人のよさそうな供の女に、近くの寺の境内に導かれてゆくと、若い女が現われて、「朝岡の秦江でございます」と名乗った。

「今日は、三崎さまにぜひともおたずねしたいことがあって、恥をしのんでお会いしに参りました」といい、なぜ縁組み話を延期したのか、と問いただした。「今度のお話、おいやなのですね。それならそうと、はっきりおっしゃってくださいませ」とまで秦江はいい、涙をこぼす。

修助は、そうではない、自分には過分の縁組と思っているが、しばらく待ってもらわなければならない事情がある、と精一杯に答えた。

《「その事情というのを、お聞かせねがえませんか？」

「それは言えぬ」

修助はきっぱりと言った。

「ただ、それがしを信用して、いましばらくお待ちいただきたいと申しあげるほかはござらん。それがかなわぬなら、この縁談は、なかったものとしていただくしかない」

「はしたないことをお聞きしますが……」

秦江は、ぱっと顔を赤らめて、小声になった。

「事情と申されることですが、それは、女子にかかわりがございますか？」

「いや、いや」

修助も赤面して手を振った。

「それがしは、そういうことはいたって不調法。若い女子と、このように長話をしたのは、今日がはじめてでござる」

「やはり、お会いしてようございました」

突然に秦江が言った。秦江は微笑していた。かがやくような白い歯が、ちらと見えた。

「私、三崎さまをお待ちいたします。家の者が何と申しましょうとも。もうこのことについては、ご懸念くださいますな」

「すまぬ」》

この秦江の登場は、剣士の決闘にも比すべき、烈しい勇気の発現である。藩政のありかたが定まった時期に、若い娘がこのような挙に出るのはほとんどあり得ないといえるかもしれないし、武家のならいからいえば反道徳的といっていいだろう。

引用部分の対話の少し前に、「一たんこのおひとこそと思い決めたお方を、すぐに忘れてよそのお話に耳傾ける気にはなれません。どんなにさげすまれようとも、一度あなたさまにお会いして、本心をお聞きした上で、心を決めようと思って参りました」と秦江はふるえる声でいっている。

秦江の行動は、当時の美徳からは遠く外れている。だから、修助の気持を確める声は、か細くふるえるのである。

ではこのような秦江の言葉は、気ままに現代的かといえば、そうではない。古めかしく、礼儀正しい。また、あえていえば、現代の十八の娘が、男に対してこのようにズケズケと事の核心を衝く発言ができるかといえば、はなはだ怪しいと思うしかない。いずれにせよ秦江の勇気は、江戸時代の制度的道徳観のなかで発揮されたものなのである。そして制度的道徳観と激しく対立するものとして、この勇気がある。藤沢周平は、そのように武家の女の勇気を描いた。

作品の展開は、修助が若者たちを斬殺した暗殺者を見つけ出し、必殺の暗黒剣千鳥を打ち破ったところで終る。修助と秦江が結ばれることをそれとなく示してもいるわけだ。

「玄鳥」（一九八六年発表、短篇集『玄鳥』所収）は、藤沢周平の短篇のなかでも屈指の作品である。女主人公路の心の揺れが、静かな物語の運びのなかでこまやかに語られる。

玄鳥とはつばめの異名。路の家の長屋門につばめが巣をつくりかけている。夫は前の年と同じように、「巣はこわせ」という。物語の初めから、路の家に巣をかけるつばめのことが、長々と語られる。

路の末次家は、亡父の三左衛門が物頭（二百石）を勤めた。御奏者の矢野家から仲次郎が婿入りし、三左衛門の死後、三年前から跡目を継いだ。そして毎年門につくられるつばめの巣を、取りこわすように命じつづけている。父が一家を裁量していた時代は、初夏にやってくるつばめの巣はそのままに放置されていたのである。

仲次郎の言い分は、門は城からの使者もくぐれば上役もくぐるのだから、つばめなどを住まわせるべきではないということである。路は、巣が取りこわされるのを悲しみ、もどってこなければよかったのに、と思う。

近頃の城中の話題は、脱藩した家中の男を上意討ちにすることになり、三人の討手《うって》が選ばれて脱藩者を追ったが、上意討ちに失敗したという一件だった。討手のうち、一人が斬殺され、一人が手傷を負い、一人が無傷のまま戻った。その無傷にすんだ曾根兵六は、無外流の剣士として高名だった路の父、末次三左衛門の秘蔵弟子だった。

三左衛門は物頭を勤めるかたわら、自邸に数人の弟子を取って、末次の家に伝わる無外流を指南した。曾根兵六は力のある弟子として目をかけられ、三左衛門は風籟という秘剣をさずけかける。しかし伝授は結局行なわれなかった。三左衛門が伝授の途中、兵六のなかにある奇妙な虚《うろ》の部分に気づいたからである。兵六は一言でいえば、粗忽《そこつ》者だったのである。

上意討ちに失敗し、ひとり無傷で戻ってきた兵六は、減石の上、大坂の蔵屋敷に役替えになると決まった。それだけではない、藩主の意向で、ひそかに兵六に討手が放たれることになった。

それを路に伝えた夫の仲次郎は、あざけるような表情で、「舅どのの無外流も、これでおしまいかの」といった。

路は、黙ってそれを受け流しながら、「そのときが来た」と思った。病床にある父が、曾根兵六に絶対絶命のときがおとずれたら、自分が伝授しなかった秘剣の、残り四分の一を口頭で伝えるよう路に命じていた。路はそれを伝えるために、上方に出発する直前の兵六を訪ねる。そして、討手が放たれるという極秘の情報とともに、父がいい残した秘伝の最後の部分を語る。それは、口伝で十分に会得できるものだった。

「一ノ太刀青眼ヨリ左足ヲ踏ミコミ、右腕ヲ斜メニ打チ下ゲルトキ、二ノ太刀ハ下ヨリ撥ネテ一ノ太刀ニ合シ、転ジテ八草ニ引キ上グル形ナリ。……」

というのだが、これで読み手に秘技がわかるというものではないだろう。私は、その後に述べられる路の思いに心打たれた。河岸の道に出ると、馬洗川のせせらぎの音が高く聞こえてき、橋をわたっているとき、路は不意に眼が涙にうるんでいるのを感じる。すべてが終ったという気持が、にわかに胸にあふれて来たのである。

《終ったのは、長い間心の重荷だった父の遺言を兵六に伝えたということだけではなかった。父がいて兄の森之助がいて、妹がいて、屋敷にはしじゅう父の兵法の弟子が出入りし、門の軒にはつばめが巣をつくり、曾根兵六が水たまりを飛びそこねて袴を泥だらけにした。終ったのはそういうものだった。そのころの末次家の屋敷を照らしていた日の光、吹きすぎる風の匂い、そういうものでもあった。》

「玄鳥」の展開を少しくわしく追ってみたのは、斬り合いの場面があるわけでもない静かな話のなかに、いいかえればつつましくも見える路という武家の女のなかに、一つの思想というべきものが秘められていると考えるからである。

路はつつましい武家の妻として語られる。門にかけられたつばめの巣への思いは、少女の頃からずっとあるのだから強いものではあるけれど、「取りこわせ」という夫の言葉に逆らうわけではない。夫を当主として、立てなければならないと考えているのだろう。先に扱った「榎屋敷宵の春月」の田鶴を思い起こさせるが、田鶴は「俗物」である夫と問答を交わすのに対し、路は封建制の「格式」の権化のような夫と問答すらしない。夫の言葉を黙って受け入れているように見えて、実はそうではない。

兵六を訪ねていって、「藩命とは申せ、あまりに理不尽ななされ方とは思われませんか。私は兵六どのに逃げのびて頂きたいと思って、こうしてたずねて来たのです」といい、秘剣の型を伝えるのである。

兵六は粗忽者ではあるかもしれないが、事に当って不運だったというだけにすぎない下士である（減石されて十石少々）。藩主や執政たちが兵六を目の敵にするのは、藩という制度のなかでそれが最も安易にできることだからである。

路は、勇気をふるって、その制度に立ち向かった。立ち向かって、兵六に生きのびるための秘剣を伝えた。

路のつつましさ、あるいは自制心のなかにあるものは、封建制という制度に寄りそっているかに見える。しかしつつましさがつねには隠しもっている勇気は、制度の枠を越えるのである。越えて達する場所は、自然さと自由さのあるところである。男の剣客たちのなかにも同じ精神があるのかもしれないが、女のつつましさのなかの勇気にこそ、制度を越える動きがよく見える。とすれば、藤沢が武家の女たちのなかに書こうとする自制心は、制度に寄りそうように見えながら、それを越えようとすることとさえある、といえる。そこまで考えてくると、これはきわめて現代的な物語のなかに孕まれた、現代的な思想なのではないか、と認識し直すに至った。

最後に路が川のほとりで思うことは、失われたものを数えるとしても、その思いはまことにつややかなものでもある。ここには、勇気とつややかさが同居している女の心がある、と私は思った。

もう一篇だけ、どうしてもとりあげておきたい。一九八〇（昭和五十五）年に発表された短篇「山桜」である。あまりそういう言葉は使いたくないが、名篇と呼ぶしかないと私は思っている。

野江は、二十二、三であろうか。結婚にめぐまれず、年若いにもかかわらず並はずれた苦労をしている。十八で嫁入ったが二年目に夫に死なれ、子ができなかったので実家に戻った。一年ほど前に磯村の家に再嫁したが、これがとんでもない家で、勘定方に勤める夫の庄左衛門も、その父母も、城下の商人相手に金を貸し、一家挙げて蓄財に狂奔している。努力したがとてもその家に溶けこむわけにはいかない。結局去り状をもらって、再び実家に戻るしかなかった。

そういう野江は、不仕合わせのなかにいるといえるだろう。ただ一度、郊外の寺に墓参したとき、山桜の枝を折ってもらった手塚弥一郎という若者のことが心に残っている。手塚は、野江の再婚話がさまざまにあったとき、申し入れてきたのだったが、話は実を結ばなかったのである。

手塚弥一郎が、城中で組頭を刺殺した。その組頭は家が名門というだけで、「たちの悪い腫物」のように執政たちにうとまれていた。その男を斬った弥一郎は、いま獄舎に入れられて藩主の裁断を待っている。

花の季節、かつて弥一郎が折ってくれた山桜の一枝を、近くの畠にいた百姓に折ってもらい、野江は町に戻る。思い切った決心をして、手塚の家を訪ね、母ひとり子ひとりの、その母親に山桜の枝をとどける。

《玄関の戸をあけて訪いを入れたとき、野江の胸ははげしい動悸を打った。自分がいま、世間のしきたりを越えた、大胆なことをしていることがわかっていた。そのうえ、出て来た相手に、あなたのことは聞いたこともないと言われれば、黙って引き返すしかない。》

という一節があった後、四十半ばの、柔和な顔をした弥一郎の母は、「おや、きれいな桜ですこと」といったあと、花から野江に問いかけるように眼を移した。そして静かに微笑して、名のる野江を受け入れる。

野江は、その母親に会い、ここが私の来る家だったのだ、といまさらに思う。不仕合わせな経緯《ゆくたて》を経ながらも、自分を見つけだすことが果たされるのである。

「世間のしきたりを越えた、大胆なことをしている」というのは、野江が最後にふるった勇気からである。「玄鳥」の路になぞらえていうならば、女としての勇気、といってもいいだろう。そして世のしきたり、つまりは封建の世の制度を越えるのである。越えて、どこかに出ることができたのかは、まだわからない。

ただそのとき、自分をしっかりと見つけ出したのは確かなことである。弥一郎の母は、母というよりも自分の生き方を見つけ出している先輩として、そこにいる。そして野江に、どうぞ奥へ上がりなさい、というのである。

第四章　市井に生きる

市井小説という、なじみの薄い言葉がある。時代小説のなかで、一口に町民と呼ばれる人びとを扱った小説をそんな言葉でいう。商人とそれに付随する人すべて、職工や大工などの広い意味での技術者などが町民の主たる構成者であるが、それに妻をはじめとする女性の存在もある。

他にアウトロー、すなわち堅気ではない世界に生きる人間もいる。典型として博奕《ばくち》うちを挙げることができるが、この裏の世界はそれなりに複雑で、かんたんにこの手の者と決めるわけにはいかない。さらにいえば、裏の世界のきわめて近い場所に、しかたなく生きている堅気でない女性たちがいる。

最盛期で、武士・町民あわせて百万人。江戸という街には一口でくくれない部分も多々あるが、それをふくめて、市井に生きる人びとということができるだろう。

藤沢周平には、江戸町民を語った市井小説が数多くある。『海鳴り』という長篇一篇のほか、

『橋ものがたり』『本所しぐれ町物語』などの連作短篇集、さらに捕物がらみの中・長篇がいくつか。しかし、私はきわめて個人的な考えから、連作短篇を主とした短篇と、特異な犯罪小説である中篇『闇の歯車』をこの章では論じてみたい。

藤沢周平は自作について語ることが少なかった作家だと思われるが、市井小説については随筆のかたちをとってはいるけれど、明確な発言がある。「市井の人びと㈡」（『冬の潮　藤沢周平短篇傑作選　巻三』一九八一年刊、所収）を読んでみよう。

《市井小説、人情小説というものを、私はそういう普遍的な人間性をテーマにした小説と考えているのである。そして普遍的な人間感情を扱うからには、現代にヒントを得て江戸時代の小説を書いても、格別不都合なこともあるまいとも思うのである。》

この文章の前段として、市井ものを書くとき、「私はむかしの随筆などから材料を仰ぐことは稀で、たいてい現代日常の間に見聞きしたり、また現代を生きている私自身が、日ごろ考えたり感じたりすることをヒントにして、小説を書き出すことが多い」という一節がある。

そして「普遍的な人間性をテーマにした小説と考えている」と言明した後段、次のように文章が結ばれる。

《ヒントを現代にとるといっても、それは小説の入り口の話である。作者はそこから入って行って、江戸市井の人びとと一体化する。あたりまえのことだが、そういう意味では時代小説を書くことは、現代小説を書くことと格別異なるわけでもないのである。》

作者がはっきりと自覚していることを、私たちは聞きとることができる。

普遍的な人間性をテーマにしている、とはどういうことか。人間とは何かをそこで考え、描いてみることだ。だから、現在を生きる自分の発想から江戸の市井人に入っていっても、不都合なことはないはずである。これは創作姿勢のみごとなまでの把握であると思う。

たとえば代表的な市井ものである『橋ものがたり』を読んで、私が感じることを、右のような作者の姿勢から論じてみることができるかもしれない。

私の印象でいうと、市井小説では、作家が登場する人物たちを捉える視線は、まことにきびしい。そのきびしさは、人物たちを裁くことを意味しているのではなく、正確に描くという意味できびしいのである。

したがって、作家は「涙」や「笑い」のなかに安直に逃げこんで結末をつけることを、絶対にしない。悲痛なことは悲痛なこととして描く。ただしそこには、すべての登場人物をいつくしむように見るという精神の働きが隠れてもいる。もしかすると、それは小説という表現の、一つの原理ではないか、と私は考えてみたいのである。

1 『橋ものがたり』の普遍性

『橋ものがたり』は一九七六（昭和五十一）年と七七年の二年にわたって書かれ、刊行されたのは一九八〇（昭和五十五）年。橋にまつわる話が十篇の短篇集だが、各篇が独立していて話としての繋りはない。藤沢周平初期の作品といえるが、仕上りはまことにみごとで、市井ものの代表作の一つといっていいだろう。

冒頭に置かれた「約束」は、物語としては単純なものだが、それに反して味わいは複雑で深い。

二十一歳の若者と十八歳の娘が、五年前に小名木川にかかる萬年橋の上で再会しようと約束した。二人は幼な馴染みで、かくべつに気の合う少年少女だった。事情あって幸助は錺師《かざり》の家に年若くして奉公し、お蝶は十三の年で料理屋につとめることになり、幸助の仕事場までやってきて、そのことを告げた。

幸助は五年すると年季が明ける。そしたら五年後のきょう、時刻は七ツ半（夕刻五時）、萬年橋の上で会おう、と約束する。

西の空がくすんだ赤い色に染まっている約束の刻限、幸助はやってくるが、お蝶は姿を現わさない。どうしたのか、もう少し、もう少しと、一刻半（三時間）も待ちつづける。

お蝶は来たくても来られなかったのだ。二年前、両親がそろって病気になって、医者にかける金が必要になった。金を得る唯一のてだては、客と寝ることだった。そうなったお蝶は、幸助と会うことが未来に見える一つきりの光だったが、またそれゆえに、幸助には会えない、自分はそんな体ではない、と思わざるを得ない。「二人はあのとき、言葉以上のものを誓い合ったのだ」。

しかし、遅れに遅れて、お蝶は会いに行く。喜ぶ幸助に、「あたしに近寄らないで」といい、二年前からのことをすべて語り、逃げるように橋の向うの闇のなかに消え去った。

翌日、母親と二人でいるお蝶の家に、幸助が訪ねてきて、やはり一緒になろう、と語りかけ、お蝶は号泣する。その泣く声を聞きながら、幸助は「長い別れ別れの旅が、いま終ったのだ」と思う。

しかし、お蝶の涙が、この物語に結着をつけたわけではない、と結末まできて、私は自然にそう思った。二人の過去をかかえこんだ人生は、これから始まる。それでどうなるか。読者である私は、思いをめぐらせざるを得ない。そうしたいわけではなくても、自然にそうなる。そして、生きる難しさという、普遍的なテーマ（思い）に行き当ってしまう。ハッピーエンドに見えなくもないこの一篇は、そういう思いに導く道筋を隠しもっていた。

「小ぬか雨」は、さらに終わりが始まりであるような印象が強い一篇である。

おすみは、独り身ながら小さな履物の店をとりしきっている。勝蔵というあまり気には入っていない下駄職人と縁談がまとまっていて、勝蔵はしょっちゅう夜にやってきては、おすみの体を求める。おすみは、一緒になれば野卑な勝蔵にも慣れ、自分も野卑な女になって行くのだ、と思っている。

ある夜、若い男が裏口の土間にうずくまって、息をひそめていた。誰かに追われ、逃げこんできたのだ。おすみを「お嬢さん」と呼び、言葉使いもていねい。町で喧嘩をして、男たちに追われている、少しの間かくまってください、という。おすみは、「躾《しつけ》のいい家に使われているお店者《たなもの》のような感じ」がすると思った。

追手は家の近くを離れず、若い男は出て行けない。一晩が経ち、二晩が経ち、五日目には安五郎という奉行所の手先が立ち寄った。逃げている若者は、新七といい、小料理屋のおかみを殺したのだという。おかみの色仕掛けに狂って、勤め先の金を盗んで注ぎこんだ。だまされたとわかって、女を殺した。新七が逃げこんできたら、すぐに自身番に知らせるように、と安五郎はいった。

新七は逃げ出せぬまま、すべて安五郎のいう通りだと白状する。おすみは、あんたは悪い女にひっかかったのだから、といって、夜に逃げる算段をしなさい、と新七をはげます。そして深夜、夢みるように新七に抱かれる。

翌日の夜、二人は小ぬか雨の降る思案橋に出る。勝蔵がやってきて、新七と取組みあいになるが、勝蔵が倒れ、新七はおすみに別れを告げる。新七は、品川の親戚に年とった母を預けてある。ひと眼母と会ったら、自首して出る、といった。

おすみは、「そんなこと言わないで逃げて。あたしも一緒に行く」というが、新七はおすみを抱いて、「そんなこと言っちゃいけません」といい、微笑する。そして、闇にまぎれて去る。おすみは、新七という若者と別れた夜、小ぬか雨が降りつづいていたことを忘れないでいよう、と思う。

これは結末ではあるけれど、おすみの人生はむしろこれから始まるのだと、読者は思わざるを得ない。愛が別れと共にくる。そこから、人が生き始める。

藤沢周平が、「普遍的な人間性をテーマにする」というのは、そういう意味を含んでいるのではないか。読者は、おすみと共に、結末のなかに取り残されるのである。

「小ぬか雨」と、冒頭の「約束」二篇は、市井ものを書く作家の眼の「きびしさ」と「いつくしみ深さ」を二つながらに示している、といえるだろう。登場人物たちの人生はこれから始まる、という描きかたは、きびしいといえばきびしいが、人物たちへの励ましとも受け取ることができるのである。

しかし、たとえば「氷雨降る」の主人公吉兵衛をつつんでいる荒涼感は、どう受けとめたらいいのだろう。

五十すぎの、小間物屋の主人は、疲れている男である。女房も、後継ぎの息子も、家族は誰も信じられない。のみならず、互いに嫌悪感をいだいているだけだ。

吉兵衛は、たまたま橋の上で身投げせんばかりに固まっている若い女を助け、大切に面倒を見てやる。時が経つにつれて女は自分を取り戻すが、同時に好きな若い男ができる。

男は指物師《さしもの》で、明日にでも甲府に帰ろうとしている。しかし、女を探しているやくざ者たちが、「うちの親分がずいぶん金を使って手に入れた女だ」というほどに、女にはわけがある。若い指物師と甲府に向うのがいい。吉兵衛はそう考え、二人を逃がす。やくざ者たちにさんざん痛めつけられるが、それにかろうじて耐えて、家に帰るしかない。信じられない女房と息子が仕切っている家へ。

吉兵衛の行く先は、荒涼とした闇のなかしかない。一篇は、そのように終わる。

これは何なのだろう。さまざまな橋にまつわる物語のなかで、普遍的な人間の姿を探すとすれば、こうした人生の荒涼もあり得る、ということだろうか。老年にさしかかった不幸な男が、行き場がないと思いながら生きる。私は溜め息をつくしかなかったが、この一篇を不要というふうには思えなかった。

「まぼろしの橋」は、『橋ものがたり』のなかではめずらしく、といってもいいし、「氷雨降る」のような作品とは対蹠《たいせき》的といってもいい、語り口はどことなく明るい色調であり、結末はハッピーエンドである。

おこうは、深川の呉服屋美濃屋の主人和平に拾われて、美濃屋の娘として育てられ、十八になった。美濃屋はそういう事情を隠しだてしなかったので、親しい者はみんな知っていた。美濃屋の跡とり信次郎もむろん知っていて、自分の嫁にするのを強く望んだし、周囲の人びとは似合いの一組としてそれを喜んだ。

ただ、嫁入りときまった頃から、おこうは五歳の自分を捨てた父親のことが妙に気になりだした。橋の上で、おこうの前にうずくまった「おとっつぁん」は、おこうの両手を痛いほど強く握りしめたのち、背を向けて橋を渡って行った。

信次郎の嫁となって二た月半後、用事で町に出ていたおこうに、髪の真っ白な老人が声をかけてくる。自分は、あんたの父親を知っている。父親は三年前に死んだけれど、あんたに会いたがっていた。

おこうは弥之助というその男の話に耳を傾けるようになり、もしかしたら弥之助は本当は父親ではないか、と思ったりする。弥之助がいうには、父親は松蔵といい、鑑札を持っていた一人前の大工だったが、女房に死なれたあと、賭場に出入りするようになって、身を持ち崩した。まあ、博奕がからむ、よくある話といってもいい。

おこうは弥之助の住む裏店に出入りし、弥之助の世話をするようになる。弥之助は、ずっとやさしい老人としてふるまうが、ある時、安という仲間が現われて、計画通りおこうの自由を奪い、亭主の信次郎に金を要求しようとけしかける。弥之助は安と取組みあい、おこうに「逃げろ」という。

信次郎はおこうに、もしかすると弥之助が自分の父かもしれないと、一件を告白されてから、弥之助のことを調べあげていた。弥之助の語る父親の物語はまるごと虚構で、調べてくれた岡っ引の徳助がいうには、弥之助と安が狂言を仕組んで美濃屋から金を取ろうとしたが、二人が仲間割れをして、それが果たせなかった。弥之助はまだ捕っていないが、根っからの博奕打ちで、むかしはゆすりやたかり何でもやって、女房子供はなし。

徳助が帰ったあと、亭主の信次郎は、まだ夢から覚めきらないおこうに向っていう。弥之助は、麻布の先の笄《こうがい》橋でおこうは捨てられたのだ、といったそうだが、自分は病床にいるおとっつぁんに確めてみた。お前が拾われたのは、蔵前の鳥越橋の近くだそうだ。まるで方角違い。もう変な男にだまされちゃいけないよ。

「もう子供じゃないんだから、おとっつぁんはいらないのよね」とおこうはいい、信次郎の手を強く握りしめた。

みごとな物語づくりの一篇である。人づてに、父親に捨てられたおこうの話を聞いたやくざ者が、父親物語をでっちあげて、おこうを誘拐して金を得ようとする。おこうはその父親物語にのってしまうが、もしかすると白髪の弥之助も、自分がつくった父親物語のなかに生きてしまったのではないか。そう考えると、これはただならぬ巧緻をきわめた物語づくりといえるだろう。おこうが「現実」に戻る、あるいは目覚めるところで、しあわせな結末が訪れる。

もう一篇の養父と娘の物語「赤い夕日」という傑作とともに、ほっとするような読後感を持つことができる一篇が「まぼろしの橋」であった。

蛇足かもしれないが、ここで大急ぎで付け加えておきたいことがある。「赤い夕日」のおもんの養父斧次郎、「まぼろしの橋」のおこうの父親松蔵、ともに博奕打ちということになっている。とりわけ斧次郎はその世界での親分株で、娘のおもんはそれをよく知っている。また、「吹く風は秋」の弥平は玄人《くろうと》の博奕打ちで、下総の田舎に長いこと逃げこんでいたのが、思うことあって江戸に戻ってきたという設定である。

藤沢周平は、博奕は人生荒廃のもと、という認識をいつの場合も崩していないが、といって敵視だけしているのではない。とくに年老いた弥平は、奇妙な行きがかりから若い女をひとり救い出すのである。

博奕打ちを通りぬける風は冷たいが、困ったことにこれも人間、というふうに描かれている。その微妙な視線の揺れを、私は博奕打ちのなかに感じている。

思えば『橋ものがたり』は、藤沢周平の四十九歳から五十歳にかけて書かれた、いわば初期作品である。だからだろうか、自分は安易にハッピーエンドなんか書きたくない、書かないのだ、と藤沢の心の闇が、いまだ霧のように諸篇をつつんでいる。

それは、言葉を換えていえば、人間の普遍性に通じることであり、『橋ものがたり』のもつ現代性にも繋っているのである。

2 『本所しぐれ町物語』と『日暮れ竹河岸』

『本所しぐれ町物語』は、一九八五（昭和六十）年から八六年にわたって書かれた。藤沢周平の執筆活動を初、中、後と三つの期に分けるとすれば、これは中期の作品で、同時期の武家ものでは『蟬しぐれ』や『三屋清左衛門残日録』がある。すなわち代表作を生みだしつづけた時期の市井小説で、短篇の連作という構成をとりながら、さまざまな工夫がほどこされていることに、まず注目したい。

一つの町の物語にしたいというのが作家の最初の意図であろうが、「本所しぐれ町」という町は、架空の町である。本所には竪川《たてかわ》があり、その南岸の町というのが藤沢が想定した「しぐれ町」である。新潮文庫版の同書の巻末に付された藤田昌司との対談で藤沢はそう語っている。さらには、「現実の町を書くよりも架空の町を設定したほうが、膨みがでていろんな人間が書けそうな気がしたのです」とも明かしている。

そういう発言を聞いて、私はすぐに、市井小説というものを、普遍的な人間性をテーマにした小説と考えているという、作家の言葉を思いだした。作家が町民ものを書くときの原理のようなものは、ここでも生きているのである。

十二篇の短篇は、独立性が強かったり他の短篇と結びついたりして自由な構成ではあるのだが、話を回す役割をになっているのは、大家の清兵衛と書き役の万平である。万平は大柄な男で五十八歳、足が痛い、腰が痛いと年寄りめいた愚知は多いのだが、町の生き字引きで、人が背負っている挿話を把握している。清兵衛は四十六歳で、体の動きも十分に若々しい。この二人は町の番所に詰めていることが多い。

この短篇連作の、もう一つのきわ立った仕掛けは、「猫」「ふたたび猫」「みたび猫」「おしまいの猫」と、同じ登場人物の四つの章があり、これが横糸になって、しぐれ町の物語をなんとなく繋いでいることである。

ところで、この「猫」の章の主役は二人、紅屋（小間物屋）の若旦那栄之助と、根付《ねつけ》師の大物職人の妾おもんである。栄之助は女遊びに精を出して、二十二歳の若い女房おりつは栄之助のほどを越えた女遊びに嫌気がさして実家に戻っている。ちょうど同じ頃、歩いている栄之助の足にからまった猫を介して、その猫を飼っているおもんと知り合い、二人はたちまちにして男と女の関係になった。

妾が旦那以外の若い男と関係ができる。妾の存在が当然という時代でもそれは禁忌《タブー》で、平然とそれを犯した二人が、しぐれ町の物語を結ぶ横糸になる。なかなかに洒落た仕掛けといっていいだろう。

しかし、しぐれ町の情景となる人と人の物語は、そんなに派手なものではない。五十前後の油屋の主人が、女房に嫌気がさして、昔の恋人に会い、さらに幻滅してしまう話など、行き場のなくなるような話が並んでいる（「秋」）。

ただし作家の筆致は『橋ものがたり』よりはどことなく穏やかで、登場人物たちを追い込んではいかない。物語のなかの人びとを、黙って見つめているという感じが強い。その静かな凝視がつくり出す旋律がやさしい屈折をもっていて、惹きつけられる。

「猫」の栄之助は、結局おもんの旦那につかまってしまうが、帳尻の合わせ方としては、暴力に訴えるというものではなく、根付を栄之助の店に定期的にひきとる、ということになる。

先ほど引いた文庫本の対談で、藤沢は「年のせいかもしれませんが、あまり悪辣な人間を書くのが嫌になりました」といっている。私などから見れば、これは成熟というべきことで、市井の物語はいよいよ多様性をおびてゆくのである。

その成熟を、短篇集『日暮れ竹河岸』で見てゆきたい。

この本は、大きく二つの部分に分けられている。［江戸おんな絵姿十二景］は、同じタイトルの下で一九八一（昭和五十六）年から翌八二年にかけて、月刊誌に連載された。編集者が選んだ浮世絵の「おんな絵姿」のカラー口絵があって、その後に原稿用紙十二、三枚の掌篇小説が置かれる、という企画である。

春信や歌麿の浮世絵は、それぞれに美しく、美が中心にある。そこに付された藤沢の掌篇は、まったく無駄のない文体のなかに、人生がある。登場する「おんな」が背負っている時間があり、これから来るであろう未来もまたある。人生の意味が、ごく短い虚構のなかにとらえられている。

もうじき嫁《とつ》がなければならない、無垢の娘が橋の上でころんで、下駄の鼻緒が切れそうになる。風采のいい三十前後の男が助けてくれて、娘は少しだけ心を昂《たかぶ》らせる。

亭主がくれた朝顔の種をまき、大事に育ててみごとな花を咲かせた女房が、あることを知って花と蕾をみなむしり取ってしまう。

小料理屋づとめの女が裕福な隠居の妾にならないかと誘われて、決心するために別れた亭主を探ねて、汗をかきかき晩夏の町をさまよう。

十三夜の月見の晩、すすきや月見団子を飾った若い女房が、遠くまで仕事に行った大工の亭主を待ちながら、両肌《もろはだ》ぬいで夜の化粧をし、鏡のなかの自分をじっと見ている。

正月三日の暮れ方、門付け芸人にまじって表にやってきた物もらいが、ずいぶん昔に別れた元の亭主であるのを知る。知って、今のしあわせをつくづくと感じ、いまの亭主への小さな不満を心のなかから追いだす、かしこい中年の女房がいる。

そんな女の姿が、十二カ月分、簡潔な描写と静かな語りのなかから現われる。おそらく藤沢周平以外の誰にもできないような、心打つ文章である。私が要約してもこれは説明が届かないところにある文章だからまずは読んでもらうしかない。

本書の後半は［広重「名所江戸百景」より］と銘打たれ七篇の短篇が並んでいる。普通の短篇の長さである。これは一九九一（平成三）年から季刊誌に連載されたもので、最後の作品は一九九六（平成八）年の掲載になった。広重の浮世絵がヒントになって書かれているから、江戸の道や家並、あるいは橋などがまことにくっきりと立ち現われる。

最初に置かれた「日暮れ竹河岸」から、はっきりとその特徴をもっている。話はじつに単純。木綿屋を営む信蔵という若者が、友人から十両の金を借りる、その場面が描かれる。ただしその前に、借りようとしたもう一人、先輩の商人にさんざん嫌味をいわれ、さらに時間をつぶすために料理茶屋につとめる女を訪ねたりする。女は昔、信蔵とできていた。しまりのない会話のあと、信蔵は十両の金を工面してくれるはずの六助に会いにゆく。

京橋の北、竹河岸。時刻は暮れ六ツ。京橋で信蔵が六助を待つ描写が、大都市である江戸の忙しさを感じさせる。仲のいい六助は、行商で喰っている男で金のゆとりなんかないはずだが、約束どおり十両を持ってきてくれた。六両は自分のものだが、四両はよそで工面した、だからきっと返してくれ、という。信蔵は用意してきた借金証文を六助に渡す。そして結びの二行。

《河岸の空に月が出ているのに、信蔵ははじめて気がついた。信蔵は六助の肩を抱いた。

「大丈夫だって。おれを信用してくれよ」》

信用できないこの言葉で、話はプツリと途切れるように終わる。日暮れの竹河岸にふさわしい情景かもしれないが、信蔵はもちろん、六助にもつらい未来が待っている。読者はそれをどう受けとめるのか、問われているような一篇である。

「大はし夕立ち少女」は、さらにみごとに江戸の町を感じさせてくれる。

さよは十二歳、店に奉公をしているが、お使いに出るのが好きだった。商いの店が並び、人が忙しそうに行き交う、そういう場所に自分がいるのに快感を覚える。小間物屋の店先に立って、櫛や貝に入った紅などをじっと見ているのも楽しい。半年前に大人のしるしをみたが、八割方はまだ子供で、頭はしっかりしているから、おかみさんの用や店の用でよくお使いに出された。町を歩くのが好きなだけに、道を覚えるのは早いし、まちがうことがない。

いま歩いているのは、大川に近く、新大橋を渡って店に帰らなければならない。七ツ（午後四時）過ぎの道には、遠く近く蟬の声がひびいているだけ。風が冷たく、奇妙に静かだ。

新大橋に出る。橋さえ渡ってしまえばと、さよは必死に走った。

《だが橋にたどりつく一歩手前で、日が雲に隠れてあたりは夕方のように暗くなり、つづいて雷が光った。さよが下駄を鳴らして橋に走りこんだとき、頭の上でおそろしい雷鳴がとどろきわたり、ほんの少し間を置いてからさよのまわりが一斉に固い物音を立てはじめた。そしてそれはすぐに、耳がわんと鳴るほどの雨音をともなう豪雨になって、さよだけでない橋の上のひとびとに襲いかかってきた。》

傘をさよの上に差しかけてくれる若い男によって、さよは大雨に打たれず、助かる。男は、雷がこわいんなら袖につかまりな、とまでいってくれた。橋を渡りきると、男は駄じゃれを一言いって、さっさと去って行く。日の光が戻ったが、遠くでどろろーんと雷が鳴っている。さよは思いがけず甘ずっぱい悲しみが胸にひろがるのを感じ、風呂敷包みをかかえ直して店に向かって歩き出した。

お使い好きの利発な少女。大川にかかる橋。突然襲ってくる夕立ち。江戸という町の、いかにもそれらしい情景が描写されて、広重の名所絵図とは別の江戸が立ち現われる。八年前に火事によって母親が死んだという過去を背負い、いまお使いをまたとない楽しみとして未来に向かっている少女がいる。大きな町のなかの孤独な人生は、きっと現在にも繋っているに違いない。

それにしても、この七篇の短篇から、江戸の町の色あいや匂いが漂うように浮かびあがってきて、ほとんど類を見ないといっていい。私は藤沢周平という作家のすごみを感じてしまうのだ。

「桐畑に雨のふる日」が気持のいい佳品なのは、主役の若い男女ふたりが魅力的であるからだろう。

ゆきは、木綿問屋に通いで働いている、十九歳の娘。大工だった父親が行方不明になって九年たつが、ゆきはいつかきっと父が帰ってくると信じている。

この夜、少し遅くなって五ツ（午後八時）に店を出、夜の長屋に帰って来た。家に灯がともっている。夜に誰かいるとすれば、日頃思っているように、父が突然帰ってきたに違いない。緊張して部屋の障子をあけてみると、父ではなく豊太だった。

この短篇、藤沢周平が何度も書いている父と娘の物語でもあるのだ。先に取りあげた『橋ものがたり』では、「赤い夕日」と「まぼろしの橋」が父娘の物語で、娘が胸の底にひそかに持っている父への強い思いが大切なテーマとしてあった。この「桐畑に雨のふる日」にもそれがあって、何かにつけて父親のことを考えてしまう娘に対し、豊太という若者のゆったりした性格が、話をきれいにまとめあげるのである。

ゆきは、父親の由松を見送った日のことをはっきりとおぼえている。母親が風邪をこじらせて高い熱を出している日だった。父は医者から薬をもらってきてのませたりして、看病していたが、七ツ（午後四時）になると、どうしても甲府へ行かなくちゃならない、出発する、という。

雨の中、傘をさして、ゆきは父親を溜池が見える場所まで送っていった。「ここでいい」と父親は立ちどまり、「おっかあをたのむぞ、いいな」といって、膝を折ってしゃがみ、ゆきを胸にひきよせて抱いた。それから急ぎ足で、うす暗い雨の中に消えて行った。溜池のほとりにはまばらな桐林がつづいている。桐の木は直立する柴色の花をつけて雨に濡れていた――。

豊太は二十四歳、ゆきの父の由松の世話で同じ棟梁に奉公し、いまはワタリの修業旅も済ませて一人前の大工になりつつある。ゆきに、そろそろ所帯をもたないかと口説いているところだ。

ゆきは、夜に勝手にあがりこんで、寝こんでいる豊太に腹を立てた。豊太はきょう棟上げでもらった大きな鯛を二人で分けようと、早くから来ていたのだが、つい寝てしまったということだったらしい。

大きな鯛を二つに分けて、ゆきは豊太を追いだしてしまう。去りぎわに、豊太は、さっき八丁堀の親方が来て、おまえに何か話があるといっていた、と告げる。

翌日、ゆきは八丁堀の親方富五郎のもとを訪れた。富五郎はもと父の同僚で、いまは立派な棟梁である。こういう話だった。

用事で上方に行って来た。昔、由松と二人で大坂へワタリの修業に行った。伝手をたどって由松に会えた。大坂で、女と一緒に暮らしていた。子供も二人いる。その女は、自分も知っているひとで、神明前の小料理屋で働いていた。親父のことは、もうあきらめな。この話はおえさんの他には誰にもしない。女房にもしていない。

ゆきは、「おじさん、ありがとう」といって家に戻る。声をたてて泣いたあと、風呂敷包みをひとつ持って家を出る。豊太の住む長屋へ行き、大坂の父のことを打ち明ける。

それから、小さく頭を下げて、「あたしをお嫁にしてください。いいかみさんになるから」といった。

ホッとするようないい話で、『日暮れ竹河岸』のなかでも特別に暖く輝いている。そういえば、『橋ものがたり』の二つの父娘物語、「赤い夕日」と「まぼろしの橋」も、暖くていい結末だった。自分のことをけっして書こうとしない作家は、こんなかたちで家族への思いを物語のなかにひそかに入れているのかもしれない。

3　江戸版ハードボイルド小説

『闇の歯車』を読みはじめて、すぐに気づくことがある。文体が違う。いつもの藤沢周平の文章とはだいぶ違っている。抑制と透明感のある文章ではなく、打ちこむような、あるいはたたみかけるような、速度のある強い語り口で小説がはじまり、その調子がずっとつづいてゆくのである。こんなふうに。

《暑い夜だった。そして夜は始まったばかりだった。暑いので、どこの家も窓や戸を開けはなしている。そのため家の中の物音が外に筒抜けだった。瀬戸物を割った音、赤ん坊の泣き声、咳払い、女の笑い声などが、雑然としたざわめきになって、暑苦しく澱《よど》んだ路地の夜気を、たえずかきみだしている。》

こういう文体で、長屋の畳の上に仰向けに寝ころがった佐之助という男の、心の動きとその後の起きあがっての行動が語られる。その佐之助の行動は、ずいぶん危ういものだ。賭場にいる一石屋という金貸しが出てくるのを待って、いうことを聞かせるために匕首《あいくち》で相手の腿を刺す。佐之助の談判の中身は、ある商家に貸した金の取り立てを半年待て、ということだ。奇怪にして不思議な脅迫なのである。

それが最初の章である「誘う男」の出だしである。話の裏側に闇があり、その闇のうえに、いわばハードボイルド推理小説ふうの文体がある。

ハメットにはじまり、チャンドラーで新しい文学ともなったアメリカのハードボイルド小説という言葉を、藤沢周平の時代小説に用いるのは、あまりに安易と思われそうだな、という危惧が私にはある。しかしいっぽうで、乾いて強い文体に驚嘆したうえで、チャンドラーを想起せずにはいられないということがあって、ハードボイルドという言葉を使ってしまうのだ。

ただし、私にはそれなりにいいわけがある。先に扱った『本所しぐれ町物語』の文庫版「解説対談」の中で、藤沢周平は藤田昌司の問いに答えて、ハードボイルド小説を熱心に読んだ、といっているのだ。

《藤沢　チャンドラーやマクドナルドはほとんど全部といっていいほど読みました。
藤田　ハードボイルドは、あまり作品には影響を及ぼしていないのではないですか。
藤沢「彫師伊之助捕物覚え」シリーズは、そのつもりで書いたのですけれども、その気分がなかなか移ってきませんね。
藤田　あの作品は、チャンドラーにちょっと影響を受けた作品だったんですか。
藤沢　実をいいますと、そうです。初めは意識して組み打ちの場面を強調してみたり、陰のある男らしくつくってみたりしました。》

藤沢がそこまでいっているにもかかわらず、聞き手は「やはり藤沢文学の人物になってしまってますね」などとのんびりしたことをいっているので、引用はここまでとする。

私は率直にいうのだが、「彫師伊之助」シリーズの第一作『消えた女』を読んで、うーん、これはハードボイルドだ、と思った。それは格別に大声でいうようなことではなく、新潮文庫の解説で、長部日出雄はハードボイルド派の探偵小説との共通性を、坦々と述べている。その視点はごく正しいだろう。

ただこのシリーズは、伊之助という元凄腕の岡っ引である男の、犯人探索の物語で、その筋立てはきわめて複雑、ということは江戸の暗黒面が読み手にわかるように語られているから、ハードボイルド調が薄められてしまった傾きもある。

『消えた女』が書かれたのは、一九七八(昭和五十三)年、その後八一年に『漆黒の霧の中で』、八四、五年に『ささやく河』とシリーズは続き、大きな作品世界になった。

それにひきかえ、中篇の『闇の歯車』は七六(昭和五十一)年の作品で(単行本刊行は七七年)、初めてのハードボイルド調といってもよい。ここでは、むしろ素直に、といいたいほど、堅ゆで玉子を思わせるものがある。

また、私が夢中で読んだ、その興味の惹かれかたも、是非語ってみたいという思いもある。そんなことから、『闇の歯車』という中篇を市井ものの最後に論じてみたい。

最初にいっておくべきことがある。ハードボイルド推理小説は、大方が探偵役(主として私立探偵)の語り、あるいはその視点から書かれている。この小説では、たとえば佐之助は岡っ引のような探索者ではない。取調べを受ける側にいる、怪しげな人間のひとりなのだ。すなわちこれは江戸の町を舞台にした、ハードボイルド調の犯罪小説。いつもの藤沢周平とは違う、それにふさわしい工夫をこらした文体と小説の骨組がある。私たち読者は、そんなふうに思いながら有無をいわせぬストーリーの展開に引きずられてゆくのである。

さらに同じような手法で、三人の男が紹介される。いや、紹介される、という言葉は適当ではない。男たちの担っている不運の人生の、それぞれの場面に私たちは連れこまれるのである。伊黒清十郎は、重い病いを患っている妻をもつ浪人。道場の代稽古などをして生活の資を得ている生真面目な男だが、いかなるときも病妻の苦しみが忘れられない。妻を看《み》ている医者に、酒を飲みに行く余裕があるなら溜っている治療代を払えと嫌味をいわれても、「おかめ」という小さな居酒屋で気持をまぎらわすことを止められない。

医者がさらにいうには、ご新造の労咳はなおりにくいところまで進んでいる。薬を飲むより、海辺の村へでも連れていって養生させるほうがいいのではないか。しかし伊黒にそんな金はない。静江という他人の妻と相思相愛になり、脱藩して二人で江戸の町中に移り住んだ。明日をも知れぬ日々を生きている。

弥十は、白髪が目立つ年寄り。元建具職だが、三十年も前に博奕のからんだ喧嘩で人を刺し、江戸払いになった。五年前に江戸に帰ってきて、娘夫婦の家に住んでいる厄介者。もうひと旗あげたいと思いつつなす術《すべ》なく、居酒屋「おかめ」で飲んだくれ、娘夫婦を困らせている。

仙太郎は、夜具を商っている兵庫屋の若旦那。魅力ある許嫁がいるのだが、三つ年上の料理屋の女中と深い仲になっている。美貌で淫蕩なその年増女から逃れられず、進退きわまっている。

ここでの男女の描写は、他の藤沢作品では見られないほどに凄艶である。女の名はおきぬ。料理茶屋の仲居である。仙太郎はおきぬと別れたいのに、別れることを告げるために会いにいくのに、それができずに女と寝てしまう。

《女は立ちあがって壁ぎわまで行くと、そこでまた満足げに小さなあくびの声を洩らした。部屋は幾分薄暗くなっていて、その中に女の白い背がぼんやり浮き上がっている。不意に女は腰から浴衣を落とすと、蹲って肌着を身につけはじめた。一瞬だったが、むき出しにされた女の裸身が、白い大きな魚のように見えた。》

仙太郎は、一年ほど前に、「別れるなんて言ったら、あんたを殺してやるから」というおきぬの言葉を聞いている。そういう女の科白《せりふ》を背負って、「おかめ」の看板まで飲んでいる客なのだ。

この三人に佐之助を加えた四人が、「おかめ」の夜遅くまでいる常連客なのだが、互いに声をかけあうこともなく、皆ひとりずつで、勝手に酒を飲んでいる。ただし四人を束ねて、自分の思い通りの力にしようとする者がいて、伊兵衛という五十がらみの男がそれ。表向きは金貸しだが、本業は盗人《ぬすっと》。四人べつべつに平然と自分が盗人であるのを打ち明けて、協力すれば五十両、百両の分け前を渡すともちかける。伊兵衛は四人の現状を詳しく調べあげていて、それぞれが持つ弱味をちらつかせながら、金で釣るのである。四人は、伊兵衛の誘いに乗る。

以上のように、私が事改めて登場人物たちをここで確認したのは、この犯罪小説がいかに独創的な構成をもっているか、ということをいいたいためであった。蜆《しじみ》川のほとりにある「おかめ」という小さな居酒屋に、四人の市井に生きる男たちがいて（浪人も一人まじるが）、それを伊兵衛という狐のようにしたたかな男が束ねて、押し込みをやろうとする。伊兵衛以外は全員シロウトだから、盗みのあとですぐに解散すれば、けっして足はつかない。じつにしたたかなくわだてなのだ。

このくわだてを書くには、それをやる人間の側から描くしかない。居酒屋の客の四人が、互いによく知らないままに強盗をするなんて、あまりにつごうのいい方便ではないか、とそれだけ聞けばそう考える人がいるかもしれないが、四人の不運を背負っている人間の描き方には痛切なものがあって、私は十分に説得された。

では、この犯罪を捜査する側の人物はいないのかというと、ちゃんと存在している。南町奉行所の新関多仲という定町廻り同心と、岡っ引の芝蔵である。新関は、伊兵衛という一見商人風の男が漂わせている匂いをあやしんで、これをつけ回しているのだが、伊兵衛が束ねた四人組のことは知りようがない。すなわち、新関の捜査が主筋となるハードボイルド推理小説ではなく、いってみれば新関も四人組と同格の、登場人物にすぎないのである。これまた、作者の工夫の一つなのだ。

さて、伊兵衛は夜遅くに四人を「おかめ」に集めて、押し込み先を打ち明ける。繰綿《くりわた》問屋である近江屋で、そこには組合が幕府に納める冥加金が六、七百両あるという。そして主人をおどして金をとるのは自分がやるといい、四人の役割をそれぞれに指示する。じつにかんたんで遊んでいるうちに金を手にするようなものだ、と豪語する。

伊兵衛のもう一つの指示は、押し込みの時刻で、日暮れどきにやるのだという。それに疑問を呈した佐之助に向って、いう。そう、押し込みは夕方に限るのです、と。夜はどんな家でもきびしく戸締りをするから、(あなたがたのような)素人衆には無理。それにひきかえ、日が暮れると間もなく、ぱったりと人の姿がとだえる時がある。それが逢魔が刻、それこそが、楽々と押し込みがやれる時間なのだ。

ところで、この小説は一九七六年の「別冊小説現代」新秋号に一挙掲載されたのだが、そのときのタイトルは「狐はたそがれに踊る」というものだった。単行本で『闇の歯車』と改題されたのである。元のタイトルは、押し込みが日暮れどきに行なわれるのを、作家が強く意識していることを示しているともいえるだろう。

たしかに逢魔が刻こそが押し込みに最適という伊兵衛の考えは独創的である。私は民俗学の泰斗《たいと》である柳田國男の『妖怪談義』を思いだした。柳田はそこで語っている。

夕暮れどきを、「たそがれ」とか「かはたれ」というのは、「誰ぞ彼」「彼は誰」を意味する。昔の日本人にとっては、昼が夜に変わる、その変化の時こそが、一種の空白を出現させる「悪い刻限」なのであった。とりわけ地方の田舎ではその恐怖感が強く、夕暮れを逢魔が刻などと呼ぶのはそのせいである。田舎では、自分が他所者《よそもの》つまり恐怖の対象とされないために、「お晩でございます」などとていねいに声をかけあうのを常とした。

そして、江戸のような大都市であっても、子供が攫《さら》われるのはきっと夕刻で、「悪い刻限」の記憶は薄れていないのである。伊兵衛という狐は、江戸の町中に出現する空白の時を利用しようとした。

伊兵衛と共に、作者である藤沢のしたたかな目が働いているというべきだろう。押し込みは、ほぼ伊兵衛の思い通りに達成されるのである。ただ、伊兵衛を困惑させる大きな傷が残った。伊兵衛が金を奪い、佐之助以外の三人が店の外へ逃れたあとに、いきなり外から潜り戸が開き、人が入ってきて提灯の光がまともに伊兵衛と佐之助の顔を照らした。二人は土間に降りたところで頭巾を脱いでいた。

入ってきたのは若い女である。伊兵衛が、「その女を殺せ」と叫ぶが、佐之助は殺さない。また、伊兵衛にも殺させない。何故か、と問う伊兵衛は、「知ってる女だ」とだけ答える。若い女は、きえだった。佐之助が博奕をするのを恐れて三年前に去っていった連れ合いだった。伊兵衛は、「そいつが、てめえの命取りになるだろうぜ」といって、先に外に出た。佐之助はきえに向って、ひとりで外歩きはするな、自分とあの男（伊兵衛）のことについては誰にも話さないほうがいい、と念をおし、最後に潜り戸を出た。

きえに見られた伊兵衛と佐之助がどうなったかについては、ここでは書かないでおこう。それは、押し込みの結果にふれることにもなるからだ。

伊兵衛が束ねた佐之助以外の三人は、押し込みのすぐ後に、尋常ではない不運に見舞われる。伊黒は、妻の静江の病状が急変し、あっけなく妻に死なれる。それと同時に、郷里からやってきた敵討ちの武士（それが静江の元の夫である）と果し合いをし、同士打ちになる。

仙太郎は、伊兵衛が二た月後に分けると約束した百両を、いま都合してもらえぬかと伊兵衛に掛け合うが、伊兵衛はそれを許さないという一幕があったのち、おきぬに別れてくれといいに行って、殺される。

弥十は孫のおはると町に出て、人攫いから孫を守ろうとし、めった打ちにあう。命はとりとめたが、重い中気に冒されるという結果になった。

この三人の運命は、濃密に、克明に語られるが、ひとりひとりの物語として読み手に伝えるために、ハードボイルド風の文体が用意された、といっていいだろう。

四人の素人のうち、佐之助だけが、まずはふつうに生きのびる。佐之助は、捨てられた亭主に会いに同じ長屋にやってくる女を偶然から助けるようになり、女と関係ができてしまう。おくみという女はいったん佐之助のもとを去るが、もう一度現われて、一緒に暮らそう、という。

佐之助は、女の乳に触り、このあたたか味を頼りに、生きるのだ、と思う。これまでと違って、世間の表に出て、まともに働こう、と決心する。

最後に置かれた、この佐之助の挿話《エピソード》も、ハードボイルド風の文体のもとにある。そのせいだろう、佐之助におとずれる逆転の生の姿が、読者にはじつにすっきりと伝わってくる。先に触れた「彫師伊之助」シリーズ以前に書かれた、藤沢周平の江戸版ハードボイルド小説の秀作である。

4 『春秋山伏記』の世界

『春秋山伏記』（一九七八年刊）は、藤沢周平が故郷の荘内地方を舞台に、農村の暮しを描いた長篇である。村にやって来た新しい山伏を中心にして話が進むが、そこにあるのは荘内の百姓の生きている姿で、彼らの会話にはみごとに荘内弁が使われている。藤沢周平は荘内の農家の出身、どうしても書いておきたいという思いが迫ってくるようで、私はこの作品を取りあげたかった。この章の最後に、付録のようにこれを置かせてもらうゆえんである。

私事から話を始めることになって恐縮だが、やはり聞いていただきたいと思う。私が初めて鶴岡を訪れたのは一九六六年前後のことで、年次が正確ではないのだが、出版社に入社してそう年月が経ってはいなかった。鶴岡に住んでいる方に、お会いする仕事があったのである。

十二月初めで、雪はなかったけれど、寒かった。時間をもて余したらしく、寒くて静かな町の通りを私は歩いていた。わりと広い通りの反対側に、五、六人の山伏装束の男たちがいきなり現われた。カランコロンと足駄の音をひびかせて、ゆっくりと歩いてくる。

これは何だ。時代劇映画の一シーンみたいじゃないか。私は足をとめ、山伏たちを茫然と眺めた。一人が一軒の家の前にとまり、何か唱え言をする。他の者はそれにはかまわず、ゆっくり前に進んでいく。

私は少しだけ我に返って、そうか、あれは羽黒山にいるという山伏か。それが唱え言をして家々をまわる。鶴岡というのは、古いものが生き残っている町なのだ、ときわめていいかげんな感想を勝手にもったのだった。

後で、鶴岡で知りあいの人に聞いたりして、これは十二月初めに行なわれる「松の勧進」とのこと。山伏たちが、各戸を訪れて、米や金銭などの寄進にあずかる。私が足駄をはいていると思ったのは、山伏たちが大きく見えたことからくる錯覚で、カランコロンは下駄の音だったらしい。

北国の十二月の寒空の下、沈黙の町を行く山伏の姿は忘れられないイメージとなった。そして、私の次の山伏体験は、『春秋山伏記』の大鷲坊《だいしゅうぼう》ということになる。

羽黒山から正式に任命された大鷲坊がやってきたのは、櫛引通野平村《くしびきどおりのひら》の薬師神社となっている。この野平村というのは、架空の地名であるようだ。

江戸時代、荘内藩は最上川の川北を三郷《ごう》、川南を五通《とおり》に分け、赤川を目安にしていうと鶴岡よりやや上流部周辺が櫛引通である。野平村は架空の名称だが、実際はどのへんに当るのかというと、黒川組（村）の松根集落あたりとのこと。私は数年前、鶴岡市立藤沢周平記念館の前館長（現・シニアディレクター）の鈴木晃氏の案内で松根集落を訪れることができた。

赤川の右岸に位置する松根集落に、赤川から崖が直立して岸部をつくっている場所があった。小説の冒頭の場面で、三つになる娘（たみえ）が崖で足をふみはずし、母親のおとしがたみえの片手をつかんでふんばっている。六メートル余の崖下は水が深く岸をえぐって湾流している。赤川にかかる橋からその崖を見て、ああこの集落が小説の舞台だったのかと納得した。この集落は、背後に湯殿山からせり出した岡の斜面が迫っている。

羽黒山から来た青年山伏の大鷲坊がたまたま川岸を通りかかっておとしと娘を助けた。おとしは他村に嫁入ったが、夫に死なれて実家に戻ってきた後家の身。小説は大鷲坊とおとしの二人を視点にして進んでいく。その進みかたは、まことにたくみな展開というほかない。

というのは、大鷲坊が当面する村の大小の事件が、日本の村落共同体につたわる伝承的なものと何らかのかたちで結びついていて、私たちの古い記憶を掘り起し、あるいは刺戟しながら進むからである。たとえば、歩けなくなった少女がいて、それは少女に死霊《たまし》がついているという話。さらにはもっとストレートに若い娘に狐が憑いて、大鷲坊が狐と対決を試みる。最後の大事件は、おとしの娘たみえが人攫いにあい、これを追いかけて大鷲坊たちが大鳥川上流の山深くをさまようということがある。箕《み》つくりの衆《しょ》がすむ山中の集落を訪ねようとするのである。

とりわけ気になるこの三つの事件を少し詳しく追ってみよう。

大鷲坊が薬師神社の別当としてやって来たとき、そこには偽山伏の月心坊《がっしんぼう》という男が居ついていて、村びとと最も親しくなっていた。しかし大鷲坊が持参する羽黒山の補任状《ぶにんじょう》を見れば、村役人もこれに従わざるを得ない。村の長人《おとな》である利助は、そこで大鷲坊の験試《げんだめ》しを行なうのである。村に、突然歩けなくなったおきくという十六になる少女がいる。少女を歩かせることができるか、というのだ。

大鷲坊はこの験試しを引き受ける。まず、おきくに会って体にさわって試し、その足が病気で動かないのではないことを知る。おきくには誰かの死霊がついているに違いないと覚り、おとしを質問攻めにして、それが正月に死んだ十七歳の若者だと見当をつける。

その後の山伏の療法がすばらしい。嫌がるおきくを委細かまわずに背負って、毎日のように散歩する。河原まで行って子供たちが遊んでいる様子を見たり、山に行ってまだ青い山葡萄を摘んできたり。あるいは、田んぼに稔りつつある稲を見たり。

祭りの日、神社の境内の石の上におきくを下ろしっぱなしにし、おきくと同じ年頃の男女の若者に声をかけさせる。

そして、某日。おきくの家に長人の利助ほか人を集め、おきくを歩かせる儀式をする。大鷲坊は静かに般若心経を唱えながら、「立て」「歩け」とおきくに命じ、死霊が去ったらしいおきくは、おぼつかない足どりながら、山伏の言葉にこたえる。

大鷲坊の心の療法の成果であり、二百年ほど昔の荘内の田舎の少女が、あたかも現在の人のようによみがえる。

「安蔵の嫁」の章で語られる狐憑きの話は、村の女子《おなご》たちにまったく人気のない安蔵が、どのようにしていい嫁をもらうにいたったかという話でもある。

安蔵はいま三十にもなったが、嫁の来手がない。大鷲坊は嫁さがしを母親に頼まれるが、これがなかなかに面倒。娘たちに聞くと、「男女子《おどこおなご》（ふたなり）みたいだ」といって、からきし人気がないことがわかる。

受け口で小さい唇、撫で肩で、声は脳天から出て高い。全体に女っぽく、男としての気魄にとぼしい。しかし、その男女子の安蔵は類を見ないような力持ちで、じつによく働く男でもあった。

もう一つ、同じ頃に大鷲坊が頼まれている厄介事があった。友助の娘で十八のおてつに狐が憑いた。可愛かった娘が、狐そっくりに目が吊りあがり、唇がとび出し、片膝を立ててその上にだらりと両手を置いた姿は、誰が見ても狐が取り憑いたとしか思えない。十八の娘の体のなかに狐が入りこみ、娘のいうことは半分狐のいうことになる。小豆飯《あずきまま》をほしがって、いくらでも食べたりする。

娘と二人きりになった大鷲坊が、「おまえは、狐か」と、低くドスをきかせた声でいうと、娘がにやりと笑う。

大鷲坊はおてつのなかに、劫《こう》を経た狐が憑いていると感じ、四人の山伏仲間を呼んで「蟇目《ひきめ》の法」なるものを試みる。大がかりな呪術だったが、狐はおてつの体から出て行くことはなかった。

秋の一日、荘内平野一帯に雨まじりの大風が襲った。友助の家の栗の木が大きく裂けて、友助は木こりに栗の木を伐り倒してくれと頼んだ。伐採の作業が進んでいるところに、おてつが庭にやってきて倒れてくる栗の木の下になった。生きてはいるが、木の下で苦しげである。大急ぎで大鷲坊が呼ばれた。

大鷲坊は様子を見て、ふつうの力では木をどうすることもできないと覚り、馬鹿力の安蔵を呼んだ。安蔵と男たちが力を合わせて幹をあげようとしたとき、大鷲坊はおてつに向っていう。「どうだ、古狐。苦しいか」「くるしい」「よし、それではいま助けてやっさげ、ここから立ち去れ。約束すれば、助けてやろう」。

安蔵が木の下にもぐりこんで、ゆらりと木が浮くと、大鷲坊の足もとを黒い影のようなものが走り抜けた。いたちのような小さな生き物だった。

安蔵の大力のおかげでおてつは助かり、狐も去った。おてつは安蔵の嫁になることを承知し、万事うまく収まりがついた。それにしても、おてつ＝狐の描写は迫力があり、気味が悪い。作家は若い時分にでも狐憑きを見たのかとも思ったが、いや、これは作家の想像力の凄みなのだろうと思い直した。それにしても狐憑きというものをこれほどみごとに描き出した書きものは他にあるのだろうか。私は驚嘆するしかなかった。

最後の大事件は、人攫いである。秋の村祭りの日の夕刻、おとしの娘たみえがいなくなった。おとしは半狂乱になって村中を探しまわるが、どこにもいない。

翌日の午後三時、肝煎の弥兵衛の家に村中の人が集まって相談になる。たみえは人攫いにあったのではないか。祭りの日、親戚の者以外の他所者を見たものはいないか。肝煎の問いかけに、箕つくりの夫婦者が祭りの前日に入ってきて、仕事がのびて祭りの日の午後までいた、と答えた数名の村人がいた。どうやらたみえを攫ったのは箕つくりの夫婦者であるらしい。

作家は箕つくりの衆《しょ》を描くのに慎重である。藤皮や竹細工の物（たとえば箕）をつくったり修繕したりする特殊技能を持つ山の衆が、ある時期村にやってきて、仕事をする。どこから来てどこへ帰るのか村人は誰も知らないが、村人たちに親しまれていた。彼らは、「無口だったが、そのかわりのようにやわらかな笑顔を持ち、礼儀正しかった」と描かれている。

村人たちの集まりが解散になった後、夜になって村役人や大鷲坊の相談になる。そこで大鷲坊は、「この件は自分にまかせてもらえないか」と提案し、賛同を得た。彼は、足跡を辿れば、箕つくりの後を追うことができるだろうと考えたのだ。修行で山奥を歩いているとき、二、三度あのひとたちが歩く道を見たことがある。また、赤川（大鳥川）川上の大針に住む山伏浄岳坊の祖父が山歩きの達人で、たった一度だけ箕つくりの人びとの村を見たことがあるということを知っていた。その祖父は死んだが、話を聞いた浄岳坊の父はまだ大針に建在である。

次の日の午後、情報を集めるため山奥の大鳥村まで行った村の若者が戻ってきて、大鳥村に住む山伏斎月坊が、女の子を背負った箕つくりの夫婦が村を通り過ぎたのを見た、と知らせた。大鷲坊は山歩きに向いている村の男たち四人、「ひとりでも山に入る」といってきかないおとしを入れて、六人の組をつくり、山に向う。大針村で浄岳坊の父に会い、箕つくりの村のおよその位置を知る。大鳥村で斎月坊に会い、山にくわしい男を案内につけてもらうが、それはなんと野平村にいた偽山伏の月心坊だった。

あとは羽越の国境となっている山奥への冒険行である。大針村から大鳥村へ行く道はきびしく、大鳥村から最上流の大鳥池に行く道はさらにきびしく、ほとんど命がけ。この山行きの部分は実によく調べてあって、リアリティが十分にある。村の仲間は崖をすべって傷ついたり、風邪の高熱に侵されたりして脱落してゆき、大鳥池からオツボ峯に入るときは、大鷲坊、おとし、月心坊の三人になる。

月心坊は、崖をすべるおとしを肩に受け、足をすべらして谷底に転落して死に、最後は大鷲坊とおとしの二人で山奥をさまよう。風邪をひいて高熱を発した大鷲坊はおとしと共に箕つくりの衆に助けられ、村の長老の家にみちびかれる。

長老が床にふせった大鷲坊に説明する。野平村に行った箕つくりの夫婦者は半年前にひとり子に死なれ、どうしても似た年ごろの子供が欲しくなって浅はかな了見をおこした。どうかお許し願いたい、と。たみえは元気な顔を見せ、大鷲坊とおとしは夫婦として扱われるところで冒険物語は終わる。

山また山の奥に、意外に裕福で、まったく別の文化、言葉づかいをもつ箕つくりの村がある。小説ではそのように書かれたのだったが、この箕つくりとは何者かという問題について、作家は思い悩むことがあったようだ。その経緯を、藤沢周平は一九九四（平成六）年のエッセイ「小説の中の事実」（文春文庫『早春　その他』所収）で打ち明けるように述べている。興味深いテーマだから以下に触れておきたい。

小説の中で、夫婦者の箕つくりを無口で礼儀正しく、黒い布で頬かむりをしていた、と描写した。これは、作家が子供のころに見た記憶にもとづいているのだ、という。「……晴れた秋の日の庭先で、箕つくりが無言で、あるいはひかえ目な笑顔をみせて仕事をしているのを見たというのは、ありありと目に残ってはいるものの、そうして小説に書いてしまうと、はたして実際に見たのか、確かでない思いもしたのである」ともいっている。

箕つくりたちは近在の人ではなく、知らない遠い山奥の村から来た。彼らはどこか秘密めいた雰囲気を身にまとい、村人とのまじわりを拒否するような感じがあった。ではどこから来たのか。

柳田國男は『山の人生』で箕つくりはサンカであると書き、三角寛も小説の中でそう書いている。しかし、自分が見た箕つくりは、村の人よりも身ぎれいなほどに、かっちりと作業衣を着こなしていた。彼らはサンカという漂泊の民ではなく、家があり村があるはずだ、と藤沢は考えた。それを大鳥川の最上流よりもさらに奥深くの山の一隅にあるかのように書いたが、自分の中には根強い疑問もあり、『春秋山伏記』の中で「一番気がかりな部分として私の気持に残った」というのである。

ところが、平成六年三月、たまたま講談社のPR誌「本」に連載されていた赤坂憲雄の「忘れられた東北」で、箕つくりの村次年子《じねんご》のことを知った。その村は近世のある時期から箕つくりを一村の仕事にしてきた、という。「うれしくて私は手を叩いた。つぎに赤坂氏に感謝した」とある。

最上川上流部の舟運の拠点に大石田町があるが、次年子村はその町に属している。藤沢の郷里である荘内の黄金村からみると、月山の裏側、大石田町北西の丘陵地帯にある。山村といっても山深い奥地というわけでなく、そういう場所に江戸時代から箕つくりを仕事にしている人びとが定住している村がある。とすれば、「私の小説はあり得ない空想の話からあり得る話に質的に変化するのである」と藤沢はホッと安堵するように書いている。

次年子村には、「箕の定め」という村の議定書（慶応三年）が残されていて、箕つくりの技術が他村に洩れることをきびしく戒めている。

なお赤坂憲雄氏は、長井政太郎著『箕つくりの村次年子と榿代《たらのきだい》』という本を読み、それに導かれて次年子を訪れた経緯を書いている。たまたま長井政太郎は、藤沢周平が山形師範で地理の講義を聞いた恩師なのだった。さらにそこであげられている榿代という集落は月山山麓で、『春秋山伏記』の舞台である櫛引通野平村（実際は松根集落）から東に一直線に月山に入ったあたりの山地ということで、野平村に来た箕つくりは、榿代という集落から来ていた、ともいえる。しかしそれは架空の話で意味のあることではない。

次年子という集落は、雪深いところで、伝説めいた話がまつわりついている。今は一村の中に数軒のそば屋があって、山家らしい素朴なそばを食べさせてくれる。私は十年以上前に次年子を訪れ、そばを食い、箕つくりの伝承にもふれた、という体験がある。以上、余談ではあるけれど。

『春秋山伏記』の物語全体は、大鷲坊が高熱から醒めて、おとしを嫁にしなければと考え、おとしは大鷲坊の手をとって、自分の熱い頬に重ねる、という場面で終わっている。藤沢周平にはめずらしく、あからさまのハッピーエンドである。

しかし小説の細部を眺めわたすならば、村の人びとや暮しを、ただ楽しげに描いているわけではない。十三の娘を鶴ヶ岡の町の女郎屋に売り、前渡しの半金一両二分を町の居酒屋でぜんぶ飲んでしまう父親の話がある。少し離れた場所に家をもつ村の異端者を、家に放火して殺してしまった、という残酷な村の歴史がある。町からやってきた嫁が、亭主の留守に男を引き込んで悶着を起し、山伏がそれを狐のせいにしてしまうという、苦肉の策もある。

藤沢周平は、村をたんに懐かしがって書いているのではない。辛く、みすぼらしい人生もそこにはあり、村びとみんなでなんとか帳尻をあわせている姿がある。物語づくりの巧妙な展開のなかで、そのような共同体のありようが浮びあがってくるのである。忘れることができない日本人の姿がここにはある。

第五章　歴史のなかの人間

1　歴史小説とは何か

「ありもしないことを書き綴っていると、たまに本当にあったことを書きたくなる」。

藤沢周平は歴史小説について、そんなふうにいっている。そして、文章は以下のように続いている。

《あったことを書きたくなるというのは、私の場合、一種の生理的欲求のようなもので、ありもしないこと、つまり虚構を軽くみたり、また事実にもとづいた小説を重くみたりする気持ちがあるわけではない。片方は絵そらごとを構えて人間を探り、片方は事実をたよりに人間を探るという、方法の違いがあるだけで、どちらも小説であることに変わりはないと考える。》（『逆軍の旗』「あとがき」）

藤沢周平らしい柔軟ないい方なのだが、内容はまことに明晰である。

そういうわけだから、歴史的事実を材料にした自分の小説でも、「べつに歴史小説と呼んで頂かなくともいい」とまで、断言している。全体として柔らかみのあるいい方の裏側に、小説というものへの深い認識を感じさせる。

歴史小説と呼ばれる小説は、過剰なまでの史実尊重に似た価値観ではかられてしまうところがある。そういう価値観に、藤沢周平は首を傾げているのである。私たちは、「試行のたのしみ」という文章（『又蔵の火　藤沢周平短篇傑作選　巻四』一九八一年刊、所収）のなかで、藤沢の呈する疑問に出会うことになる。

「歴史というものは、よほど権威があるものらしく、間違って記されたり、いい加減に書かれたりするとたちまち激怒するのである」と冗談のように語り、「歴史小説という文字の字づらは、頭の大きい仮分数型になる。大きな歴史を頭の上にのせて、小さな小説がよろめいている恰好である」と続くあたり、なかなか痛烈な言葉というしかない。

そのような冗談の後で、「事実は歴史小説も小説にすぎないのだと私は思っている」と、表情をふとひきしめたような一行が書き足されている。

これは私の個人的な意見だが、時代小説というと、「講談」に近いような娯楽作品とし、歴史小説というと、森鷗外の大古典とするような、文学の世界での紋切型の「常識」に対して、藤沢は苦笑しながら批判していると思えるのである。

さらに藤沢は、小説だから歴史的事実の方も適当にあんばいしていいということにはならず、自ずからルールがあると、恣意的な逸脱をいましめることも忘れてはいない。忘れてはいないのだが、このエッセイのいちばん奥のところには、「史実」は誰がどのように決めるのか、という思いがある。人と生死とか、起った事件の年号など単純な事実を除けば、「史実」というものを安易に考えることができない、という姿勢がこの作家にはあるのだ。いわく――
《歴史を前にしたとき、私は時にひどく懐疑的な気分に襲われることがある。歴史は、過去にただ一回生起した事実として厳然と存在するものだが、それを記録した文書ということになると、かなり不十分なものではないかという気がするからである。》(「試行のたのしみ」)

この「史実批判《クリティーク》」ともいうべき態度は、歴史を考えるときに、きわめて貴重なものである。藤沢のように、歴史的事実を通して人間とは何かを描こうとする作家にとっても、それは大切なことだろう。「史実批判」の姿勢が、「正確な歴史小説」をつくり出すという意味ではない。人間とは何かという問いが「史実批判」をすでに含んでいると考えられるのである。史実もまた、人間の認識がつくり出すものであり、そうである限り、批判の対象であるはずである。

年譜の上でいうと、一九七一(昭和四十六)年、「溟い海」を書いた年(四十四歳)から、一九七七(昭和五十二)年、五十歳までを初期とするなら、藤沢周平はこの期間に意外に多くの歴史小説を書いている。

長篇では、『雲奔る―小説・雲井龍雄』(元の題は『檻車墨河を渡る』、一九七五年刊)、『義民が駆ける』(一九七六年刊)、その少し後になるが、『回天の門』(一九七九年刊)がある。『回天の門』は、荘内出身の維新の志士清河八郎の生涯を描いたもの。

またこの時期には、歴史小説の短篇集『逆軍の旗』(一九七六年刊)があるし、短篇ながら藤沢作品中でも大きな意味をもつ「長門守の陰謀」(一九七六年)の執筆がある。

こんなふうに、歴史小説の執筆は初期に集中しているかに見えるが、中期以降それがなくなった、というわけではない。

戦国時代末期の、上杉景勝と直江兼続の思考と行動を描いた長篇『密謀』（一九八二年刊）、六代将軍家宣の政治顧問になった新井白石の日々を克明に追った『市塵』（一九八九年刊）があり、最後の長篇となった作品は、米沢藩の名君とされる上杉鷹山《ようざん》を描いた『漆の実のみのる国』（一九九七年、死後の刊行）であった。

いずれにしても、「たまに本当にあったことを書きたくなる」という思いは、最後まで藤沢周平のなかで生きつづけた。そのような歴史小説は、どれをとっても精緻な想像力によって組み立てられていて、心惹かれるものばかりである。私はこの章で、短篇「長門守の陰謀」、長篇『義民が駆ける』、そして最後の長篇『漆の実のみのる国』を取りあげるつもりでいる。そして、さらにいうと、戦国期から国内統一に向おうとした三人の武将政治家、信長、秀吉、家康を藤沢周平がどのように見ていたのかを、論じてみたい。むろんそれは藤沢作品を読みながらのことである。すなわち、短篇「逆軍の旗」、長篇『密謀』で藤沢が描こうとした上記三武将がどんな姿をしていたかを、読みとってみたいのである。

なお、歴史小説を扱うこの第五章、さらに長塚節と一茶の伝記的小説を扱う次の第六章では、当然ながら作品中に元号が頻出する。したがって元号の下にカッコで西暦年を補足するという表記法が多くなるのをお断りしておきたい。

2 「長門守一件」

荘内は、改めていうまでもなく、作家の郷里である山形県荘内地方の領知を指し、江戸時代初期からの荘内藩主は酒井家であった。前にもいったように荘内は庄内とも書くが、藤沢は一貫して荘内と表記しているので（エッセイなどでは庄内もある）、本書ではそれに従うことにしている。

酒井家三代目（荘内藩初代藩主）の忠勝《ただかつ》が、信州松代からここに移封されたのが元和八（一六二二）年。以後、天保年間に三方国替えの騒動があったが、明治維新まで酒井家の統治が続いた。

地元の歴史記述で「長門守《ながとのかみ》一件」と呼ばれる初期荘内藩の騒動は、じつは一藩の命運を左右しかねない大事件だった。藤沢周平は郷里で起ったこの一件に強い興味をいだいたようで、作家としてのごく早い時期に短篇小説「長門守の陰謀」を書いた。それはすぐれた短篇になったのだが、それだけではなく、この事件は藤沢の海坂ものと呼ばれる時代小説にも色濃く反映しているのが見てとれる。そのことについては、後に少し詳しく語ることになるだろう。

短篇「長門守の陰謀」は、不思議な場面から話が始まる。

深夜、千賀主水《ちがもんど》が高力《こうりき》喜兵衛の自邸を訪れて、衝撃的な報告をする。長門守忠重《ただしげ》が、藩主忠勝の世子摂津守忠当《せっつのかみただまさ》を廃して、後嗣《こうし》に自分の子である九八郎忠広《くはちろうただひろ》を据えようと画策している、というのだ。忠広に忠勝の娘於満《おまん》の方を娶《めと》らせ、次の藩主にする。そういう人事的政略を、忠勝にも吹きこんでいるのではないか。

長門守忠重は、藩主忠勝の二番目の弟で、二人は「性格が似ている」ためか、忠勝はこの弟を寵愛している、という背景がある。長門守は荘内領の一画ともいうべき白岩八千石を領しているが、そこで暴虐の施政を行なうだけでは飽き足らず、荘内本藩にさかんに介入してきて口をはさむ。藩主忠勝は長門守を偏愛しているため、良心派ともいえる家老高力喜兵衛ならびにその一派を遠ざけていて、喜兵衛はすでに三カ月ほど登城していない。千賀は高千石をいただく、高力派の重臣である。

以上のように、郷土史では「長門守一件」とよばれている状況を述べただけでも、この一件の奇怪さが認識できる。徳川期初期によくあったお家騒動の一種ともいえるのだが、弟が藩主たる兄の地位を策をめぐらして奪い取ろうとし、兄は弟を寵愛しているゆえに、それを許そうとしている。とすると、これはふつうの意味でのお家騒動とはいえない。後世ではきわめて理解しにくいこの一件は、一言でいえば奇怪という以外にない。

しかし「長門守一件」は、正保四（一六四七）年十月に忠勝が死去（病死）したことでかろうじて大事に至らずにすんだ。兄の死によって拠所を失った長門守はなす術《すべ》なく、その野望も崩れ去る。忠勝の死のほぼ一カ月後、世子忠当が無事に二代藩主を継いだ。その忠当の岳父に当る幕府老中の松平伊豆守が述懐したように、「旗本中の取沙汰にも、能《よ》き時分宮内《くない》殿（忠勝）死去にて候。いま一年も半年も存命ならば酒井の家破滅たるべしと申候」というのが当っているだろう。徳川時代初期、ことさらに幕府は藩取りつぶしの機会を狙っている気配があり、荘内藩のように譜代大名でも例外ではなかった。その理由づけになりそうな長門守の策謀は、荘内藩の存亡にかかわる重大事件だったのである。

藤沢周平が「長門守の陰謀」を「歴史読本」に発表したのは、一九七六（昭和五十一）年の十二月号である。じつはこの段階で、「長門守一件」は郷土史などでも未だ史料が整っておらず、研究が進んではいなかった。

たとえば『鶴岡市史』（上中下三巻、一九六二年〜七五年）の編纂にあたった斎藤正一氏は、のちに書いた「長門守一件と末松一件」という論文（一九八二年発表）で、市史執筆時の史料および研究の不足で、市史の記述が不十分に終ったことを率直に認めている。そして同論文で、「長門守一件」を改めて詳説している。さらには、そこで藤沢作品「長門守の陰謀」も、史料不足によって欠けるところがあったと指摘してもいる。ここはその指摘の当否をあれこれいう場所ではないが、小説がそれゆえに劣ってしまったかというと、私にはそうは思われないとだけいっておきたい。

たしかに、作家の誤認かと思われるところもあることはある。たとえば、長門守のあまりの暴政に耐えかねて白岩に一揆が起こり、さまざまな曲折はあったが、長門守が白岩領を幕府に召し上げられてしまう時期などがそれに当たろうか。しかし、作家が展開したテーマは、長門守の愚かとしかいいようのない野望と、それを排さなかった忠勝の、兄弟あい結んでの奇怪さ、そして奇怪さの果ての長門守の孤独な死を描くことであった。一件の細々した詳細はむしろ省略されて、描こうとしたテーマは明確に浮かびあがってくるというのが、この短篇の見所なのである。

ところで、現在、「長門守一件」の基本資料として重要なのは、「飽海郡誌《あくみ》」「大泉紀年《たいせんきねん》」「雞肋篇《けいろくへん》」の三点といわれている。

とりわけ「雞肋篇」は関連文書を多数収録していることで、最重要とされる(藩士加藤多大夫正従編、天保年間)。一九六一(昭和三十六)年に活字本が出版されているが、それを藤沢周平が見ているかどうかが気になるところであった。

御遺族の遠藤崇寿・展子夫妻にしらべていただくと、藤沢周平所持の蔵書に活字本「雞肋篇」があり、作家はこれに目を通して多くの赤線を引いている。私はそれを目にして十分に納得するところがあった。

たとえば、忠勝が高力喜兵衛等に激怒した、そのもとには毛利長兵衛という、力ずくで長門守にとりこまれてしまった藩士の讒訴《ざんそ》があるのだが、藤沢作品ではこの讒者の名が挙げられている。これは、「雞肋篇」の毛利長兵衛にまつわる文書を藤沢周平が読んでいるからに他ならない。

しかし、作家は「長門守の陰謀」において、そうした讒言の詳細については、省略している。なぜそうなったのか。毛利長兵衛は気弱な犠牲者だったといえなくもない。さらに長門守側についた藩士は長兵衛ひとりではない。支持した有力藩士はかなり多数いたのである。それを描くとすれば、小説の姿は別のものになっていただろう。省略をうながしたのは、小説のテーマを貫こうとする作家の姿勢なのではないか、と私は思うに至った。

長門守忠重、および藩主忠勝の仕置によって、多数の幹部をふくむ藩士たちが追放され、切腹を命じられた。藩士の動揺はただならぬものがあった。そこは簡潔かつ正確に描かれている。そのうえで忠勝の病死と、忠重の野望の挫折がくる。すなわちこの小説の根底には、二人の為政者の命運を凝視しつづけている、藤沢周平の冷静きわまりない視線がある。

それが存分に発揮されているのは、四章の記述であろう。すなわち寛文六（一六六六）年下総国《しもうさのくに》市川村に隠退していた、六十九歳の長門守忠重の最後を描く場面である。

雷鳴がとどろき渡る、秋の嵐の夜、武士とおぼしき二人の男が、忠重のほか誰もいない家に忍び入り、孤独で「醜い寝顔」をして眠っている老人の枕を蹴る。「何者だ！」と叫んで半身を起こした老人を肩先から斬り下げた。

侵入した二人の男は北国の訛《なまり》で短い会話を交わして、立ち去る。幕府の小姓という身分を改易された長門守を、荘内藩が刺客を放って殺害したことを暗示している場面《シーン》である。

史料には、市川村に隠棲した長門守が、九月二十四日、夜盗に襲われて横死した、とあるのみ（「大泉紀年」など）。それを、荘内藩士らしき者が殺害した、と暗示的にせよ描いたのは、藤沢周平の独創的な想像力に違いない。これによって、自らの野望に酔っているような為政者の果てが語られるのである。なお、前に紹介した斎藤正一氏は、論文「長門守一件と末松一件」で、藤沢作品のこの最後の場面を長々と引用し、「まことに真に迫っている」と評価している。

藤沢周平はこの長門守忠重（および兄の忠勝）がらみの事件に強い興味をいだいたようだ。その関心は「長門守の陰謀」という短篇を生んだだけではない。最初にちょっと触れたように、海坂ものと呼ばれる時代小説に、この荘内藩初期の事件が少しずつ姿を変えながらではあるが、ストーリーの核心として描かれることになるのである。そのことをここで語っておきたい。

最初にくるのは「相模守は無害」（一九七四年）という短篇である。これは、一件が海坂藩で起こったこととしてあるのがまず目をひく。幕府の隠密明楽箭八郎が時の若年寄に命じられて海坂藩に潜入し、十四年にわたって隠密探索を行なう。

海坂藩には神山相模守という「腫物《はれもの》」ともいうべき家老がいる。相模守は海坂藩主神山右京亮の弟で支藩山鳥領を統治する、というより暴政を行なう。政治不行届をとがめられて幕府にその領地を没収されると、兄右京亮親慶は弟を本藩の家老に据える。神山相模守は兄の後ろ楯を得て、好き勝手を行なうという図になる。そして定められた世子を廃して、自分の三男を後嗣に立てようとしている、とくれば、これは海坂藩にそっくり移された「長門守一件」に違いない。

一度、事は片づいたとして江戸に戻った箭八郎は、ある事に気づいて、もう一度海坂藩に戻り、本当の結着をつける、という話になる。

この短篇、一九七六年に発表された「長門守の陰謀」より二年前に書かれていることにも注目したい。「長門守一件」が作家の強い興味をひいていることが、そのあたりからもうかがえるのである。

次にあげたいのは、藤沢の代表的長篇ともいうべき『三屋清左衛門残日録』である。

ここでは藩主の弟である石見守なる人物の野望が描かれる。石見守は三千石の禄をもらう徳川家旗本になっているが、器量は現藩主の兄よりも上と評価する者が多く、また自らも藩政を行ないたいという野心があった。現在の嗣子剛之助が病弱であるという理由から、自分の次男である友次郎信成を藩主の養子にしたいという思惑がある。

筆頭家老の朝田弓之助はいったんこの思惑に乗るかに見せかけたが、嗣子剛之助を毒殺しようとする石見守の狂気にも似た偏執に困惑し、窮地に立つ。解決のため逆に手下を使って石見守を毒殺、それを現藩主の側近にあばかれて、政権を反対派に渡し、没落する。

『三屋清左衛門残日録』の根底にある、この奇怪な政権争いには、藩主兄弟の確執と姿を変えてはいるが、長門守の一件が反映しているのは明らかだろう。

もう一篇、シリーズ「用心棒日月抄」の第三作『刺客』があるが、これについては「第二章　剣が閃めくとき」などですでに述べた。

ほかに「第二章　剣が閃めくとき」で取りあげた短篇「臆病剣松風」にも、「長門守一件」の構図が政争の背後に見られるが、ここでは詳説しないでおく。

3　政治小説の達成
――『義民が駆ける』

『義民が駆ける』（一九七六年刊）は、あまりいわれていないことだが、日本の歴史小説のなかでも屈指の作品である。そういう評価を見ることが少ないのは、この長篇小説をどう読んだらいいのか、読み手にとまどいがあるせいかもしれない。

そしておそらくは作家もそのことを予感していて、長篇小説の単行本にめずらしく付けた「あとがき」になったのではないか。そこで四十九歳の作家は微妙な執筆動機について語っている。

地元で天保一揆とか天保義民とか呼ばれている荘内藩主国替え阻止の事件は、自分の郷里である荘内で起ったことで、人口に膾炙している話である。子供の頃から、それを一方的な美談として聞かされて、いつからかその話に疑問もしくは反感を抱くようになった。「百姓たりといえども二君に仕えず」という百姓たちの旗印は、やり過ぎだと思えた。そこには媚がありていにいって、自分は不愉快だった、と藤沢周平は書いている。

そういう批判的な視点を持ちつつこの一件を調べ直してみると、これまで考えていたような単純な事件ではなかったことに気がついた。作家は、それでこの歴史小説を書く気になったとはいっていないけれど、新しい視点を得たことを示唆している。「一面的でない複雑さの総和が、むしろ歴史の真実である」と藤沢は考え、その考えを執筆の拠点とした。「一面的でない複雑さの総和」こそが、政治の真実であると読み替えることができる。

私がそんなふうに考えたのは、この小説によって日本文学ではこれまで見られなかった、卓抜な政治小説が誕生した、と確信したからだ。幕閣、荘内藩、そして領民である百姓、この三つの力がぶつかりあい、せめぎあう政治小説。百姓が政治に参加することは本来あり得ないとしても、この事件では奇蹟的にそれが起った。ただし、いちばん底辺にいて、しかも不気味な力を隠しもっているものとして描かれるのである。

ここで、いっておかなければならないことがある。政治小説という言葉が多くの場合誤解されているということである。改めていうまでもないと思いたいのだが、政治小説とは、左右あるいは保守革新というようなイデオロギーのいずれかに加担し、政治的立場を宣伝するというようなものをさすのではない。それは政治的プロパガンダ小説であり、小説は宣伝手段に使われているにすぎない。私が政治小説というのは、歴史的事実に即してであろうが完全に虚構を設定したうえであろうが、政治の力学を精密正確に描き、それによって政治とは何かを考えようとする文学である。とすれば、日本の近・現代小説ではそれがほとんど見当らない、といっても過言ではない。ところが藤沢周平の『義民が駆ける』は、私にとって真正な政治小説の発見でもあった。
天保十一（一八四〇）年十一月一日、幕府は「三方国替え」の台命を、以下の三藩藩主の名代に伝えた。
松平斉典《なりつね》　川越藩（十五万石）→荘内藩
酒井忠器《ただかた》　荘内藩（十四万八千石）→長岡藩
牧野忠雅《ただまさ》　長岡藩（七万四千石）→川越藩
一見してわかるように、荘内藩主酒井忠器にとっては、まさに驚天動地の命令であった。荘内藩の十四万八千石は、物成りに恵まれ、また歴代の開墾の努力によって、実質二十万石ともいわれる領地である。それが、七万四千石の長岡へ移れといわれたのである。藩が立ちゆかないと、藩主ならびに執政たちが思うのは当然であった。
なぜこんな台命が下されたのか。小説は、それを示唆するかのように、台命通告の一つ前の場面から始まっている。
十一代将軍家斉《いえなり》は、三年前の天保八（一八三七）年に将軍職を世嗣家慶《いえよし》に譲っているが、大御所と呼ばれて政治的実権を握ったままだった。その家斉が、老中首座の水野忠邦を呼びつけて、過日命じておいた川越藩主松平斉典を荘内に転封するようにという一件がどうなったかを問いただすのである。
それに対し、水野忠邦はいう。川越藩と荘内藩の交替というのでは、意図が露骨に見えてしまう。そこでもう一藩をあいだにはさみ、三方国替えとするのが上策である。そのはさみこむ一藩は、長岡藩の牧野にしたいと、「咄嗟に出た名前」を口にする。聞いた家斉は機嫌を直し、「まかせる」といった。

三方国替えは水野忠邦がかねて考えていたこととしても、長岡藩の牧野を間にはさむことは「咄嗟に出た名前」と藤沢は書いている。作家の想像力がそう書かせたに違いない。

そしてその後は、川越藩の松平斉典の策謀を、藤沢はきわめて坦々と説明している。すなわち、家斉の二十四番目の男子斉省《なりやす》を、松平斉典は養子に迎えていて、自らの嗣子としている。斉省の生母である大奥のおいとの方なるものを動かして、家斉に荘内転封を願い出た。川越藩は十五万石ながら財政逼迫して藩として立ちゆかぬところに来ている。

つまり、家斉の息子を身代りに仕立てた、領知の強奪といってよい。ここで注目しておきたいのは、それを承知のうえで事に当たる水野忠邦の態度である。二方の領知交替よりも三方国替えが目立たないからいいのだと、恩着せがましく忠邦はいうが、実際は十四万八千石を七万四千石に落としめて、添え地も考えない、あまりに一方的な命令なのである。「天保の改革」なるものを実行したこの老中首座は、自分が握っている権力からすればそれが可能と思っていた。

忠邦は、その思いつきを家斉の前で口にした後、御用部屋に戻る途中で奇妙な行動をとる。堀の水に遊ぶ水鳥を見て、御用部屋の坊主に「あれに石を投げてみんか」という。坊主は怯えた顔で石を拾うが、それを見て忠邦は、「よい、やめよ」といって背を向けた。藤沢が忠邦という人物をあざやかに描いてみせた場面である。

老中水野忠邦は、「しめあげる」ことに快感を覚えるらしい。したがって、ごく普通に藩を経営し、安定を得ている「神田大黒」の渾名がある酒井忠器はいじめてみたくなる存在なのであろう。

さらにいうと、数年前に忠器が酒田の本間光暉《みつあき》に豪華なもてなしを受けた、という噂を真に受けたかして、忠器を何らかのかたちで処分しようとした。しかし、噂のようなことは十年も前のことだったので忠器処分の評議は沙汰やみになった。これは水野忠邦の短慮を知らしめるような一件であったが、自分の判断の誤りを導き出すような者を、忠邦は許せないのである。権力者、とりわけ三流以下の権力者によく見られる傾向といっていいだろう。これが天保の改革を行なったとされる政治家の姿である。

藤沢周平は、水野忠邦をつとめて冷静に描こうとしている。初めから悪意のある人物と決めつけるようには語っていない。しかし、この権力者がきわめて不思議な存在であることは、そのエピソードの端々から自然に読者に伝わってくるという結果になっている。

水野忠邦は十九歳で肥前唐津藩を継いだ。その頃からひたすら幕閣入りを目ざし、幕閣入りの条件を満たすために実収二十万石の唐津藩から六万石の浜松藩に移ることに成功する。その後は賄賂に次ぐ賄賂を注ぎ込んで、幕閣入りを果たした、という経歴がある。

老中首座となった忠邦の政略は、奢侈禁止令によって風俗取り締りを徹底的に行なうことだったが、それが経済的効果と結びついたとも思われぬうちに、ご当人が老中罷免の憂き目にあう。賄賂によって権力の中心にのし上った人間は、本気で世直しを考えることができたのかどうか。この老中の配下に鳥居耀蔵という奇怪な権力好きがいたのも興味深いことである。

しかし、だからといって、三方国替えの台命に対抗する手段があるわけではない。忠邦のような政治家が強大な権力を握っているケースほど厄介なことはない、といってもよい。忠邦はなぜか平穏さというものを憎んでいる。それは一種の悪意となって現われるのである。荘内藩がかぶったのは、そういう悪意がつくり出した国替え命令であった。

荘内藩酒井忠器は八代藩主で、世嗣にこのとき二十九歳だった忠発《ただあき》がいる。この親子の間には気質の違いからくる対立がなくはないのだが、国替えの一件ではそれを越えて事に当った。とりわけ忠器の幕閣（というより水野忠邦）を見る目は正確で、リアリスティックだった。そして、実際に一件の対処に当ったのは家老の松平甚三郎であった。国元の家老には他に五名がいるが、松平甚三郎は家老職三十年余を務め、筆頭格というべき立場である。

三方国替えの幕命を受けたのは荘内藩酒井家であるわけだが、藩主忠器も執政たちも、この幕命が得心のいかない、奇怪なものと感じたことではみな一致していた。

しかし、幕命は幕命であり、これに対抗する政治的手段はきわめて少ない。荘内藩がまず第一にやったことは、三方国替えという不思議な発想がどこから、どのようにして出てきたのかを探ることだった。江戸藩邸の留守居役、大山庄太夫と矢口弥兵衛を中心にこの探索に当ったが、とりわけ切れ者の大山が果たした役割は大きかった。大山はほとんど時をおかずに、川越の松平の策略をつかんでいる。

同時に、江戸藩邸の要である中老水野内蔵丞などがやったことも小さくはない。家斉に近い実力者中野碩翁《せきおう》（元御側御用取次）を動かして、幕命撤回の可能性を追求した。さらには、水戸の徳川斉昭のように、三方国替えに批判的な有力者たち（大名）を味方に引きこもうとした。

とはいえ、幕命をひっくり返すほどの力になるわけでもなく、荘内藩が窮地にあることはそのまま続くのである。

国元の家老松平甚三郎の取り得た対抗手段もそう多くはない。長岡に移るにあたって、添え地を歎願したことぐらいである。

松平家老は、早くに酒田の富豪本間光暉と談合し、荘内藩のさまざまな活動資金として七万両を都合するよう要求した。本間家は郡代役所出任という名の士分（四百石）でもある政商であるが、荘内藩とは縁を切ることができない関係にあった。一件落着まで四万二千五百両を藩に献金したといわれている。

しかし、松平家老ら執政たちが予想もしていなかったことが起こったのである。それが、百姓たちの江戸越訴である。この新しい事態をどうとらえ、どのように利用するかが、松平甚三郎の大きな仕事になった。

江戸幕閣の気ままな政治決定が、荘内百姓の実質上の一揆を呼び起こす。百姓は立場からしても政治とは最も遠いところにいる存在だが、荘内百姓の異常な決意と行動によって、政治に思わぬ力が加わることになった。『義民が駆ける』は、幕閣、荘内藩、荘内領民（百姓）のうち、最後の百姓の動きをいちばん大事に描くことで、小説が真の厚みを得ている。別のいい方をすれば、本物の政治小説になるのである。

百姓の江戸への越訴は、最終的には十万人を越える人びとの動きにもなるのだが、始まりは、ある村の二、三人の幹部たちの相談からだった。

京田通《きょうでん》西郷組《にしごうぐみ》大庄屋書役の本間辰之助（五十八歳）が、住んでいる馬町《うままち》村の肝煎、長右衛門、清兵衛の二人に会ったのが十一月の十日頃。三人はそれぞれが三方国替えの幕命を知ったとき、それが領内百姓に何をもたらすかについて、恐怖に近い思いをいだいた。とりわけ本間辰之助は、この国替えが百姓に地獄の苦しみを与えることになるのを明瞭に予想し、思い悩んでいた。それを、二人の村肝煎にぶつける。二人も、百姓が「旗さされね」くなることを、はっきりと予測する。

「旗ささない」とは、立ち行かないということである。長岡に移る酒井藩は、従来の穏和さをかなぐり捨てて、百姓から年貢を徹底的に絞りあげるだろう。さらには、移ってくる川越の松平藩は、年貢の取り立てがとりわけ容赦がない支配者であることが知られていた。本間辰之助、長右衛門、清兵衛は各自鶴ヶ岡の町の知人たちから、そのような情報を得ていたのである。

いわゆる天保の飢饉をどうにかしのいできた荘内の百姓たちではあったが、このままでいけばつぶれ百姓が多数出るのはまず避けられない。何とかそれに抗する方法はないか。

殿さまお引きとめの訴えを、百姓の身ながら試みるしかない。

《「そうなっど、人集べで江戸さ訴えねまねし、大勢集べるということになっど、これは一揆だ」

「ンだ。一揆だの」

「造作《じょうさ》ねごどではねえぞ」

「ンだども、黙って見でいれば飯喰《ままか》えねぐなるさげのう。ほかにうまい手があればだども」》

百姓の一揆に対し、幕法の対処はきびしい。徒党の首謀者は死罪、加担者も過酷な処罰が定められていた。江戸への越訴は、おそらくそれに準ずるようなきびしい処罰が行なわれるだろう。にもかかわらず、辰之助、長右衛門、清兵衛は、殿さまお引きとめを江戸に越訴するしかない、と決心した。

辰之助が肝煎二人と会う前に、穫入れが終った荘内の田圃を眺める場面は、ごく短くはあるがまことに美しい。百姓が自らの生活を守ろうとする、その大もとが、荘内の農地にあることが静かに語られているかのようだ。

《眼の前に荘内の野面がひろがっていた。穫入れが終わり、畦に残っていた杭もひとところに集めて積まれ、田圃はがらんとしている。今日は一日穏やかな日和で、日が落ちた後には、遠い場所にある村村のまわりに、夕餉《ゆうげ》の煙とも霧とも見える白いものが漂った。そして空の中ほどに、微かに夕映えの痕を残す鳥海山の山脈が見えた。》

西郷組の村々の肝煎、長人ら二十人が集まり、殿さまお引きとめの越訴を決め、十一月二十三日、西郷組の十二人が江戸へ旅立つ。越訴一番乗りである。しかしこの十二名は、江戸で宿泊した旅籠屋の主人が後難を恐れて神田橋の荘内藩邸に通告、藩邸に連行されてしまった。越訴はできなかったのだが、藩邸の幹部たちは初めて百姓の動きを知ることになり、百姓たちが携えてきた歎願書（訴状）を読んだ。本間辰之助が書いた訴状はじつにみごとな文章で、藩士たちを驚嘆させるほどのものだった。

　最初の越訴は失敗に終ったが、荘内領民のなかに別の動きも出てきて、百姓たちの動きは拡大しつつ遷移してゆくのである。

　前章の「4『春秋山伏記』の世界」でも簡単に述べたが、荘内では、最上川以南を「川南」、以北を「川北」と呼びならわしていた。そして行政区分としては、川北を三つの郷《ごう》、川南を五つの通《とおり》に分け、さらに全体を合計三十五の組に分けた。一つの組には、数カ村から二十数カ村が配属されている。たとえば、先の本間辰之助は、京田通西郷組の大庄屋書役であり、西郷組に所属する馬町村に住んでいる、ということになる。

　川南・西郷組の一番登りの後、こんどは川北三郷から百姓二十人が川北一番登りとして江戸に向った。天保十二年一月十五日、一行のうち十一人が江戸に到着。老中である井伊掃部頭(大老)、水野越前守、太田備後守、脇坂中務大輔、水戸侯御付家老への駕籠訴に成功するのである。それが一月二十日。

　川北のこの動きは、川南との連絡の上で行なわれたのではなく、遊佐郷《ゆざごう》にある玉龍寺の住職、文隣を中心に独自に進められたのだった。文隣和尚の相談相手としては、遊佐郷八日町村大組頭・梅津八十右衛門、荒瀬郷正龍寺村大組頭・堀謹次郎などがいた。川北は以後、文隣和尚を中心に越訴が企図され、実行されてゆく。

　川北の越訴の成功は、領内百姓の動きにさらに活気を与え、川南川北ともども、百姓の寄合いは活発になり、運動の規模も数万人を動かして巨大化していった。

このような領民の動向に対し、荘内藩の執政たちの反応は複雑なものがあった。

第一に、殿さま引きとめの運動であり、そのものずばりの越訴なのだから、これを評価したい判断がある。この越訴が、庶民は別にして、全国各藩に知れわたっていけば、台命といえどもそこに明確にある一種の不平等さについて、荘内藩に有利な「気分」が広まるかもしれない。

しかし、これはあくまで「気分」の問題であって、いったん下された台命がくつがえることはあり得ない、と考えるなら、越訴を放置しておくことは、藩政の非を幕府にあげつらわれるもとにもなる。とすれば、しだいに一揆の様相を呈してきている殿さま引きとめ運動は、ある程度取り締らなければならない。その「ある程度」が、政治的判断ということになる。

家老の松平は、執政ほか郡代、郡奉行、代官を使嗾して、百姓を慰撫する姿勢を示しつづけるいっぽうで、それが過激な方向にならぬよう抑制をかけつづけてもいる。そのような政治判断をしながら、領民越訴があげる効果を正確に見きわめようとしている。

たとえば、川北川南が合同で計画した、総勢九百人を超える人数が江戸に繰り出そうとする「大登り」については、断固これを阻止しようとした。

ただし、この大登りは別の効果を生みだしたりもしている。江戸へ向かった百姓三百名が仙台領に入り、仙台藩はその江戸行きを止めながら、百姓の歎願を仙台藩主に向けさせる、というような理解を示してもいる。そして近隣藩主の「理解」は、ひとり仙台藩だけがもっていたのではなかった。たとえば水戸の徳川斉昭なども、根強い水野批判者であるといったふうに。

では、幕閣は、といっても水野忠邦個人といってもよいが、以上のような動きにどう対処したか。ほとんど何もしなかった、といってよい。時期がくれば、強権を発動して台命を実行に移すだけ、という自信のなかにいたようである。

しかし、状況は微妙に変化してきている。

天保十二（一八四一）年閏一月三十日、大御所と呼ばれていた前将軍家斉が死去した。さらには、忠邦の天保の改革といわれる改革の核心となる上知令《あげちれい》は、幕府の中枢でも反対するものが多く、忠邦は自分が考えているほどには権力を手中にしていなかった。その証拠でもあるかのように、三方国替えの台命が、日限繰延べになりそうだという噂も、天保十二年の六月頃には流れはじめていた。もっとも、その噂は、荘内藩の執政たちを少しも安心させるものではなかった、と藤沢は書いているけれども。

結果からいうと、三方国替えの台命は異例のことながらくつがえされて、沙汰直りとなった。天保十二年七月十二日、それが荘内、川越、長岡の三藩に沙汰された。

『義民が駆ける』では、南町奉行の矢部左近将監が、荘内出身の経理家佐藤藤左《とうすけ》を巻き込んで、老中会議で三方国替えの真相を明らかにした結果、というふうに描かれている。きわめて劇的な逆転劇で、この小説をおもしろくしている場面でもある。

すなわち、過剰に自信に満ちた水野忠邦という政治家が、自分の決めた政治的措置のために失敗する、という話になっている。このことについては、ほんとうは新しい将軍家慶が三方国替えに批判的で、これをつぶすように指示した書類が新しく発見された。六月七日、家慶の国替え中止の内意が忠邦に伝えられた、という文書である。藤沢周平が小説を書いたときは、まだそれが発見されていなかったので、矢部将監の働きが大きく描かれている、と説く意見がある。

それはあり得ることであろう。ただし、『義民が駆ける』には、「この節将軍家にはお所替えお止めの思召にて、越前（注・忠邦）も手段に困り」という一節がある。さらにいうと、御沙汰書の本文のわきに、将軍家慶の直筆で、「是れまでどおり居城致すべき事」という一行が墨書されていて、藩主忠器を驚かせたという一件が書かれてもいる。藤沢周平は、家慶と水野忠邦の隔離を十分に掌握していた、と私には思われる。

しかし、それらは、この政治小説にとっては、むしろ微細なことに属する。

幕閣の、理不尽ともいうべき国替え命令、それを受けとめた荘内藩のあり方、さらには、荘内領民の命がけともいうべき必死の行動。三者のせめぎあいが、十二分の情報をもとに描かれる。三者の力のありようが、読む者にきっちりと伝わってくるのである。

そして、藤沢がほんとうに心を寄せたのは、荘内の百姓たちの決意と行動である。小説の終りに、辰之助が思う。百姓たちは、公儀に刃向い、公然と反抗し、力のほどを見せた。しかし、一件が勝利に終ったいま、百姓たちを勝利の傲《おご》りから、もとの土に帰さなくてはならない。それが辰之助の政治的理性である。

一件解決の後の話。辰之助は大山村を抜けて、自分の村が見えるところまで歩いてくる。道端から黄色く熟れた稲田がひろがっている。稲の間に穂の様子を見回っている村の男がいるので声をかけた。「あんべえ（穂のぐあい）はどげだの？」それに対して、男は答える――

《「あんまり、よぐねえよだのう」

「さづき（田植）、急いださげの」

「ここらへ（このあたり）は、まんずいづもの年の七割ていう出来だちゃ」

そう言いながら、男の笑顔は明るかった。男はまた頰かむりをして、少しずつ畦を遠ざかって行った。その後姿を、辰之助はしばらくぼんやり見送った。

——ともあれ、終った。

漸く作柄だけを心配すればいい日日が帰ってきたのだと思った。辰之助は腰をかがめて、道端の稲の穂を掬ってみた。なるほど稔りの薄い、貧しい穂だった。だが辰之助が歩き出すと、吹いてきた風に穂は遠くまで揺れ、日に輝いて眩しく見えた。》

小説のすばらしい結びである。村が政治の大騒ぎから離れて、日常に戻る。そのとき百姓の前に昔ながらの大地が姿を現わし、人びとは稲を育て、できた稲の穂を掬ってみるしかない。そのことの大切さを余すところがなく描いて、小説が閉じるのである。

4　信長、秀吉、家康

戦国末期から徳川幕府成立までの、三人の権力者について、藤沢周平はきわめて独自な角度から小説のなかで描いている。

織田信長については、明智光秀がどのように見たのか、なぜ謀叛に及んだのかを、短篇ではあるが「逆軍の旗」で描き切っている、と私は読んだ。

豊臣秀吉、徳川家康という二人の天下統一者については、これこそまことに独自な角度からといえるだろうが、北国の雄である上杉景勝、その特別の臣下である直江兼続がどう見たかが、長篇『密謀』で語られる。もちろんこの小説は、景勝と兼続の二人が主人公であるのだが、上杉家の存続は秀吉、家康との関係によってはからねばならず、その意味では『密謀』は秀吉、家康を描くことでもあった。

すなわち、信長、秀吉、家康という三人の天下人は、見る側、見なければならなかった立場からすると、どのような存在であったのかという作品が二つある。天下人を直接的に主人公にはしないという、藤沢周平らしい、あるいは藤沢周平でなければできない方法で書いた、ということができる。

以下に、順を追って、三人の天下人の肖像を追いかけてみよう。

信長を描くのに、反逆した手下である者をもってする。小説としては正統のようにも思えるけれど、考えてみるとこれはじつに難しい方法である。それをあえて行なった藤沢周平の力量は大したものだし、また難しいことをやってみようとする若さがあったのだろうとも思われる。「逆軍の旗」は一九七三(昭和四十八)年、直木賞を受賞した年の短篇である。

信長の行動力のなかに新しい世界がひらかれていくのを感じていた明智光秀は、部下として戦《いくさ》を共にしながら、信長に対ししだいに「ひややかな乖離」を感じるようになった。

信長は、まさに新しい権力である。しかしそれがはっきり現われてくると、「土を洗い落としたあとに、白い根をみるように」しだいに露出してくる狂気のようなものが無気味であると、光秀は感じる。

その狂気は、まず「みなごろし」に走ることに現われる。叡山を焼き山上の僧俗数千を殺す。尾張長嶋の一向一揆を破り、二万の男女を城の中で焼き殺す。荒木村重の一族千百五十人を殺したが、村重自身はすでに無害の身で他所に逃亡していた。一族を虐殺する理由はなかった。

すなわち、狂気は「みなごろし」という戦の姿を越えて、自分に歯向う者(と信長が思った敵)に、徹底的に向けられるというかたちをとった。天正二年正月、薄濃《はくだみ》にした首三つ——朝倉義景、浅井長政、長政の父・久政の首を酒の肴にして祝ったあたりに、光秀は狂気の「白い根」をみたのである。そして、戦国武将のなかでも知識人的感受性をもっていた光秀は、信長の「病的に傷つく」自尊心のあり方が、けっして相手を許さないことを知り、甲州陣での祝宴以来、それがまさに自分に向けられているのを知った。

大量殺戮と報復の実行。二つの現れ方をする信長の狂気に対し、光秀はただ恐怖し、この恐怖から逃れるためには、恐怖の出所を消滅する以外にない、と決意する。決意といっても、信長にとって替ろうとするという意図は毛ほどもない。また、「恐怖の出所」の息をとめた後、武将たちの動きがどうなるか、どうしたら自分が生き延びられるかについて、深刻に考えて反逆に走ったのではなかった。

信長襲殺のあと、光秀が立っていた場所は――

《……生きものの気配もない、荒れた野のような風景だった。そこに立ち尽くしているのは、紛れもない一人の叛逆者だった。この荒涼とした風景のなかに、なおもおのれを賭けるようなものがあるとは、もはや思えなかった。》

光秀が相手にしたのは、統一に乗り出した戦国武将の一人というより、人間のもつ「白い根のような」狂気であったことを、この荒涼とした風景は伝えているかのようである。

以下は余談として読んでほしいのだが、藤沢周平は、信長、秀吉、家康にまつわるエッセイを数篇書いている。そのうちの一つ、「徳川家康の徳」(『小説の周辺』一九八六年刊、所収)のなかで、自分は二十前後は信長に好意を持っていた、しかしその時期は比較的短かった、と述べている。

そして信長から離れた理由を、じつに簡潔にいうのである。「いくら戦国時代とはいえ、あむやみにひとを殺戮してはいけない」と。「ルイス・フロイスが悪魔的傲慢さと記述したような人間に対する傲慢さ」が信長にはある、というのだ。

悪魔的傲慢さという言葉は、白い根のように露出してくる狂気という、「逆軍の旗」で光秀が見たものと、ごく近くにあるといってもいいだろう。

もう一つのエッセイ、「信長ぎらい」(『ふるさとへ廻る六部は』一九九五年刊、所収)でも、信長を嫌いになった理由は、たくさんあるけれど、「信長が行なった殺戮ひとつをあげれば足りるように思う」といっている。戦で敵を殺す、それはある意味で仕方がない。しかし信長の殺戮には、好みのようなものが働いていて、さらに悪いことには、その好みを支える思想、使命感のようなものがあり、この点でヒットラーやポル・ポトに似ている、と示唆している。

思想は好みと同列に置かれるばあいがあり、また、それは人間の狂気を孕むことがある。「逆軍の旗」では、そのように厄介な狂気に触れていると、私は読んだ。この短篇は、そういう力を持っているのである。

『密謀』は、上杉謙信以後の上杉家の命運を描いた歴史小説である。新聞連載(一九八一～八二年)ということもあってだろうか、小説にはじつに効果的な工夫がこらされている。たとえば、執政である直江兼続に直属する、「草」と呼ばれる忍びの存在。草たちは、この小説の興趣の半分を担っているといいたいぐらい活躍するのだが、それはここでは論じないことにする。小説の真の主題について、著者は「『密謀』を終えて」と題する短いエッセイで語っている。謙信のあとをついだ景勝は沈着勇猛な武将だったし、執政には当時屈指の器量人と呼ばれた知勇兼備の直江兼続がいた。にもかかわらず、強国上杉があの重大な時期（関ヶ原の合戦の時期という意であろう）に、戦らしい戦をせず、最後には会津百二十万石から米沢に移されて食《しょく》邑《ゆう》四分の一の処遇に甘んじたのはなぜか。長いこといだいていたこの疑問に、自分なりに答を出してみたいと考えたのが、この長篇を執筆する動機だった、と藤沢周平は書いている。

戦国末期、越後の領袖である上杉の二代目景勝と、その重臣である直江兼続がどのようにふるまい、徳川幕府のもとでも生きのびるに至ったかが、この歴史小説の内容ということになる。それは、より端的にいうとすれば、北国の雄である上杉が、信長、秀吉、家康という三人の天下人にどう対したか、その姿を見ることになる。

といっても、初代謙信は、天下に対する望みを口にする人ではなかった。その謙信を継いだ景勝も同じ姿勢であり、信長と直接的に対立することがないまま、信長は本能寺で殺される。西国に遠征していた秀吉が驚異的な速さで畿内に引き返してきて、山崎の一戦で光秀を討ち、以後秀吉は着々と天下統一に歩を進めた。上杉に対しては、秀吉の側近である石田佐吉三成が早くに書状を寄せ、接近をはかった。石田三成はとりわけ直江兼続に親近感を覚えたらしく、親しげな書状を送りつづける。

しかしながら、秀吉自身の上杉に向けた姿勢は、一貫して説得と、そのすぐ裏にある恫喝である。景勝と兼続は、そうした秀吉のありようを十二分に承知しながら、いわれるように上洛する以外にない。大坂で秀吉に会い、完全に屈服したわけではないが、その下についたことを認めざるを得ない。

天正十四（一五八六）年、兼続は初めて石田三成に会う。「ものが見えすぎる」三成に、兼続は一種の親近感を覚えるが、いっぽうで「説得と恫喝」という秀吉の方式をいやというほど知ってもいる。「覇者は、持てる武力と資力を背景に、恫喝と策略を使いわけてひとに服従を強いるものである。従う者はおしなべて利害の打算でつながるだけで、心服するわけではない」。その仕組は、越後一国で自分たちもやっていることではないか、と兼続は明察している。主であり、無口そのものの景勝は、秀吉に従わざるを得ないわが身を「網にとらわれた魚よ」と短くいうばかりだが、秀吉の天下統一の動きは迅速に進んでいく。

十年後、秀吉は天下をほぼ手中に収め、いっぽうで朝鮮への出兵をくりかえす。息子秀頼に二心なきことを諸将に誓わせ、慶長三（一五九八）年、病没。この年、上杉景勝は会津百二十万石に移封されている。

秀吉没後、天下を狙うのは家康。それを横目で見ながら、景勝・兼続は領国で築城と道路整備をすすめる。

その頃の兼続の心懐を『密謀』はこう書いている。

《秀吉には優遇された方だが、その秀吉にしても、上杉に対して生殺与奪の権を握る、畏怖すべき権力者であることに変わりはなかったのだ。そのひとが去って、いささか心がくつろいで

いるところに、またぞろ天下人などという者が出て来て、頭をおさえられたのではかなわぬ。歓迎は出来ない。》

秀吉没後、石田三成と兼続の仲は変わらずに親しく、東（上杉）と西（三成を中心とする反家康勢力）から家康を挟み打ちする態勢をつくるのだが、慶長五（一六〇〇）年の関ヶ原の戦で三成は大敗。上杉はついに兵を動かさなかった。なぜか。

兼続は、江戸へ攻めこむべく、二万の兵を自分に預けてくれと、景勝に相談する。関ヶ原の後始末に忙しく、家康には上杉も江戸も念頭にないはず、とすれば江戸城は落とせる。そういって迫る兼続を、「やめぬか」と景勝は叱る。

「わしのつらをみろ。これが天下人のつらか」

という、はっとするようないい方を、景勝はした。ついで、咄弁のこの主はいう。戦場のことなら、自分は何も恐れない。しかし、「わしは亡き太閤《たいこう》や内府（注・家康）のような、腹黒の政治好きではない。その器量もないが、土台、天下人などというものにはさほど興味を持たぬ」。

この主君の科白のなかにあるものを受けとめれば、兼続は黙らざるを得ない。黙って、戦をせずに、上杉の家名を残すのだ、という景勝の意向に従う決意をするのである。

義を踏みにじって恥じない人物に対する憤りが、兼続をして石田三成と結びつけた。しかし、不思議なことに、その厚顔の男、家康のまわりに、ひとがむらがりあつまってくる。ひとびとの欲望の寄せあつめが、政治の中身ということになるのか。兼続は思う。

《天下人の座に坐るには、自身欲望に首までつかって恥じず、ひとの心に棲《す》む欲望を自在に操ることに長《た》けている家康のような人物こそふさわしい。景勝が新しい天下人があらわれたと言ったのは正しいのだ。》

これは、作家が政治とは何かを、歴史のなかに見定めたといっていい一節ではないだろうか。戦国時代、武力を背景にした権力の争奪戦が繰りひろげられた。しかし、その争奪戦の結論となる、天下を治めるということの本質は、右のような言葉のなかにある。欲望に首までつかって恥じない。だからこそ他人の欲望を操って自分に利する。そこに権力の本質がのぞいている。藤沢周平は、正義を寄りどころにして戦国期を生きた上杉を描くことで、政治の本質ともいうべきものに迫った。『密謀』という小説のすごみである。

慶長六（一六〇一）年、上杉家は米沢三十万石に移封された。それまでの四分の一の石高で、上杉藩の運営が始まるのである。

5　上杉鷹山

『漆の実のみのる国』は最後の長篇小説となった。一九九三（平成五）年、「文藝春秋」の一月号から連載が始まり、九六（平成八）年四月号を最後に病気で連載中断。同年七月、結末部の六枚を編集者に渡したが、予定されていた数十枚はついに書けないまま逝去した。〔三十七〕節の六枚はいちおうは「完」と書かれて終っているが、このことについては、後にもう少し詳しく述べなければならない。九七（平成九）年一月二十六日に死去、その年の五月に、この長篇は上下二巻として刊行された。

羽州米沢藩九代藩主上杉治憲の生涯を描いた作品である。上杉治憲は隠居後の五十二歳のとき改名した鷹山として名高い。貧に窮した米沢藩を奇蹟的に立て直した藩主である。

藤沢周平は、四十九歳のとき（一九七六年）、「幻にあらず」という中篇といってもいい長目の短篇で、上杉鷹山を描いている。ただし「幻にあらず」は鷹山が三十三歳になったあたりで筆がとまっていて、米沢藩を復興の道のりにつかせた後半生の政事についてはほとんど語られていない。

「幻にあらず」と『漆の実のみのる国』の重なる部分と、『漆の実のみのる国』がそこから離れて展開してゆく姿を瞥見《べっけん》しておこう。

高鍋藩主秋月種美の二男直丸は、宝暦十（一七六〇）年十歳のとき米沢藩主上杉重定の養子となり、明和三（一七六六）年十六歳で元服、治憲と名乗った。さらに翌年、重定が致仕して隠居の身分になり、治憲は上杉家九代目の藩主となった。

治憲が藩主となる以前の重大事件は、藩政を独断的に牛耳っていた森平右衛門利真《としざね》が誅殺されたことである。森排除の動きの中心にいたのが、江戸家老の竹俣当綱《たけのまたまさつな》、それに国家老、侍組の幹部たちのほとんどがこれに参画した。

竹俣当綱は森の排除には藩の旧支配勢力である当時の執政たちと手を組んだが、政治家としての姿勢は、古い支配勢力とは別のところにあった。若い学者である藁科《わらしな》松伯は治憲の師でもあったが、当綱はそのもとに集まる弟子たちの一人であり、仲間には、身分は一段低い莅戸《のぞき》善《よし》政《まさ》、木村高広らがいた。

新藩主となった治憲を盛りたてて、竹俣、莅戸、木村などの知恵を結集して、どうにもならぬ貧困から藩を立て直そうとする意思がそこにはあった。そういう治憲および当綱の立場が、七重臣事件（七家騒動）と称される騒動をひき起こした、といえるだろう。

この事件は、先の森利真誅殺では一致して当綱に協力した執政およびそれに準ずる人びとが、治憲と当綱の志向する新しい改革を批判して起こしたクーデタまがいの騒動であった。改革の批判といっても、その根本には自分たちが無視されている、という不満がある。いや、それしかない、というべきであろう。自分たちは、上杉家を支える幹部であり、名家である。治憲が政策の主眼とする大倹約令にしても、そこまでするのは名門上杉にふさわしくないという、はなはだ情感的な不満であった。

七重臣のうち、千坂高敦と色部照長は奉行（家老役）であり、他の五名も代々執政を出す家柄、つまり名家の当主たちであった。竹俣当綱を始めとする治憲の側近たちを自宅に足どめし、早朝、城内で治憲一人を七人の重臣が囲み、言上書らしきものを藩主に突きつけた。

事件としては、それだけのことである。治憲には佐藤という近習が一人ついていて、その近習の助けをかりて大殿と呼ばれる隠居した重定に事の次第を伝えた。重定が会見の場所に出てきて、七重臣を大喝、それで重臣たちはすごすごと引き下がったのだから、その程度の訴え、つまり自分たちが無視されているということを訴えたというにすぎない。

その後の七重臣に対する治憲の対処はまことに見事で、藩の中枢ともいうべき大勢の人々を城内に集め、七人の処分をいい渡した。主謀の二人は切腹、奉行二人を含む五人は隠居閉門、知行のいくらかを召し上げる。

七家騒動は、米沢藩が長いことかかえている病弊をあからさまに示すものであった。

米沢藩は、慶長三（一五九八）年豊臣秀吉によって越後から会津若松（百二十万石）に移封され、さらには関ヶ原の戦で家康に対立したことで、慶長六（一六〇一）年米沢（三十万石）に移された。藩の知行は四分の一になったわけである。さらに三代藩主綱勝の突然死によって領地が取りあげられ、十五万石となった。そういう事態になっても、米沢藩は家臣を削らないままだったから、約五千人の武士を養わなければならなかった。そして対処の方法としては、藩士の禄高を大幅に削るしかない。その結果、中級武士以下は内職で幾許《いくばく》かの収入を得て暮しを立てるしかなかった。

そういう構造を、さらに窮屈にしたのは、藩全体に行き渡っている大国意識と、それにまつわる保守主義である。改革を行なわず、表向きのかたちを取りつくろうために、大商人から金を借りつづける。

藩の身分階層は独得なかたちをとっていた。奉行（家老）を出す分領家、それと一体の侍組が上士で九十五人（全体の二パーセント）、その下に三手組と呼ばれる中士がいる。これは馬廻組、五十騎組、与板組、あわせて九百名余。残りの三千九百人余、約八〇パーセントが下級武士である。侍組は改革を行なわないことを政事の勘所としていたかのようである。

治憲が藩主となり、竹俣当綱が奉行、同志の莅戸善政らがしかるべき役職に就いて、藩の経済を少しでも正そうとしたとき、藩がかかえる旧債は十六万千七百三十両、年間の返済額は三万九千九百六十一両（明和八年）だった。こういうどん底から、治憲の治政が始まるのである。

七家騒動が結着をみた後（安永四年十月）、奉行の当綱はこれ以外に藩が生きのびる道はない、という口上つきの起死回生の策を治憲に示した。

漆木、桑木、楮《こうぞ》各百万木を藩内に植えるという三木植立て計画である。十年後、三木が生長したとき、特に漆木からは一万九千百五十七両の潤益が見こめる。他の二木のあげる潤益とあわせて、米に直すと十五万石相当の利益になるという計算である。

治憲はこの案に心ひかれ、同席していた莅戸善政に、「どう思うか」と尋ねる。善政は、「二十年、三十年先を見据えた遠大な再建策と愚考いたします」と答える。しかし、これより前に当綱からこの草案を見せられたとき、そこにある見通しの甘さが気になって、当綱の望むような反応を示さなかったのである。

治憲は、かすかな不安を胸のどこかで感じながら、これでいくしかないか、と思い直していう。自分は漆を知らない。美作《みまさく》（当綱をこう呼ぶ）、漆について説明せよ、と。当綱は、木について語り、実から木蠟をつくること、それが蠟燭の原料としてよい値段になることを語った。漆について聞きながら、治憲は、漆の実が小さいという話から、どんぐりのような実が総状に垂れるもののようだと思った。そして風が吹けば、そのどんぐりのような実は、からからと音を立てることだろうと想像した。すなわち、漆の木を知らないままに、三木植立て案をやるしかない、と決断した。許可を得た当綱は、一直線に植立て実行に走るのである。

じつはこのあたりから、中篇「幻にあらず」と長篇『漆の実のみのる国』の違いがはっきりしてくる。その違いは、治憲、当綱、さらには善政の人間の描き方に明瞭に読みとれるようになる。

植立て実現のための、体制の不備、さらには根まわしの不足。さらにいえば当綱の独断専行も手伝って、植立ては思ったように進まない。そして漆の木などがもたらす利益がまだはるか遠くにある時期、たとえば安永六（一七七七）年あたりで、当綱の心がゆがみ始める。殿に迎合するやからがいる。そう思うと、莅戸善政の顔が目に浮かんだ。善政の力を十分に認めながら、「たかが馬廻の分際で」と侮る気分が湧いてくる。

いっぽう藩主に対しては、「名君気取りも、ほどほどにされてはいかがか」とまで思うようになってしまった。これでは、藩政の改革どころではない。それを意識しながら、自分の裡なる傲慢さを押え切れない。

「幻にあらず」では、安永九（一七八〇）年三月、当綱が二度目の致仕願いをしたときの、治憲との問答が描かれている。

当綱は治憲に理由を問われて、いう。

「正直に申しあげますと、それがし、ほとほと疲れました」

いくらやっても、支障が出る。賽の河原のようなものだ。藩の建て直しなど、若い間にみる幻かも知れん、と思うようになった。これに対し治憲は、「幻ではないぞ、当綱」と呼びかけ、諄々と説いて当綱に思いとどまらせる。

いっぽう『漆の実のみのる国』では、安永六年十一月、当綱が最初に致仕を願い出たときの両者の問答が記されている。

当綱はいう。自分はもともと傲岸不遜な人間であります。藩政を指図する上でも、その気質を矯《た》めることができませんでした。かつては時と場所によっておのれの傲慢さをおさえるすべは心得ていたが、近頃は齢のせいかこらえ性がなくなった。

「こういう人物が執政の座にいてはいけません。国をあやまる恐れがあります」

治憲は、その傲慢さは、自身のために発揮したのではなかろう。人間誰にも欠けるところはあるものだ。傲慢など気にするな、と諭して、致仕願いを退けた。

しかし、その日から五年後の天明二（一七八二）年、当綱は藩祖謙信公の忌日にこれ見よがしに飲酒歓楽し、他の奉行からその犯罪を告発された。治憲は、当綱の隠居、元芋川屋敷への押し込めという処分を行なった。

当綱という、ある意味では才腕すぐれた執政を、治憲がどう見たか、見ざるを得なかったか。その治憲の眼差しの向う側に、作家の視線があり、その視線は江戸時代の藩政＝政治のあり方を、正確に捉えている。当綱が消えたのち、莅戸善政、木村高広も責任をとって致仕、米沢藩はさらなる窮地に落ち込むことになる。

ほぼ十年後の寛政三（一七九一）年、隠居の身である莅戸善政に再勤を命じ、中老の職に就かせた。十年間、さまざまに試行したあとの、治憲にとっては残された最後の手段というべき人事であり、善政はよくこれに応えるのである。

それ以前に、天明三（一七八三）年から四年、さらには六年と、東北一帯は凶作に襲われた。治憲は機敏かつ的確にこれに対応して、領内の被害を最小に抑えることができた。たとえば天明四年の夏には、春日神社にこもって断食の祈禱までしている。

そのときの治憲を描いた一節を、ここに引用しておきたい。治憲の祈りが終って、結願の日の空模様を見る姿である。

《それだけでなく、夕方ちかくになると西南の山山の方角に高い夏雲がそびえ立ち、そこからのびる雲がにわかに領国を覆いつくして夕立の雨を降らせた。平野には殷殷と雷鳴がとどろきわたり、四半刻（三十分）足らずの間、雨はいっときは風までともなって稲田や村村をはげしく打ち叩いたが、騒がしい雨音がおさまり、雷雲が去って野に静寂がもどると、西空に低く懸かる夏の日が地上を照らした。》

治憲がにわかに詩人になったわけではない。藩主がほとんど農民の目をもって空模様をうかがい、その目の奥には凶作への強い危惧がひそんでいる。そういう心をもつ藩主の姿が描かれているのである。

治憲は、天明五（一七八五）年二月に隠居、養子治広《はるひろ》（前藩主重定の四男）に藩主の座を渡した。そのとき、治広に与えた「伝国の辞」が今に伝わっている。その三ヶ条は——

《一、国家は、先祖より子孫へ伝候国家にして、我私すべきものには無レ之候、
一、人民は国家に属したる人民にして、我私すべき物には無レ之候、
一、国家人民の為に立たる君にて、君の為に立たる国家人民には無レ之候、
右三条、御遺念有間敷候事、
天明五巳年二月七日　　治憲　華押
治広殿　机前　》

今では当り前のことと読まれるかもしれないが、十八世紀末の幕藩体制のなかでの言葉として、稀有というべきものであろう。さいわいにして、継嗣治広はその意味をよく理解した。

治憲は新藩主の後見役を勤めるいっぽうで、自由になった時間を使って領内を馬で駆けめぐ

った。領知の町や村、むろん農地をよく見、よく知るためである。それを隠居の身のさいわいとしている治憲の姿を、作家はきわめて印象的に描き出している。あの凶作時の春日神社祈願のあとの、空を見上げる視線と、結びついている描写であろう。

しかし、奉行志賀祐親があずかる経済の再建策は、小さく固って事態は好転する気配はない。治憲の取り得る最後の手段は、残っている唯一の人物、莅戸善政をもう一度起用することであった。寛政三（一七九一）年のことである。善政はこの要請を固辞していたが、治憲に直接召し出されて語るうちに、引き受けることを決意。このとき五十七歳になっていた。

善政は隠居の十年、何もせずに時を空費していたわけではない。毎日机に向い、必要と思われる事項にしたがって五冊の本をまとめていたのである。藩がとるべき再建策をまとめたのは「総秕」一冊だが、興味深いのは領知内の成りもの、樹木、動物、魚など、役に立つ生物を一冊にまとめあげた「樹畜建議」があることである。藩に利益をもたらすはずの「樹畜」について、農民がもつのと同じ「知識」が必要であるという考えが、この一冊をつくらせたに違いない。

言葉を換えていえば、善政の苦心の思考と知識がようやく生きる道を、治憲が機を見はからってつくったのである。

善政はまもなく、十六年組立てという再建案を明らかにした。改革すべき項目を十六段階に分け、一年に一項目を実施してそれを積みあげてゆくという方法をとった。一挙にやることは不可能である。一歩ずつ、確かめながら進んでいくしかない。そういう方法には、当綱のやった改革への反省がふくまれているというべきだろう。

まずは疲弊しきっている農村を再整備し、新しい産業を取り入れる準備を行なうこと。それにはどうしても外から借り入れる資金がいる。江戸の三谷三九郎、越後の渡辺三左衛門、酒田の本間家などと、藩は冷め切った関係に落ち込んでいたが、善政は自ら大商人のもとに出向いて、誠心誠意の熱弁をふるって協力を要請した。それによって藩は再び産業の資金を得るのである。

ここから治憲と善政の再建事業が始まる、というところで、藤沢周平の病いが悪化し、連載は中断を余儀なくされた。病院への入退院が繰り返されるなかで、一九九六（平成八）年の七月、小説の結末部分六枚を書いた。それがともかくも、長篇をまとめる文章になった。作家の尽きせぬ思いがそこにはこもっている。治憲と善政の改革が実を結ぶのは、構想された十六年後ではなくほぼ二倍の時間を要し、三十三年目に成ったとされている。作家はその子細を記すことはついにできなかった。

小説は、こんなふうに終っている。治憲は、漆について当綱の説明を聞いたとき、実が熟すれば枝の先で木の実が触れあって、からからと音を立てるのだろう、と思った。秋の山野はその音で満たされる。それは、若い治憲の夢に伴奏するような音だった。そして、長篇の結末

《鷹山は微笑した。若かったとおのれをふり返ったのである。漆の実が、実際は枝頭につく総《ふさ》のようなもの、こまかな実に過ぎないのを見たおどろきがその中にふくまれていた。》

夢はあの音とともに去り、いまは実際の漆の実を知り、総をなすその実から木蠟をつくる方法も知っている。百姓と同じように、その樹木がもたらすものを学ばなければならなかったからだ。上杉鷹山の微笑は、そうした自分自身について、かすかなおかしみを感じることが含まれている。作家は、この人物の静かな心の動きを見届けて、長篇を結ぼうとした。ここで鷹山は、名君という抽象的なものではなく、一人の個人的な存在になっているのである。

第六章　伝記の達成

1　寄り添うように書く
――『白き瓶　小説　長塚節』

『白き瓶《かめ》　小説　長塚節《たかし》』（一九八五年刊）は、藤沢周平が書いたいくつかの伝記的小説のなかでも、最も充実した作品というべきものである。さらにいえば、その充実ぶりはなかなかに複雑で、さまざまな特徴が重層的に重なりあい、緊密につながってもいる。それだけ作家の思いがこの作品にはこめられているのだろう。

書かれたのは一九八三、四（昭和五十八、九）年のほぼ二年間、季刊文芸誌に連載された。著者の年齢でいうと五十六、七歳。藤沢の代表作がたてつづけに生みだされた時期である。長塚節についていつか書きたいという思いが、小説を書きだした頃から胸中にあって、その思いがはっきりと形をとるのを作家はずっと待っていたようにも推測できるのである。

藤沢にはめずらしいことだが、『白き瓶』にまつわるエッセイを三篇書いている。「長塚節・生活と作品」「『海坂』、節のことなど」「小説『白き瓶』の周囲」がそれだが、三篇ともに平輪《ひらわ》光三《こうぞう》著『長塚節・生活と作品』という、一九四三（昭和十八）年に刊行された本について語られている。

この本を藤沢が手にしたのは、昭和十九年か二十年頃で、十九年だとすると自分が十六歳のときだった、とみずから書いている。たちまち本に惹きつけられ、「読んだあと、しばらくは忘れているが、何年かたつと、また無性に読みたくなって、本棚の奥から探し出してくる、そういう本」になった（「長塚節・生活と作品」一九七六年発表）。

そんなにもこの本に惹きつけられたのは、「本の中に挙げられている節の短歌だったと思う」と藤沢は『海坂』、節のことなど」（一九八二年発表）で書いている。そして節の二首を取りあげる。「小夜深《ふけ》にさきて散るとふ稗草《ひえ》の　ひそやかにして秋さりぬらむ」「馬追虫の髭のそよろに来る秋は　まなこを閉ぢて想ひ見るべし」。そしてひきつづき、こう述べている。

《節は茨城のひとである。私は山形の農村の人間である。だが節の短歌には、なぜか私が見た少年のころの田園の風景、畑道や田の畦《あぜ》、目だかの群れる小川、表の街道を行く荷馬車など、そこにまだ明治、大正という時代が影を落としていたそういう風景を、いまも私の中に甦らせる力があるようである。》

農村がその上に成立している自然。その自然への親しみのこもった歌が、節の短歌だった。そこには「いかにも文学好きの農村青年だった私に訴えかけるリリシズム」があったと、「小説『白き瓶』の周囲」のほうで書いている。

藤沢が、長塚節という歌人に、自分の姿を投影しているように惹かれているのを私たちは知るのだが、なにしろ十六歳の少年の頃からそれは始まっている。奇妙ないいかただが、年季が入っている。『白き瓶』で、節の歌への評価が藤沢にはめずらしく断定的に語られているが、その背後には長い年月をかけた愛着があってのことなのである。

さて、藤沢がエッセイで語っている長塚節への思いから離れて、『白き瓶』という作品そのものへもう少し入ってゆきたい。

この伝記的小説は、小説風の場面がまことに有効に使われている。しかし、だからといって伝記というより小説といったほうがよい、などと評するのは無意味なことで、伝記の方法から場面描写を排除する必要はない。

たとえば冒頭の場面、櫟《くぬぎ》や楢に囲まれた農道のそばの空地で、上半身裸で体操をする節が描かれるが、この場面はまことに魅力的だ。白い柔毛が光る新葉をつけはじめた雑木林。顔からも胸からも汗が噴き出しているのを確めている二十四歳の節。ここ一、二年、ようやく病気と縁が切れたことを喜んでいる青年が作品の主人公として立ち現われる。そしてその純朴な青年に、作家が格別な親近感をいだいていることが、この一枚の絵のような場面から読者に伝わってくる。

これはたんに作家が小説の技法を使いまわしている、ということではない。長塚節関連の資料が十分に読みこまれていることと連動しているのである。

例を挙げるとすれば、雑誌「馬酔木《あしび》」を中心とした複雑な人事のもつれを、藤沢周平が驚くほど精密に追跡していることである。子規の弟子たちの人間関係のもつれということでは、節はずっと脇役で、中心人物は伊藤左千夫である。伊藤左千夫は自分が中心にいなければ気がすまないという人柄で、それがさまざまなトラブルを惹き起こしているのに気がつかない。いや半ば気がついてはいるが、そういう自己のあり方を改めることができない男なのである。

節は十五歳年上のこの先輩（あるいは友人）に、ときに穏やかならぬ感情をいだくことがあったが、二人の関係は危機的なものにはならず、森田義郎と左千夫の関係、ずっと後輩である斎藤茂吉と左千夫の関係などが、いかんともしがたい溝を孕んでいて、痛切といえば痛切、おもしろいといえばおもしろい。

本所茅場町で牛を飼い、牛乳販売を仕事にしていた左千夫は、学歴こそ無かったが歌は自分が一番と思っていたし、師である正岡子規も左千夫と節を自分の跡を継ぐものと考えていた。しかし左千夫の自己中心的な言動は、根岸短歌会の内部につねに波乱を惹き起こした。

とりわけ雑誌が「阿羅々木」（「アララギ」）になってからの、若い斎藤茂吉たちと左千夫の対立は、左千夫の行き場の無さを活写して痛ましいほどである。

藤沢周平が一つの短歌会派の消長に興味をいだいていたのは、おそらく伊藤左千夫のせいで、節と並べて語ることで二人の肖像が生き生きとした、興味深い表情をもつに至っている。

しかし、『白き瓶』のほんとうのドラマは、やはり長塚節という一個人のなかにある。節は、第一に農村に生きた人であった。茨城県岡田郡国生《こつしよう》の地主の家に生れたのだが、長塚家の富のほとんどは、節の祖父である久右衛門が築きあげたものだった。父親の源次郎は近くの菅間《すがま》村の豪農青木家から婿養子として長塚家に入った人。政治好きで長く県会議員を勤めた。節はその父に対し強い批判をもっていて、父が省みなかった農業に目を向け、傾きかかった家を救おうとしていたのである。

すなわち、地主の嫡男ではあったが、農民の目をもって農村をつくりあげている自然を見ていた。その意味では、農民の一人といってよい。夏目漱石の推薦によって「朝日新聞」に長篇『土』を連載、現在でも農民文学の大きな成果と位置づけられている。漱石はこの長篇を評して、「彼等（注・農民）の獣類に近き、恐るべく困憊《こんぱい》を極めた生活状態を、一から十迄誠実に此『土』の中に収め尽した」と書いた。しかし、日本を代表する作家である漱石が「獣類に近き」といった百姓が、まぎれもなく人間であることを、節は訴えたかったのではないか。いま私が『土』を読めばそう思うしかないし、藤沢周平も『土』をそのように受け取っていた、と思われる。

節が歌に詠みこんだ「自然」について、藤沢は農村育ちという視点から強く共感していたが、もう一つ、節の「旅好き」をかなり詳しく、精密に追いかけてもいる。「煙霞の癖《へき》」と友人たちにいわれ、また自分もその言葉をよく使っていた旅好きは、彼の自然への関心と強く結びついていた。

煙霞は、文字通りけむりとかすみ。ぼうっとかすんだ風景をいい、転じてよい景色をいうと、辞書（精選版日本国語大辞典）にはある。さらに「煙霞の癖」を直接にひいてみると、「深く自然の風景を愛する習性のあるのを、久しくなおらない病にたとえていう語」とある。つまり癖は痼疾《こしつ》と同義なのである。だからいまの言葉で「旅好き」と当てはめるのは不十分で、自然を見てまわる旅という気配が強く、「旅好き」は病気というに近いのだ。

たとえば、明治四十二（一九〇九）年頃、節は何度も大がかりな東北旅行を行なっているが、一年前の東北の旅に同行してくれた従兄の渡辺剛三に「小生煙霞の癖愈《いよいよ》つのり候て何時やむべしとも相わかり不申候」と手紙に書いている。

この年の節の旅は、平泉から青森の浅虫温泉、十和田湖、小坂鉱山を見て秋田市に出、最後に福島に一泊、という予定を立てた。いかにも自然好きな節の考えそうなコースではある。ただ、旅をする節は、気分ものびやかに自由になって、人とのつきあいも生き生きとしているようである。この旅では、秋田から福島に直行するのを変更して、途中山形県の新庄で汽車を降りて、荘内平野に向かった。藤沢周平は、「あるいは荘内美人のうわさでも聞いて寄り道する気になったのかも知れない」と次のような文章を書いている。

《下妻の友人の三浦義晃にあてた絵ハガキに、節は「荘内は美人多しと申せど、三日の旅に一人も美人らしきを見ず」とこぼしたが、鶴岡、酒田はむろん、田の中畑の中に、頬かむりしてごろごろいたはずの荘内美人が眼にとまらなかったのは、節の不運というしかない。》

私としては、荘内出身の藤沢周平に、「そうですか、荘内ではそんなに美人がごろごろいるのですか」と聞いてみたかった、と笑いながら思ってしまう。

それはさておき、もっと若い頃の、京都奈良の旅、さらには越後十日町から中津川渓谷をさかのぼって、秘境ともいうべき秋山郷に至る旅など、節の旅好きはまさしく「煙霞の癖」、一種の痼疾であるというほどのものであった。その痼疾のなかから、自然を詠みこんだ歌が生れている。

たとえば、明治四十四（一九一一）年九月一日発行の「アララギ」に掲載された、「乗鞍岳を憶ふ」十四首もそういうものであったといえる。

落葉松の渓に鵙《もず》鳴く浅山ゆ見し乗鞍は天に遥かなりき

が最初の一首だが、藤沢は十四首すべてを紹介していう。

《歌人長塚節がひさびさにはなった澄明の歌声だった。それはしきりに主観的な言葉をつらねながら、実際には天にそばだつ乗鞍岳を眼の前に見るように描き出し得た不思議な作品だった。》

藤沢は、節の「煙霞の癖」が、しだいに前人未踏の新しい響きをもつ歌をつくりだしていっている姿を的確に捉えている。

といっても、節を旅の詩人であるというふうには見ていない。自然が節の身心のいちばん近いところにあり、それが節の歌を洗いつづけているのを見ている、といえようか。

自然が節の考え方、感じ方を決めているということは、旅のなかだけではなく、節の日常でも同じことがいえた。

明治四十四年、前年末に持ちこまれた節の縁談が相手の意向から不調に終った後、三月になってもう一つ縁談が来た。相手は結城郡山川村の医師黒田貞三郎の長女てる子で、斡旋したのは父の政友である松山貫道である。黒田てる子はこのとき二十一歳で、兄昌恵の家から目白の女子大に通学していた。この兄と、節の弟小布施順次郎は中学、一高の同級で親しく、縁談には順次郎の意向も加わっていた。昌恵は東京帝大に学んだ気鋭の医師でもあった。

節とてる子の見合は、四月頃に東京神田の料亭で行なわれた。このとき風邪を引いていた節の身体について医師の兄は強い懸念を示したが、てる子自身はこの縁談を望んだらしく、黒田家のほうは七月頃、ほぼ賛成の意思を示した。

節のほうは、家計の建て直しという心配があり、それに気をとられるあまり、返事が遅れていた。そして、節が意思を決定した情景が、次のように描かれている。節は家の近くの雑木林のなかを歩きながら決心する。

《歩いて行く間にも、林の中に入りこんで来る夕日は、赤味を増すようだった。木木の葉は、まだ夏の間の生気をとどめていたが、下ばえの草はもう黄ばみはじめていた。林の中の空気はつめたく、小楢や櫟の幹は、日があたるところはことごとく赤く日を照り返し、日の射さない木の裏や枝陰は濃い影をつけはじめていた。節はまた、林の中の小道をひとつ曲った。すると急に節の顔に無数の光の粒があたり、歩いて行くうちにその光はまぶしくて、眼をあけていられないほどになった。そして、節は林を抜けて台地の端の畑の隅に出ていた。

――承諾の返事を出そう。

と、節は思った。》

決心するのだが、節にはぼんやりした不安があった。咳と喉の痛みが、長びいてならない。節の直感では、それは風邪ではなく、別のもっと厄介な病気に思われて、不安はそこから来た。

そして節の直感は当る。地元の医師に喉頭結核の疑いがあると診断され、東京に出て専門医に診てもらうと、喉頭結核であると宣告され、「放っておけばあと一年か、一年半の寿命」といわれる。それが十月二十一日。そう宣告した木村という医師がもう一つ信用できず、弟の順次郎が見つけてきた専門医岡田和一郎博士の診察を受け、岡田医師が経営する根岸療養院に入院することになった。

この入院後、節の人生は闘病生活になる。喉頭結核がどのような病気なのか、明確には把握できないまま、診察した医師からあと一年か一年半の寿命といわれたのである。節の絶望は想像以上に深いものであったろうが、それでも病気から回復する道を探しつづけた。

岡田医師の治療は喉の患部を切り取るという方法で、「悪いところをすっかり取り切れるでしょう」と自信たっぷりにいう医者であった。

病院には伊藤左千夫、岡麓などの旧友たち、さらには「アララギ」の若いメンバーである斎藤茂吉や中村憲吉なども見舞いに来た。中村憲吉は、見舞った日のことを後に回想して書いている。

《恐ろしい死病の宣告を受けたあととて、その相貌には病気による衰弱も見えたが激しい精神的動乱と闘つたためか一種の悽愴味を帯びてゐた。しかしそれでゐて長塚さんの態度は意外に沈着で活気があつた。》

藤沢はこの文章を引用しながら、茂吉や憲吉が、「限られた命を茫然と見つめた場所から、ようやく立ちもどって来た節を見たのである」と書いている。

岡田医師の手術を受けはじめると、節は黒田てる子の兄昌恵に手紙を書いた。自分の病状と、てる子との婚約解消を申し出た手紙である。婚約相手はまだ若い。将来のある人を病人にしばりつけておくのはよくない、と節の潔癖がそう決心させた。

ところが、黒田てる子との間柄はそれでは終らず、さらに複雑な経緯をたどる。

節が知人に誘われて夜の観劇に出かけた留守に、大胆にもてる子が訪ねてきたのである。看護婦の話によれば、てる子は病院の前を何回も行ったり来たりした末に玄関に入ってきた。節が外出しているといわれて、風呂敷包みを渡すように頼み、去っていった。節に渡された包みには、仕立てたばかりの寝巻と一通の手紙が入っていた。

藤沢周平は、その夜、てる子に長い手紙を書いている節を描いている。

《節はほとんど泣きたくなるほどの恋愛感情に心を掻き乱されていた。暗い電灯の灯の下で手紙を書いていると、病院に入りかねて二度三度と門前を往復したというてる子の姿が、幻影のように脳裏にうかんで来て胸が苦しくなった。節は乱れる心を飾らずにそのまま書き綴り、もう一度だけ病院をたずねて来てほしい、生涯のねがいだとまで書いた。》

手紙を投函した翌日、黒田昌恵がたずねて来た。病状について尋ね、先に受け取った婚約解消の手紙のことをもち出して、節の意思を確認する、という訪問だった。

節はその後もてる子に宛てて手紙を書いたが、返事はなく、てる子との件はそれで終りと考えるしかなかった。

節は、親戚の人の紹介、さらには夏目漱石の紹介もそれに加わって、九州帝大医科大学の久保猪之吉博士の治療を受けるため、福岡に向けて旅立つからである。節はてる子への尽きぬ思いをかかえたまま、明治四十五（一九一二）年三月十九日に出発した。

しかし、てる子との一件は、それで終りではなかった。久保博士の喉頭手術を受け、大正二（一九一三）年に帰京した節は、翌年東京神田の橋田医院に入院、まだ独り身でいたてる子に宛てて、毬三個を贈った。その礼状がてる子から来て、さらにてる子は五月三日、見舞いに来た。話しあってみると、節のたくさんの手紙は兄に握りつぶされていたことがわかる。さらにてる子自身は、節の病が癒えるのを待っている、とひたむきに語るばかり。てる子にすれば、兄の決定的な反対がある以上、それがぎりぎりの気持の表明だっただろう。

そんな経緯があって後、最後は昌恵からの交際拒否ともいうべき手紙が来て、「熱湯を被りし感あり」と節は日記に書いた。

節の最後の短歌シリーズである「鍼の如く」の其の二のなかに、「手紙のはしには必ず癒えよと人のいひこすことのしみ〳〵とうれしけれど」と前書して、

　　ひたすらに病癒えなとおもへども悲しきときは飯《いい》減りにけり

という歌がある。てる子のことばを強く思いながら、その思いが生きのびることは不可能であることを、藤沢周平は、ていねいに、何度も何度も書き尽くしている。

奇妙なことに、というよりまったくの的はずれかもしれないが、節とてる子のゆくたてを読み進むうちに、私は藤沢周平の結核療養中の俳句を思いうかべた。

　　桐咲くや掌觸る丶のみの病者の愛

これは「馬酔木」系の俳句雑誌「海坂」に掲載された一句。昭和二十九（一九五四）年の作であろう。結核患者の愛の悲しみが、切り刻むような言葉のなかに現われている。

藤沢の長塚節への強い関心と共感は、先にも書いたように十六歳の頃から始まっている。藤沢は、若き日に自分も肺結核の患者となり、三度にわたって大きな手術を受けた。それについて、藤沢はたとえば『半生の記』でも淡々としか語っていない。療養体験を書くことは完璧といっていいほど抑制されている。ただ『白き瓶』のなかにだけ、病者の苦しみと悲しみ、行き場のない苦悶が、節のそれを刻明に語るというかたちで行なわれているのではないか。それで私は、「桐咲くや――」の句を、思いだしたのかもしれない。

黒田てる子をめぐることだけではない。

喉頭結核を宣告されてから、もともと繊細な感受性をもつ節は、この病気にどう対処すべきか、悩み深い日々を送る。それは、この病気が明確な療法をまだもっていなかったことと関連するのかも知れない。喉に現われた患部を切除していく療法で全治することができるのか。肺結核とどのように関連しているのか。

患者としては、権威とされる専門医に診察してもらうほかはない。九州帝大の久保猪之吉博士にたどりついたわけだが、福岡に着く前に京都に下車し、知りあいを頼って京都帝大の耳鼻咽喉科の先生に診てもらうなど、悩みは深いのである。

九州帝大の久保医師は説明は明快で、この病気は治る、と節を元気づける。節はそれを信じたいのだが、久保医師の焼灼《しょうしゃく》手術の前、途中、後と、福岡から出発して旅をつづける。手術前に壱岐、対馬に渡るなど、あたかも何かに追われているような旅の仕方なのである。他にも太宰府の観世音寺見物に熱中したり、異常さを感じさせなくはない「煙霞の癖」の実行であった。

久保博士がひととおりの手術を終らせ、まずは大丈夫といって節を解放すると、節は大まわりして四国の旅などを重ね、大正元（一九一二）年九月にようやく東京に戻り、郷里の国生の家に帰りついたのは九月二十六日だった。

藤沢周平は、節の何かに追われているかのような旅について書いている。

《旅は身体にいいとか、家の重圧から解放されるとかいうことも、ここまで旅に淫してしまえばただの言訳に過ぎず、（中略）左千夫が心配し節自身も言う煙霞癖は、今度の旅に至って容易ならない相貌を垣間見せはじめたというべきだった。》

病気がその間、静かに進行している。久保博士が診る喉頭結核のほうは進行を止めるのだが、それと連動しているはずの肺結核は実体を隠しながら進んでいる。節は高い熱がつづくことを心配するが、医師の見立てに従うしかない。

結局、その後二回にわたって、九州帝大附属病院に入院、焼灼手術を受ける。大正二年三月の診察では全治した、と診断されるが、肺結核の進行によって高熱を発し、喉頭結核も再発する。旅をしつづける節には、逃げ出したいような不安があり、不安が旅をつづけさせるようなところがあった。

そして、「アララギ」に、「鍼の如く」其の一をはじめとする歌を発表した。冒頭の歌は——

秋海棠の画に
白埴の瓶こそよけれ霧ながら朝はつめたき水くみにけり

藤沢周平は、病に追われて旅をつづける節を綿密に追いつづける。「熱を計る」というたった一つの事から、節の不安がひしひしと伝わってくる。私はそこでもまた、藤沢自身の若い頃の病気を思わずにはいられなかった。昭和二十八（一九五三）年から、東京北多摩の結核療養所に四年半入院、退院後も故郷に帰ることができなかった藤沢の苦衷が、旅に追われる節のなかに映っているのではないか、と思われた。小説を、作家の実体験で読み解こうとするのは間違いであり、そういう読み方を私自身は否定しつづけてきたのだけれど。

それにしても、節の最後の旅、宮崎県日南海岸周辺での放浪は、言葉を絶するほど凄まじい。病人（結核患者）を泊めることはできないと、ほとんどすべての旅館から追い出される節は、それでも何度か青島を見にゆき、すぐには福岡に帰ろうとはしない。その行動を藤沢は精密に追いつづける。

節が安らぎを得るのは、大正四（一九一五）年、二月八日、九州帝大附属病院の一室で息を引きとったときだった。

『白き瓶』は、藤沢周平が残したいくつかの伝記小説のなかでも、特別なものだったと私は思っている。

第一に、藤沢の物事を調べ、検証する能力がきわめてすぐれていたことを、この伝記小説から自然に読みとることができる。このことは、藤沢の歴史小説にもみごとに働いているのを、私たちは改めて評価するのである。

それは小説家の能力であるが、この小説にはもっと驚くべき特徴がある。長塚節のなかにある農業と自然への愛着が、藤沢自身のなかにあるそれと重なって、静かに、しかしこれ以上ないほどに力強く伝わってくることだ。そういう小説は、日本の現代文学には他に見当らない。

さらにもう一つ、節の命を奪うことになる病いを、作家は身を寄せるようにして書き尽していることだ。この作品には藤沢周平のさまざまな思いがびっしりとこもっている。

2　不思議の肖像画
――『一茶』

藤沢周平が一茶の伝記的小説を書くと聞いたとき、「ホントかなあ」とわが耳を疑うような思いに捉えられた。私は文藝春秋に勤務していて、その伝記的小説が「別冊文藝春秋」に連載されるのを知ったときのことである。

私はきわめて断片的に一茶にまつわるエピソードを知っていたにすぎず、またこの人の俳句もごくふつうに知っていただけだったが、そういう者として、藤沢周平が一茶を書くということに得心がいかなかった。連載が始まり、それを読んでいけば、ただちに自分の推量がいい加減のものであったのを知ったのだったが、なぜいい加減だったのか、またどのようにいい加減だったのかは、あらためて一冊の本になった『一茶』を通読したとき、あるいはその後も何度かにわたって読み返したとき、ようやく自分の推量の至らなさの実体を理解したように思ったのである。

藤沢は自作の『一茶』にまつわるエッセイを何篇か書いている。なかでも「小説『一茶』のがどっ背景」（原題では一茶は一重カギ）は、どのような発想から始まり、どのような経緯をたどって実際に書かれたのかが、かなり詳しく語られていて、藤沢の自作に関するエッセイのなかでもめずらしい文章になっている。それを『一茶』を読む案内にする必要はないと私は考えるが、しかし『一茶』という伝記小説が著者にとっても特別なものであったのを、私たちは知ることができるし、この小説を論ずるためには知っておいたほうがいいだろう。

藤沢周平は、一九五一（昭和二十六）年、郷里に近い湯田川中学校の教師をしていたとき、集団検診で肺結核であることが判明した。一九五三年、東京都北多摩郡東村山町の篠田病院・林間荘に入院、六月に手術を受けた。

その折、勧められて俳句同好会に入り、約二年ほどの短い間ではあったが、俳句づくりに熱中した。このことについては、本書の付録としてつけた「『自然』からの出発」にくわしく書いたので、お目通しいただきたい。

藤沢は句作からしだいに離れていったが、俳句関連の本を読むという傾向は身について、古典や現代俳句を自然に学ぶことになった。そのなかで一茶は、「必ずしも私の好みではなかった」が、一茶の句ではなく、生活にふれた事柄を記した文章を読んだあと、自分のなかに「気になる人物として残った」という。

そこから小説を書くまでには、また長い経緯があるのだが、とにかく小説『一茶』は自分の俳句づくりにつながっていることは間違いない、と明言している。

一茶の何が、「好みではない」はずの藤沢をひきつけたのか。一茶の、自分が俗物であることを恥じない、義弟から資産の半分を巻きあげるしたたかぶり。そのおもしろさに惹かれたのは確かだろうが、藤沢はこんなふうに表現してもいる。

《私が書きたいと思ったのは、俳人一茶のただの人ぶりである。だが一茶はただの人かというと、どうしてどうして非凡な人でもあるのだった。それもただの人のままに非凡だという複雑なものが一茶にはある。》(「一茶の雪」一九七八年発表)

すなわち人間存在の一個の謎として描かれる不思議な肖像画を、いくつか項目を立てて以下に追いかけてみたい。

別れ

この作品は、十五歳の弥太郎(のちの一茶)が父の弥五兵衛と別れる場面から始まる。信濃は柏原《かしわばら》村から少し離れた、丘の道。あたりに三分咲きほどの桃の花が咲いている。

弥太郎は父との別れの場面そのものがうっとうしく、早く儀式が終ればいいと思っている。弥五兵衛は、いいたいことがたくさんあるのだが、うまくいえない。最後に「ほんとうはな……」と声をつまらせて、「江戸になど、やりたくはなかったぞ」という。弥五兵衛の眼からは涙が溢れていた。

弥太郎が二つのとき、実母のくにが死んだ。八つのとき、継母のさつが来て、これがきびしい女だった。二年後、弟の仙六が生れると、さつの継子いじめが大っぴらになり、継子継母の仲は折り合いのつかないほどになった。父弥五兵衛は考えた末に長男を江戸に出すことに決心したが、決心すると同時に後悔が始まっていた。

それが、この桃の花咲く丘の場面である。息子のほうは存外平気だったのかもしれないが、父の悔いは深かったといえるだろう。それが死ぬ前に、家の財産を兄と弟に半分ずつ分けるという思いに結びつくことになる。藤沢周平は、そこまでを思い描いて、この別れの場面を描写しているに違いない。

実際問題としても、中級自作農の嫡男を家から追い出すというのは、かなりめずらしいことだったはずである。

俳諧師への道

弥太郎がどのような経緯で俳諧師への道を進んだのか。それを語る資料はないらしく、この時期については「十年の空白」などといわれている。

藤沢周平は、露光という名の、気はいいけれど地位も金もない俳諧師を登場させ、三笠付けという賭け俳諧の場に出入りしている弥太郎を拾いあげさせる。三笠付けは、貞享《じょうきょう》から元禄の頃にはやった句合わせの遊びだが、露光はこの怪しげな賭けごとで、弥太郎が一種の才能を発揮するのを見た。

二十歳の若者がこのままでいてはいけない。そう考えて、馬橋《まばし》で油屋を営む分限者、大川立砂の家に連れて行き、弥太郎の勤め場所とする。この大川立砂は実在の人で、若い弥太郎が俳諧の道に進もうとするのをさまざまに援助した。

若い弥太郎にまつわりついていたのは「貧」である。露光にならって、関東一帯の田舎まわりの俳諧師の真似事をするが、うだつがあがらない。今日庵森田元夢《こんにちあんもりたげんむ》と知りあい、弟子となったり、上方に旅行中の二六庵竹阿《にろくあんちくあ》の留守宅に住んだりして、葛飾派といわれる俳諧の流派の一員と見なされるようになった。

その間、奥州の俳諧行脚を行ない、精進を重ねる。江戸に戻った翌年、二六庵竹阿が大坂で客死。弥太郎は一茶という俳号を用いるようになるいっぽう、二六庵竹阿の弟子と称するようになった。

二六庵竹阿と一茶の関係について、藤沢の書き方は多くの一茶論と異なっている。一茶は竹阿と会ったこともなく、森田元夢や葛飾派の頭領の了解を得て、竹阿の空き屋に住むことになったとしている。そこに竹阿が大坂で客死したことが伝わってきた、という経緯である。すでにして、怪しげでしたたかな一茶がそこにはいる。

記憶すべきは、富豪として知られる蔵前の札差《ふださし》井筒屋の当主八郎右衛門、俳人として高名な夏目成美《せいび》とのつきあいが始まったことだ。成美は、蓼太、白雄、暁台という当代一流の俳人と同等と思われている大物俳人。しかし流派をなさず孤立していて、風流の美意識を大切にしている。一茶のどこが気に入ったのか目をかけ、勉強しなさい、とさまざまな蔵書を貸してくれたりする。

また、その日の飯も食えない一茶は、たびたび成美の家の台所で馳走になるという関係もあり、一茶の心のなかでは、成美を頼りにしている面と、それゆえに屈折している面と、二人のつきあいは複雑。ただ、一茶は信濃に帰ってからも、なお江戸俳壇への思いが強く、そこからしても成美を頼りにしていた。

藤沢周平は、十八世紀末から十九世紀初め頃の俳諧のありかたに詳しく言及しながら、一茶がつねに傍流にしかなりえず、生活は貧困に脅かされていたことを描きつづけている。一茶の先行者として万事に冴えない露光がいて、露光の生き方が一茶の将来を映しだしているかのようでもある。また真に一茶らしい句も現われてはいない。

西国行脚

寛政四（一七九二）年から足かけ七年、一茶は上方から四国、九州の肥後にまで足をのばし、俳諧師としての行脚の日々を送った。予想したとおり、西国は二六庵竹阿が残した米櫃《こめびつ》であり、それなりに居心地がよかったのである。

各地の有力な俳人とも親しく交わった。京の闌更《らんこう》、大坂の大江丸《おおえまる》、伊予松山の樗堂《ちよどう》などがそれである。また京で二冊の本、『たびしうゐ』と『さらば笠』を刊行することもできた。

それにしても七年という歳月は長い。寛政十（一七九八）年九月、江戸に戻ったとき、葛飾派の頭領は、溝口素丸《そまる》が死んで加藤野逸《やいつ》に変わったし、二六庵には住みにくくなっていた。俳諧師として、弟子たちがいるわけでもないし、身を落ち着かせる住居さえない。以前のように、常陸、上総あたりの旦那衆の家々を廻って俳諧の場を設け、なにがしかの小遣銭をいただく、という生活しかなかった。

父の死

享和元（一八〇一）年四月、一茶が三度目に帰郷したとき、父弥五兵衛が病に倒れた。病気は傷寒で、高い熱がつづき、喰物は喉を通らない。一茶はまっすぐな気持で父の看病にはげみ、そのいきさつを「父の終焉日記」にくわしく書きつけた。

藤沢周平の父の死の描き方は、一茶の日記以上に迫力がある。一茶の父への心づかいを、弟の仙六と継母さつは、父に取入っているとみて病床の弥五兵衛から離れてゆく。弥五兵衛は死を自覚したらしく、全財産を二つに分け、兄と弟が半分ずつ継ぐことを、二人の前でいう。仙六とさつはむろん納得しない。それを見こしたように、弥五兵衛は体を起こして遺言状を書く。田畑、山林、家までもきっちり二分し、半分ずつとする。

遺言状だと一茶に渡すときの弥五兵衛の言葉から、長男を江戸に送り出したことが生涯の後悔になっていたのが察しられる。しかし、弥五兵衛の心情を汲みあげる気持は、さつにはもちろん、仙六にもない。ここから、遺産相続をめぐる長くて激しい争いが始まるのだが、一茶はこの場では表向き争いはせず、遺言状を懐にして、江戸に戻る。

貧困の日々

江戸に戻った一茶の日々は、相変らず貧困に苦しめられるというものだった。そこから少しでも這い上ろうとするために、房総地方への旅が頻繁になる。そうした旅の途次、知りあいの俳人から、あの露光の死を聞く。露光は、前年の暮れに、房州の山中で行き倒れて死んでいた。枯れ芒《すすき》の斜面の中に、苦しんだ様子はなく、疲れてひと眠りしているような姿で見つかったという。話を聞き、衝撃を受けた一茶は、「村へ帰るか」と改めて思う。「故郷に帰るか、それとも露光のように行き倒れを覚悟するかだった。江戸で身を立てる道は、まず無い。喉が乾くような焦燥を一茶は感じた」と書かれている。

もう一つ変ったことといえば、江戸でいよいよ大きな存在になっている、しかし孤高を守り通している夏目成美と以前にもまして親しくなっていることだ。そして、藤沢周平はこの伝記小説ではめずらしいことだが、成美が一茶の句を論じる場面が現われる。

「貧乏句が多くなった」と成美はいう。ぶしつけに、貧しさを句にしたものを、自分は評価できない。

秋の風乞食は我を見くらぶる
梅が香やどなたが来ても欠茶碗
板塀に鼻のつかへる涼哉

こういう句は、一茶が肉声を出してきたということで、そこが面白いともいえるが、自分はこれを取れない。自分の好みからいえば、といって成美は一茶の句を正確に例示してみせた。

炭くだく手の淋しさよかぼそさよ
深川や鍋すすぐ手も春の月
かすむ日や夕山かげの飴の笛

木がらしや地びたに暮るる辻諷《うた》ひ

一茶はこういう成美の評のありどころを、さもありなんと理解できる。できるけれど、長屋に帰って飯を炊こうとし、「舌出した米櫃ほど、こわいものはない」と思う。さらには、「百姓の地声」といった成美の言葉を思い出し、あの人は旦那だからな、と思う。自分の心に、いいたいことがふくらんできて堪えられなくなった、この二、三年の心中を、あの人は理解できないだろうという感慨に落ち着くのである。

さらに成美との関係でいえば、文化七（一八一〇）年十一月、夏目成美宅で大枚の金子紛失事件が起こり、たまたま泊っていた一茶も六日間の禁足をくらった。疑われた者の一人という扱いが耐えがたく、本気で江戸を引き払い、柏原に帰郷しようと決意するに至る。この背景には柏原での遺産分割の話しあいが、自分に有利に展開したという事実があった。

そのあたりの、一茶の俗物的計算高さを、藤沢はけっこうずけずけと描いているのだが、読者としては、これは仕方のないドラマ、あるいは成り行きであると思ってしまう。一茶の俗物にして詩人という存在の不思議さを受け容れているということだろうか。

闘いに勝つ

財産分割相続の話しあいは、一度や二度ですんだわけではない。柏原村本家の弥市なる者が仲介に立って何度か話しあいがあったが、決定的になったのは文化五（一八〇八）年十一月であった。一茶と義母のさつ、仙六、本家の弥市と柏原の名主嘉右エ門が集まり、もう遺産分けの話はこれで打ち切りにしようと、弥市が提案した。

この日の話の模様を藤沢は活写している。一茶の取り分が全体の三が一でいいとする弥市に対し、一茶は冷静に半分分けにしたい、といい、切り札を出す。父が死の床で書いた遺言状であった。名主の嘉右エ門がそれを点検し、弥市がそれは本物であると重苦しい表情で認めたところで事態は一変する。嘉右エ門が遺言状が最終的には決め手になる、と主張、結局半分を一茶に分けることになった。

それを文章にしたものを藤沢は細部に至るまで写している。田畑五石六斗ばかり、山三カ所、家屋敷半分が一茶のものとなった。

仙六は「だまされた」と吐き捨てるようにいって席を立ち、一茶はそれに心のなかで応じる——おう、だましたとも。義母のさつは、一茶の心がねじ曲るようねじ曲るよう、激しく打擲してまでやってきたではないか。いま、そのツケが回ってきたのだ、と思うばかりだった。

これは、一茶の百姓らしい打算、凡人らしい欲望のありようを示している。安住できる土地を手に入れた一茶がはだしで雪のなかを歩いて喜ぶ姿を、藤沢は真正面から描くのだが、このときこの俗人でなお詩人である男が途方もない悲しみに包まれるように私には思われた。

実際にすべての相続争いに決着がついたのは文化十（一八一三）年。前年から江戸をひき払って柏原の借家に暮らしていた一茶は、文化十一年に二つに仕切った生家に住むようになり、二十八歳の菊という女と結婚した。このとき一茶は五十二歳。

晩年

柏原の生家の半分に住むようになった一茶は、鋤鍬をとる農夫になったわけではない。数年来、着々と準備してきた俳諧の宗匠として、北信濃の門人たちのあいだを歩きまわった。江戸できたえた俳諧師としてけっこう評判もよく、尊敬も集めた。また、句は驚くほどたくさんできた。

それらの句を、いちいち江戸の成美に送って感想を聞いたりもしている。

はつ雪やといえば直ニ三四尺

春雨や喰れ残りの鴨が鳴

芭蕉翁の臑《すね》をかぢつて夕涼

都落ちした俳人としては、まずは順調に生活することができたのである。

そして生活上の最大の変化は、菊という若い嫁をもらったことだった。これまでひとり身だったという菊はわけありの女かもしれなかったが、よく働き、一茶を無理なく受け容れた。一茶もまたこの若い嫁を溺愛し、日記に「夜五交合」と書き記した。

不幸なことに、生まれてきた四人の子が、次々に幼なくして死んだことである。そして、最後は、菊自身が重病に倒れ、死んでしまった。

一茶自身、軽い中風を病み、老人として独りで生きるのは難儀になった。人に頼んで、武家の娘という雪を後添いにもらったが、これは家に居つかず、離縁。

つぎに来てもらったやをは、連れ子があったが、性まことに善にして、よく一茶につかえた。

藤沢周平は、一茶がやをに、自分は生涯二万句を作った、と自慢する場面を描いている。江戸の成美もすでに亡くなり、一茶自身もさすがに句づくりがほとんどなくなった。自慢する一茶を、やをはその意味がわからぬまま穏やかな微笑で包んで、あの世へ送りだしてやったといえるかもしれない。

『一茶』は、研究書のような伝記とは大きくかけ離れて、作家がその生涯を徹底的に調べたうえで、さらに想像力を自在に駆使して一茶という不思議の塊のような男を描きだしてみせた。「ただの人のままに非凡だという複雑なもの」が一茶にはあった、と藤沢周平はエッセイに書いたが、その複雑さは、俗人と詩人の合体という不思議な存在といい換えてもいいだろう。

生れた農家を離れて、文人として生きようとした。二万句を吐いて、それに成功したように見えるが、江戸では結局のところうまくいかず、帰郷して農家に住むしかなかった。しかし句づくりには精魂を傾け、その句のなかには百姓と詩人の魂が同時にこもっている。この作品には、そういう男の肖像が作家としかるべき距離をたもちつつ、十分に生き生きと描かれた。まれにみる伝記小説である。

付録　「自然」からの出発

――『藤沢周平句集』（文春文庫）解説

『藤沢周平句集』文庫本の解説を付録としてここに収めることにした。これは論評ではなく紹介の文として書いたもので、付録とするのが適当と考えた。

1

藤沢周平は小説家のもう一つの仕事として、あるいは余技として、生涯俳句を作りつづけたのではない。俳句とのかかわりは、かなり特異といってもよい。そのあたりの事情をまず明らかにしておきたい。

《私が俳誌「海坂」に投句した時期は、昭和二十八年、二十九年の二年ほどのことにすぎないが、馬酔木同人でもある百合山《ゆりやま》羽《う》公《こう》、相生垣《あいおいがき》瓜《か》人《じん》両先生を擁《よう》する「海坂」は、過去にただ一度だけ、私が真剣に句作した場所であり、その結社の親密な空気とともに、忘れ得ない俳誌となった。》

本書の冒頭に置かれた「『海坂』、節のことなど」（正しくは「海坂」は一重カギで表記）からの引用である。この文章は、藤沢周平が小説で使った「海坂」という東北の架空の小藩の藩名がどこに由来しているかを語ってもいる。

この「うつくしい言葉」を小説を書くにあたって「無断借用したのである」と、作家は打ち明けている。さらにいうと、このエッセイは自らの俳句とのかかわりを語るだけでなく、話を明治・大正期の歌人・小説家である長塚節《ながつかたかし》に移している。藤沢は長塚節の伝記小説の名品『白き瓶』を書いているのだから、この話じたいもきわめて興味深いのだが、この場では本書後半の随筆九篇とあわせて、藤沢周平の俳句との関係だけに話をしぼってゆくことにする。

昭和二十六年、山形県は庄内地方の湯田川中学校の教師だった小菅留治（藤沢周平の本名）は検診で肺結核が発見された。昭和二十八年二月、鶴岡市の医師のすすめで、東京都北多摩郡東村山町の篠田病院・林間荘に入院。六月に三度にわたる大手術を受けた。

肺結核はストレプトマイシンの普及によって決定的な死病から抜け出しつつあったが、予断を許さない病気であったのはいうまでもない。郷里を遠く離れて、孤独のなかで「死の影を見ていた」（藤沢の言葉）青年の心情について、ここでは詳しくはふれない。結核という病気が現在とは大きく異なって受けとめられていたことだけは、知っておかなければならない。

篠田病院に入院早々、入院患者だった鈴木良典がいいだして、俳句同好会ができた。誘われて藤沢周平もこれに参加した。会員は十人ほど。患者、看護婦、事務所員などが集まり、名称は「野火止句会」。ガリ版刷の同人誌「のびどめ」を出した。

しばらくして会員たちが句作になれてくると、鈴木良典は自ら句を寄せていた静岡の俳誌「海坂」への投句を会員たちに勧めた。藤沢も投句をはじめ、昭和二十八年六月号に四句採用されたのを皮切りに、三十年八月号まで四十四句が入選。ここで用いられた俳号は最初小菅留次、のち北邨である（『藤沢周平のすべて』文藝春秋編所収、「完全年譜」による）。

「海坂」は、「過去にただ一度だけ、私が真剣に句作した場所」という先に引用した文章の背後には、およそ以上のような内実があった。

では「海坂」とはどのような俳誌なのか。

創刊は昭和二十一年と早い。最初は「あやめ」という名だったが、二十五年に「海坂」と改題。主宰は百合山羽公、相生垣瓜人の二人となった。師系は「馬酔木《あしび》」の中心人物の一人である水原秋桜子とされる。瓜人ついで羽公が逝去した後の平成三年から和田祥子が主宰を継承、平成二十九年現在は鈴木裕之、久留米脩二の共同主宰でなお刊行がつづいている。俳誌としてはみごとに息が長い。

藤沢は書いている。

《……私はそれから後「海坂」に投句する一方で、しきりに現代俳句の作品を読むようになった。そこで好きになった作家が、秋桜子、素十、誓子、悌二郎だと言い、ことに篠田悌二郎の作品に惹かれたといえば、私の好みの偏《かたよ》りがややあきらかになるだろう。

つまりひと口に言えば、自然を詠んだ句に執するということである。》(『海坂』、節のことなど」)

古いことからいえば、正岡子規の俳句革新をついだ虚子のホトトギス派は、客観写生を深めることを標榜した。その内部にいながら、客観写生にあきたらず、昭和三年に「馬酔木」を創刊したのが秋桜子だった。「馬酔木」以後は、俳人もその句風もかなり複雑多彩な様相となった現代俳句の世界になる。

藤沢が特に惹かれたという篠田悌二郎は、「馬酔木」のメンバーとして、けっして小さな存在ではない。

俳句に格別造詣の深かった文芸評論家の山本健吉はいっている。「彼は唯美的な『馬酔木』風の正系に位置している。彼は波郷・楸邨のような際立った個性を示さないが、人目に立たない地味な仕事を積み重ねてゆきながら、いつのまにか独自の風格を築き上げている作家に属する」(『現代俳句』)。

このような評語を、藤沢周平の悌二郎好きと合わせてみると、直観的にではあるが納得できるものがある。

藤沢は、「悌二郎の句はうつくしいばかりではない、美をとらえて自然の真相に迫る」とめずらしく断言し、それにつづけていう。

《俳句における私の好みの偏りは、ごく端的に、諳《そら》じている句の数を比較すれば明瞭になる。私がすぐ口に出来る句の大半は自然を詠んだもので、そのほかの句は、眼にすればたちまちに思い出しはするものの、またたちまちに忘れて行く。》(「『海坂』、節のことなど」)

俳句というわずか十七字の定型詩には、自然の真相に迫る力がある。二十六、七歳の小菅青年は療養所の病院でそのことに気づいた、といっていいのではないか。

しかし、このように話を進めてくると、不審に思う人があるかもしれない。この本で、〈「海坂」より〉、あるいは新たに活字化された〈「馬酔木」より〉、〈「俳句手帳」より〉などの藤沢周平自身の句作を見ると、心情や人事を詠んだ句がけっして少なくない。藤沢がいう「自然を詠んだ句に執する」ということからすれば、話が通りにくいと思われもする(私自身もそう思ったことがなくはなかった)。そういって、たとえば次のような代表作を差し出してみせることができるかもしれない。

汝を帰す胸に木枯鳴りとよむ

冬潮の哭けととどろく夜の宿

野をわれを霙うつなり打たれゆく

たしかに、作者の深いところにある感情が不意に浮び上ってくるとでもいえるような句作りである。単純な自然描写ではない。しかし、感情が浮び上ってくるその場所には、避けようもなく自然がある。それは右の三句に共通している。これは、まず最初に「自然の真相」を言葉によってとらえるという志向と技巧がなければかなわぬことではないか。

何よりも自然を詠みこめるという感動から俳句の世界に入っていった。その道筋のさらに進んだところに、自然と人間が一体になる世界があったとしても、それは少しも不思議なことではないだろう。

そして付け加えていえば、私たちは後年、そのような姿勢で自然と人間のからみが散文によってみごとに描かれるのを、藤沢周平の小説の随所に見ることになるのである。

藤沢周平の俳句作りについて、もう少し話を進めなければならない。それによって、この文庫版『藤沢周平句集』で一般読者に対しては初めて公開することになった、〈「馬酔木」より〉、〈「俳句手帳」より〉の百に余る句の由来を説明したいのである。

昭和二十八年と九年の二年間、厳密には一年半ほどが、真剣に句作した時期だったと、藤沢周平は何度か書いている。エッセイが書かれた、ほぼ三十年後の回想のなかではそれは真実の思いだったのだろう。

結核療養所の病状でいうと、二十九年は手術の予後がわるく、二人部屋での療養が長くつづいたが、三十年からは回復に向い、安静度四度の大部屋に移っている（前出の「完全年譜」による）。

そしてこの年、病院内で詩の会「波紋」が結成され、発起人の一人として同人になっている。句作をやめてしまったというわけではないが、関心が文芸全般にひろがっているし、それはまた、昭和二十六年頃に藤沢が参加していた同人誌の時代につながる心の動きでもあったようだ。三十一年には病院の自治会文化部の文芸サークル誌へ寄稿したりもしている。

三十二年十一月、篠田病院・林間荘を退院。郷里で教師に戻る道は閉ざされていて、友人の紹介で東京の業界紙に就職。この就職先はきわめて不安定で、その後一、二の業界紙を転々とし、日本食品経済社に入社して生活がようやく安定するのは三十五年を待たなければならなかった。

「小説『一茶』の背景」というエッセイのなかで、自分は句作のほうはのびなかった、昭和三十年頃には、才能に見切りをつけたあんばいだったと書かれている。しかし同じエッセイのなかで、「そしておかしなことだが、俳句とのつきあいが、ほとんど読書だけのものになってしまったそのころにも、実作上の劣等生である私は、俳句を作ることをまったくあきらめたわけでもなかったのである」とも記している。

それにひきつづき、昭和三十一、二年ごろ、馬酔木の杉山岳陽が池袋で定期的な句会を開いていた、それを知って、その句会に出たいと思ったが、結局一度も出ることがなかったと、「馬酔木」への関心が語られている。

そしてこのたび、その関心の証拠物のように、藤沢周平関連の遺稿文献のなかから「馬酔木」への投稿句が見つかった。発見したのは遺稿管理者である遠藤崇寿・展子さんご夫妻である。

昭和三十六年と七年、「馬酔木」に月に一句ずつ小菅留治名で投稿句が掲載されていた。また三十六年の分では、作者の手書きで、その句を含む数句が月ごとにまとめられていたのである。他に例会作品と区分された作品群もあり、あわせて、本文庫版で初めて公開することになった。

さらにもう一つの発見がある。

角川書店が発行していた「俳句手帳」というものがあり、そこには俳句を書き入れておく空欄がある。その昭和五十三年版に、三十句が記入されており、手帳発行の年からいって、句の多くは藤沢周平が作家になってからのものと推定される。「馬酔木」関連のものと併せて、ここに初めて活字化することを喜びたい。

私はとりわけ「俳句手帳」にあって、静かで明澄な句の数々に心惹かれた。

2

この本に収められた藤沢周平の俳句作品について、私には何か論評めいたことをいう意思はないし、またその能力もない。「自然を詠んだ句に執する」という藤沢の言葉を脳裡に置きながら各人各様に読んでみるしかないと思っている。

ただ評するというのではないけれど、二つばかりいっておきたいことがあるので、読者のご参考までに記しておくことにする。

一つは、ごく個人的な好みから発している。私は桐の花が格別に好きだ。全体が円錐形をした紫色のこの花が、渓流釣りのハイシーズンを告げているということもある。そして「海坂」への藤沢の投稿句には桐の花を詠んだものが少なくない。療養所付近で実際に目にしたのだと思われるが、庄内の旧黄金村の生家にも桐の木があったと、藤沢は書いている（「初夏の庭」）。

桐の花のイメージが重なっているのだろう。桐の花の句には、すっきりした写生句からはじまって、病者の思いが深く現われてくるような句もある。いわば「自然」から出発して句境が深まっていく姿がそこにはあった。

夕雲や桐の花房咲きにほひ

桐の花踏み葬列が通るなり

桐の花咲く邑に病みロマ書讀む

桐咲くや掌觸るゝのみの病者の愛

もう一つは、先にもちょっとふれたが、主として「俳句手帳」にあった句の、静寂と明澄が同居している姿に心打たれた。それをいくつかあげておきたい。

春昼や人あらずして電話鳴る

穂芒に沈み行く日の大きさよ

曇天に暮れ残りたる黄菊かな

雪女去りししじまの村いくつ

眠らざる鬼一匹よ冬銀河

句はすべて故郷の村がイメージを喚起しているように思われる。また、雪女と鬼一匹の句には微妙な諧謔《かいぎゃく》がにじみ出ていて、作家の中期以降の小説作品を思わせもする。それらのことが私にとってはとりわけ魅力的だった。

3

「随筆九篇」としてまとめられたエッセイのなかに、長篇伝記小説『一茶』に言及している二篇がある。むろんここは小説『一茶』について論ずべき場所ではないが、二篇のエッセイによって示唆されたことについて少しだけ書いておきたい。

藤沢周平が一茶を書くと聞いたときから、喉に何かがつかえているような、すっと納得できないような思いが私にはあった。私の狭い了見は、藤沢『一茶』を読んで全面的にひっくり返るのだけれど、「喉のつかえ」とは、藤沢作品の端正さと一茶が合わないという勝手な思いこみから来ているものだったらしい。

藤沢自身が「小説『一茶』の背景」で、「一茶は、必ずしも私の好みではなかった」と書いていることを、私なりに勝手に忖度《そんたく》していた、ともいえる。

しかし「好みではなかった」という一行のすぐ後に、一茶の生活にふれたいくつかの文章を読んだ後で、しだいに一茶の全貌が見えてきた、といっている。「一茶は、多くの俳人の中で、私から見ればほとんど唯ひとりと言っていいほど、鮮明な人間の顔をみせて、たちあらわれてきた人物だった」。

一茶は弟から財産半分をむしりとった人間であり、義母や弟との争いは苛烈なものだった。その苛烈さは、「父の終焉日記」や「七番日記」とか「句帖」のなかで一茶自身がくわしく書いている。そういう一茶について藤沢はいう、「私の興味はむろん後半の部分、俗の人間としての一茶を書くことにあった」と。

とはいえ、一茶は生涯二万句以上の句を吐いた俳諧師でもある。十七字の言葉によって独自の世界を創造した人間でもある。それを無視できない、という意味のことを藤沢周平はつぶやくように書いてもいる。

小説『一茶』を読めば、親族と争って退かない「俗の人間」と俳諧師としての在り方が、絡みあいながら浮びあがってくるのを目の当りにするが、作家の工夫はひとかたならないものがあったはずだ。

おそらく一茶へのある種の共感がなければ、その絡みあいは描けない。しかし、「俗の人間」にべったりとくっつくような共感がもとよりあるわけではない。共感の距離のようなものが、じつにみごとに働いている。その距離感によって、一茶という凄味のある人間が立ち現われる。私はそんなふうに思った。

エッセイのなかで、北信濃柏原つまり一茶の故郷であり後半生を送ったその場所へ取材に行ったときのことが記されている。

《それにしても、信濃という言葉には、どうして人をいざなうような快いひびきがあるのだろうか。私は雪をかぶった信濃の山山を、車窓から飽きずに眺めながら、そう思った。そしてまったく突然に、一茶を書くことにしてよかったと思ったのである。》（「小説『一茶』の背景」）

小説『一茶』は柏原の中農の長男として生れた弥太郎（一茶）が、義母と折り合い悪く、十五歳で江戸に奉公に出される場面から始まっている。村はずれの桃の花咲くうつくしい丘の上で、父の弥五兵衛と別れるのである。

そんなに貧しくはない農家の長男が、農民であることに別れを告げ、何が待ち受けているかわからない都市に向う。その場面は父子の思いを伝えるように、ていねいに描かれている。一茶は、百姓になれず、かといって町民に徹することもできず、俳諧師という奇妙な存在となって、結局は郷里に戻ることを選んだ。そういう人間に、作家は距離感のある共感をいだいていると私は思った。

あとがき

藤沢周平が私たちに残してくれた小説作品は、まことにゆたかである。

江戸時代のある時期、ある場所に虚構をかまえて、人間の劇《ドラマ》をあざやかに展開させた時代小説がある。さらには、実在した歴史上の人物と歴史的事実を描いた歴史小説がある。作家自身は、これについて「片方は絵そらごとを構えて人間を探り、片方は事実をたよりに人間を探るという、方法の違いがあるだけで、どちらも小説であることに変わりはない」と洩らしているが、十分に説得力のある言葉だと思う。

『蟬しぐれ』や『三屋清左衛門残日録』のような時代小説も、『橋ものがたり』のような江戸の町に生きる無名の人びとを描く市井小説も、『義民が駆ける』や『漆の実のみのる国』のような歴史小説も、『一茶』や『白き瓶　小説 長塚節』のような伝記小説も、これこそは正真正銘の文学であると私は思い、読みふけった。そして自分が読みふけったその体験を、作品にそくして書いたのがこの一冊の本になったのだと思う。

多くの人びと、とりわけ作家や批評家など文学の世界にいる人びとは、藤沢周平を評するとき、「文章がいい」というのを忘れない。必ず、といっていいほど、それをいう。じっさい、文章がいいのはきわだっているのだから、私もむろん賛成する。

いっぽうで、藤沢作品でよく読まれているのは、時代小説と呼ばれるジャンルである。そして、時代小説はエンタテインメントである、というのが日本の文学の世界では常識として通っている。そうなっているのは、事情あってのことと推測できるのだが、それはしばらくおくとして、この常識から何が導き出されるかといえば、藤沢作品は文章が格別にすぐれているエンタテインメントである、という考え方、あるいは評価である。

私はそのような紋切型に与することはとうていできない。

改めていうのも気がひけるが、藤沢周平の文章は、作品から離れてすぐれているのではない。私たちは作品を読み、いい文章だなあと心に刻む。それはどういうことかといえば、すぐれた文学をつくり出しているから、すぐれた文章なのである。

藤沢周平の文章は、人間について何かを喚起する力をもち、人間の深くにまで届く想像力を内側に秘めている。すなわち、文章の力は、小説そのものの力になっているのである。

小説を一つずつ読みながら、そのことを不手際ながら伝えたい、と私は思った。思いが少しでも果たせていればいいのだけれど。

この本は、基本的には書き下しで書いたものである。文庫本のために書いた解説を利用したケースもいくつかあるが、全体としては書き下しという意識があって、そのためか心細いような気持になったこともあった。

しかし今にして思えば、私にとって大切な方々が、後ろだてのように協力してくださり、また応援してくださったりもした。

作家の長女であり、御父上についてすぐれたエッセイを書かれている遠藤展子さん、その夫君である崇寿さんに、ひとかたならずお世話になった。展子さんは、お会いするたびに、何気なくという感じで励してくださった。崇寿さんは学芸員の資格をお持ちで、藤沢作品について何でも知っているという存在である。私の度重なる質問に、すばやく、正確に答えてくださった。その答がなければ、私は何度か道に迷っていたことだろう。この場を借りて、遠藤ご夫妻に厚く御礼を申しあげたい。

「鶴岡市立藤沢周平記念館」の前館長鈴木晃さん（現・シニアディレクター）には、荘内平野のそこここに連れて行っていただき、また荘内藩の地図的構造なども現場におもむいて教えていただいた。そんな折、ときには堀司朗先生（鶴岡市史編纂会委員）が加わってくださり、道一本、小流れ一本のありかと意味を教えていただき、驚嘆したものである。お二人に心から感謝しています。

この本を、かつて自分が勤めていた文藝春秋から出版できるのは、私にとって大きな喜びであるのだが、とりわけうれしかったのは吉安章さんが編集を担当してくれたことだった。吉安さんとは、一緒にさまざまな仕事にたずさわった。その人と本の中身、また体裁などについて相談していると、自ずから昔のことがよみがえってきた。そして彼の励しに、私は不才の歎きをしばし忘れることができた。吉安さん、ありがとうございました。

二〇二一年十月

湯川　豊

作品の引用は原則として現行の文庫本によった。ただし疑問のあるときは『藤沢周平全集』を参照し、文字づかいなど全集によった場合がある。

藤沢周平　年譜・作品リスト

・作品リストは、長篇、連作集、本書内で取り上げた短篇を中心とし、長篇、連作集は単行本刊行時、短篇は雑誌発表時の年を記載している。なお、『　』は、現在、収録されている文庫のタイトルである。

昭和二（一九二七）年

十二月二十六日、山形県東田川郡黄金村大字高坂（現・鶴岡市高坂）字楯ノ下に父・小菅繁蔵、母・たきゑの次男として生まれる。本名・小菅留治。

昭和十七（一九四二）年　十五歳

鶴岡中学校夜間部入学。昼は、鶴岡印刷株式会社で働く。

昭和二十一（一九四六）年　十九歳

鶴岡中学校夜間部卒業。山形師範学校に入学。

昭和二十四（一九四九）年　二十二歳

山形師範学校卒業。

湯田川村立湯田川中学校に教師として赴任。担当科目は、国語と社会。

昭和二十六（一九五一）年　二十四歳

学校の集団検診で肺結核が発見され、新学期から休職。

昭和二十八（一九五三）年　二十六歳

兄・久治に付き添われて上京、北多摩郡東村山町（現・東村山市）の篠田病院・林間荘に入院。

昭和三十二（一九五七）年　三十歳

林間荘を退院し、東京で業界紙の記者として働きはじめる。

昭和三十四（一九五九）年　三十二歳

同郷の三浦悦子と結婚。

昭和三十五（一九六〇）年　三十三歳

日本食品経済社に入社、「日本加工食品新聞」の編集に携わる。

生活がようやく安定し、小説を書き始める。

昭和三十八（一九六三）年　三十六歳

二月、長女・展子誕生。十月、妻・悦子死去、二十八歳。

昭和四十四（一九六九）年　四十二歳

高澤和子と結婚。

昭和四十六（一九七一）年　四十四歳

「溟い海」で、第三十八回オール讀物新人賞を受賞。同作は第六十五回直木賞候補となる。

・「溟い海」『暗殺の年輪』（文春文庫）

昭和四十八（一九七三）年　四十六歳

四度目の候補となった「暗殺の年輪」で、第六十九回直木賞を受賞。

・「暗殺の年輪」『暗殺の年輪』（文春文庫）

・「ただ一撃」『暗殺の年輪』（文春文庫）

・「又蔵の火」『又蔵の火』（文春文庫）
・「逆軍の旗」『逆軍の旗』（文春文庫）
昭和四十九（一九七四）年　四十七歳
八月、母・たきゑ死去、八十歳。
日本食品経済社を退社、専業作家となる。
・「相模守は無害」『闇の梯子』（文春文庫）
昭和五十（一九七五）年　四十八歳
・「檻車墨河を渡る　小説・雲井龍雄」『雲奔る　小説・雲井龍雄』（文春文庫）
・「臍曲がり新左」『冤罪』（新潮文庫）
・「一顆の瓜」『冤罪』（新潮文庫）
・「鱗雲」『時雨のあと』（新潮文庫）
・「竹光始末」『竹光始末』（新潮文庫）
昭和五十一（一九七六）年　四十九歳
「一茶」取材のため、二度、長野県信濃町柏原へ行く。
「春秋山伏記」取材のため、山形県鶴岡市へ行く。
東京都練馬区大泉学園町に転居。終の棲家となる。
・「幻にあらず」『逆軍の旗』（文春文庫）
・「遠方より来る」『竹光始末』（新潮文庫）
・「義民が駆ける」『義民が駆ける』（中公文庫）
・「長門守の陰謀」『長門守の陰謀』（文春文庫）
昭和五十二（一九七七）年　五十歳
「闇の傀儡師」取材のため、山梨県甲府市、韮崎市へ行く。
・「闇の歯車」『闇の歯車』（講談社文庫）
・「喜多川歌麿女絵草紙」『喜多川歌麿女絵草紙』（文春文庫）
昭和五十三（一九七八）年　五十一歳
・「春秋山伏記」『春秋山伏記』（新潮文庫、角川文庫）
・「一茶」『一茶』（文春文庫）
・「用心棒日月抄」『用心棒日月抄』（新潮文庫）
昭和五十四（一九七九）年　五十二歳
・「消えた女　彫師伊之助捕物覚え」『消えた女　彫師伊之助捕物覚え』（新潮文庫）
・「回天の門」『回天の門（上下）』（文春文庫）
昭和五十五（一九八〇）年　五十三歳
「密謀」取材のため、新潟県、福島県白河市、山形県鶴岡市、上山市に行く。
・「出合茶屋　神谷玄次郎捕物控」『霧の果て　神谷玄次郎捕物控』（文春文庫）
・「春秋の檻　獄医立花登手控え」『春秋の檻　獄医立花登手控え』（講談社文庫、文春文庫）
・「孤剣　用心棒日月抄」『孤剣　用心棒日月抄』（新潮文庫）
・「闇の傀儡師」『闇の傀儡師（上下）』（文春文庫）
・「橋ものがたり」『橋ものがたり』（新潮文庫）
・「山桜」『時雨みち』（新潮文庫）

昭和五十六（一九八一）年　五十四歳

「密謀」取材のため、京都府、滋賀県彦根市、岐阜県関ヶ原などへ行く。

・「風雪の檻　獄医立花登手控え」『風雪の檻　獄医立花登手控え』（講談社文庫、文春文庫）
・「隠し剣孤影抄」『隠し剣孤影抄』（文春文庫）
・「隠し剣秋風抄」『隠し剣秋風抄』（文春文庫）

昭和五十七（一九八二）年　五十五歳

「白き瓶」取材のため、茨城県石下町（現・常総市）の長塚節生家などを訪れる。

「海鳴り」取材のため、埼玉県小川町へ紙漉きの作業を見に行く。この頃から自律神経失調症に悩み、妻・和子が取材に同行する。

・「密謀」『密謀（上下）』（新潮文庫）
・「漆黒の霧の中で　彫師伊之助捕物覚え」『漆黒の霧の中で　彫師伊之助捕物覚え』（新潮文庫）
・「愛憎の檻　獄医立花登手控え」『愛憎の檻　獄医立花登手控え』（講談社文庫、文春文庫）

昭和五十八（一九八三）年　五十六歳

「白き瓶」取材のため、福岡県太宰府、宮崎県青島などへ行く。

・「よろずや平四郎活人剣」『よろずや平四郎活人剣（上下）』（文春文庫）
・「人間の檻　獄医立花登手控え」『人間の檻　獄医立花登手控え』（講談社文庫、文春文庫）
・「刺客　用心棒日月抄」『刺客　用心棒日月抄』（新潮文庫）
・「花のあと―以登女お物語―」『花のあと』（文春文庫）

昭和五十九（一九八四）年　五十七歳

「師弟剣」（『決闘の辻』講談社文庫）取材のため、茨城県鹿嶋町（現・鹿嶋市）などへ行く。

・「海鳴り」『海鳴り（上下）』（文春文庫）

昭和六十（一九八五）年　五十八歳

直木賞選考委員に就任。

・「風の果て」『風の果て（上下）』（文春文庫）
・「ささやく河　彫師伊之助捕物覚え」『ささやく河　彫師伊之助捕物覚え』（新潮文庫）
・「白き瓶　小説・長塚節」『白き瓶　小説　長塚節』（文春文庫）

昭和六十一（一九八六）年　五十九歳

『白き瓶』により、第二十回吉川英治文学賞を受賞する。

・「玄鳥」『玄鳥』（文春文庫）

昭和六十二（一九八七）年　六十歳

・「本所しぐれ町物語」『本所しぐれ町物語』（新潮文庫）
・「麦屋町昼下がり」『麦屋町昼下がり』（文春文庫）
・「三ノ丸広場下城どき」『麦屋町昼下がり』（文春文

庫）

昭和六十三（一九八八）年　六十一歳
二月、長女・展子、遠藤崇寿と結婚。
山本周五郎賞選考委員に就任。
・「たそがれ清兵衛」『たそがれ清兵衛』（新潮文庫）
・「蟬しぐれ」『蟬しぐれ（上下）』（文春文庫）

平成元（一九八九）年　六十二歳
第三十七回菊池寛賞を受賞する。
・「榎屋敷宵の春月」『麦屋町昼下がり』（文春文庫）
・「市塵」『市塵（上下）』（講談社文庫）
・「三屋清左衛門残日録」『三屋清左衛門残日録』（文春文庫）
・「闇討ち」『玄鳥』（文春文庫）

平成二（一九九〇）年　六十三歳
『市塵』により、第四十回芸術選奨文部大臣賞を受賞する。

平成三（一九九一）年　六十四歳
・「凶刃　用心棒日月抄」『凶刃　用心棒日月抄』（新潮文庫）

平成四（一九九二）年　六十五歳
『藤沢周平全集』、文藝春秋より刊行始まる。
・「天保悪党伝」『天保悪党伝』（角川文庫）
・「秘太刀馬の骨」『秘太刀馬の骨』（文春文庫）

平成五（一九九三）年　六十六歳
「漆の実のみのる国」取材のため、山形県米沢市へ行く。
十一月、初孫・浩平、誕生。

平成六（一九九四）年　六十七歳
一月、朝日賞を受賞。同月二十六日、朝日賞授賞式に出席。同日、銀婚式を祝う。
『藤沢周平全集』全二十三巻、完結。

平成七（一九九五）年　六十八歳
・「静かな木」『静かな木』（新潮文庫）
紫綬褒章受章。

平成八（一九九六）年　六十九歳
直木賞選考委員を辞任。
・「日暮れ竹河岸」『日暮れ竹河岸』（文春文庫）
・「偉丈夫」『静かな木』（新潮文庫）

平成九（一九九七）年　六十九歳
一月二十六日、死去。
・「漆の実のみのる国」『漆の実のみのる国（上下）』（文春文庫）

（この「年譜・作品リスト」は、鶴岡市立藤沢周平記念館の図録を参照し、文藝春秋文藝出版局が作成したものである）

湯川　豊（ゆかわ・ゆたか）

一九三八年新潟市生まれ。慶應義塾大学文学部卒業後、文藝春秋に入社。「文學界」編集長、同社取締役などを経て退社。その後、東海大学教授、京都造形芸術大学教授を歴任。『須賀敦子を読む』で読売文学賞受賞。著書に『イワナの夏』『植村直己・夢の軌跡』『丸谷才一を読む』『星野道夫風の行方を追って』『大岡昇平の時代』などがある。

海坂《うなさか》藩《はん》に吹《ふ》く風《かぜ》　藤沢《ふじさわ》周平《しゅうへい》を読《よ》む

二〇二一年十二月十日　第一刷発行

著　者　湯川《ゆかわ》豊《ゆたか》
発行者　大川繁樹
発行所　株式会社　文藝春秋
〒一〇二―八〇〇八
東京都千代田区紀尾井町三―二三
電話　〇三―三二六五―一二一一

印刷所　理想社
付物印刷　萩原印刷
製本所　大口製本

ISBN 978-4-16-391478-7